KB059340

BOOK
**소믈리에가 권하는
맛있는 책**

BOOK
소믈리에가 권하는
맛있는 책

초판 1쇄 인쇄 _ 2019년 7월 15일
초판 1쇄 발행 _ 2019년 7월 25일

지은이 _ 박균호

펴낸곳 _ 바이북스
펴낸이 _ 윤옥초
책임편집 _ 김태윤
책임디자인 _ 이민영

ISBN _ 979-11-5877-110-2 03800

등록 _ 2005. 7. 12 | 제 313-2005-000148호

서울시 영등포구 선유로49길 23 아이에스비즈타워2차 1005호
편집 02) 333-0812 | 마케팅 02) 333-9918 | 팩스 02) 333-9960
이메일 postmaster@bybooks.co.kr
홈페이지 www.bybooks.co.kr

책값은 뒤표지에 있습니다.
책으로 아름다운 세상을 만듭니다. ─ 바이북스

좋은 책을 고르는 12가지 비법

BOOK

Book Sommelier

소믈리에가
권하는 맛있는

책

박균호 지음

바이북스
ByBooks

초등학교 3학년 때 아버님이 책을 한 권 사주셨다. 독후감을 모아놓은 책이었다. 읽을거리가 없던 시절에 그 책을 읽고 또 읽었다.

훗날 글로 밥 먹고 살 수 있는 씨앗 하나를 아버님이 심어주신 것이다.《BOOK 소믈리에가 권하는 맛있는 책》은 바로 그 소중한 씨앗 고르기에 관한 책이다.

저자는 책과 함께 살아왔다. 누구보다 책을 사랑하는 사람이다. 사랑하는 아들딸에게 무슨 책을 읽힐까, 아이들의 마음 밭에 어떤 씨앗 하나를 심어줄까 고민하는 부모님들에게 명쾌한 답을 제시한다. 수많은 책 가운데 아이들의 꿈과 희망이 될 씨앗 한 알 한 알을 정성스럽게 찾아 모아놓은 이 책을 추천해드리고 싶다.

강원국(김대중·노무현 前 대통령 연설비서관,《대통령의 글쓰기》저자)

이 책 한 권을 들고 우린 미지의 세계를 향해 탐험을 떠난다. 우린 이 책 한 권으로 문학과 철학을 만나고 세계의 역사를 경험하고 인문학의 보고를 캐게 될 것이다.

독서는 삶의 기본 체력이기에 이 책은 우리가 무엇을 읽어야 하고 우리가 어떤 삶을 지향해야 할지를 스스로 깨닫게 해준다. 그래서 이 책은 인생의 지침서다. 저자 박균호 선생은 장서가이면서 문학, 역사, 인문학, 과학, 고전 등 접하지 않는 책이란 거의 없다. 저자의 독서는 실로 다양하고 방대하다. 고서점을 뒤져 희귀본을 수집하고 절판된 책을 찾아 골목 서점을 누빈다. 그래서 해박한 지식과 삶의 지혜가 이 책에 풍부히 담겨 있다. 이 책에는 과거, 현재, 미래가 함께 공존해 보다 깊은 지식의 세계를 폭넓게 경험하게 해준다. 자신의 가치를 드높이고 교양을 더욱 깊게 쌓고자 하는 분들에게 이 책을 필독서로서 적극 권장하는 이유이다.

최돈선(《너의 이름만 들어도 가슴속에 종이 울린다》 저자)

전작 《오래된 새 책》이 주요 신문과 방송사에 소개되는 등 과분한 관심을 받았다. 저자로서 굉장히 고마운 일이긴 하지만 독자들에게 생각지 못한 민폐를 끼쳤다. 우선 절판되어 구하지 못하는 책을 자랑함으로써 독자들에게 구하기 힘든 책만 골라 소개한 셈이 되었다. 읽고 싶어도 구할 수 없는 책이 대부분이었으므로 독자들에게 불가능한 숙제를 안겼고, 그나마 몇 권 되지 않는 일부 절판본의 가격도 터무니없이 올라가게 했다. 다행스럽게도 좋은 책을 고르고 그 책을 사랑하는 방법에 대해 소개하는 이번 책에서는 그런 걱정을 할 일이 없었지만, 이번에는 엉뚱하게도 소개하려는 책이 혹시 절판되었는지 마음을 졸였다.

독서는 생각보다 훨씬 더 적극적인 자기 계발의 방법이다. 사람에 따라서 단 한 권의 책이 그 사람의 인생 전체를 통째로 바꾸기도 한다. 따라서 모든 책은 자기 계발의 기능을 갖춘다. 그 책이 수천 년 전에 쓰인 고전이라고 해도 분명 오늘날에 적용 가능한 생각과 가르침과 영감을 준다. 이것이 우리가 책을 읽어야 하는 이유다.

그러나 어떤 책이든 그것이 독서의 종착역이 되지는 못한다. 독자를 다음 정거장까지 무사히 인도하면 그 책은 임무를 완수한 것이다. 좀 더 욕심을 낸다면 책이 데려가준 정거장이 또 다른 좋은 여행지로 안내해준다면 금상첨화가 아닐까.

독자들에게 가능한 많이 또 다른 세상을 소개하려 했다. 내가 아는 한에서, 내 서재가 가진 역량의 한에서 최선을 다해 독자에게 유용한 정보를 주려고 했다. 그러나 이 책에 소개되는 책의 면면과 순서는 개인의 주관적인 의견과 기호일 뿐이며, 다른 의도나 가치 부여를 하지 않는다. 이 책에 담긴 내용이 언제나 진리는 아니며, 단지 한 독자의 의견에 지나지 않는다. 이 책에 담긴 생각과 의견에 반드시 동의할 필요도 없고, 또 그럴 리 없겠지만 맹신해서도 안 된다. 이 책은 여러분의 독서 생활을 인도하는 수많은 불빛 중하나에 불과하다. 독자 여러분이 이 책을 필요한 시기에, 적절한 용도로 사용하면 저자로서 더 이상 바랄 바가 없다.

이 책을 쓰면서 베스트셀러, 스테디셀러, 고전으로 이어지는 독서의 단계와 책을 관리하고 사용하는 방법에 대해 이야기하려고 노력했다. 세상에 필요 없는 책은 없다. 다만 독자는 자기의 입과 손에 잘 맞는 책을 보는 눈을 키워야 하고, 적재적소에 그 책을 활용해야 한다. 이 책을 통해서 독자 자신의 취향과 목적에 맞도록 책 고르는 능력을 조금이라도 익혀간다면 저자로서 큰 행복이겠다.

당신들의 안위와 건강을 뒤돌아볼 여유도 없이 오직 자식 걱정과 보살핌으로 한결같으신 부모님, 생활인으로서는 젬병이면서 기껏 책 사냥이나 하고 읽고 글을 쓰는 나를 말없이 도와주는 아내, 이제는 제법 책에 대한 식견을 갖춰가는 독서 친구인 딸아이와 졸고에 대한 예리한 충고와 의견을 주신 많은 분께 이 지면을 빌려 고마움을 전하고 싶다.

좋은 강의는 학생이 책을 읽게 하고, 좋은 책은 독자가 더 많은 책을 읽게 한다. 나는 독자들이 이 책의 마지막 장을 덮었을 때 앞으로 읽어야 할 수많은 책의 목록을 헤아리길 희망한다.

박균호

사진 출처

85p infomatique@flickr.com
207p Rahul Narain@flickr.com

Chapter.1

이제 막 책을 집어 든 당신에게

재미도 고래를 춤추게 한다

멋있고 재밌는 사람으로 보이고 싶다면

각 분야의 개론서를 읽자

최고의 번역가를 찾아서

재미도 고래를
춤추게 한다

책보다 재미난 것이 많은 세상이다. 단적인 예로 텔레비전 채널이라고는 두 개에 지나지 않았던 내 세대와 수백 개의 채널을 볼 수 있는 요즘 세대는 근본적으로 책 읽는 환경이 다르다. 쉽게 말해서 책보다 더 재미있는 장난감이 세상의 별만큼이나 많은 시대라는 뜻이다. 그러니 책과 친구 말고는 달리 유흥거리가 없었던 시대의 책보다 오늘날의 책은 더욱더 강해져야 한다. 그래야 독자의 관심을 끈다.

제대로 된 번역이 없어서 우리나라 문인들이 노벨상을 받지 못한다는 설명보다는, 역량이 미치지 못해서 노벨상을 받지 못한다는 한 문인의 주장에 공감하는 면이 적지 않다. 마찬가지로 요즘 사람들이 책을 도통 읽지 않는다고 푸념하기보다는 텔레비전과 각종 IT 기기보다 더 재미있는 책을 선보이려고 노력하는 쪽이 발전적이다. 요즘 사람들이 책을 안 읽는다기보다는 책보다 더 재미있는 쪽으로 이동했다고 봐야 한다. 뺏긴 독자를 찾아오기 위해서는 어쨌든 적보다 더 강해져야 하는데 책의 강함은 '재미'에서 나온다.

요즘 교육계에서 명강사라는 이들의 강의를 보면 근엄한 선생이라기보다는 차라리 코미디언에 가깝다 싶을 정도로 재미있게 강의한다. 재미는 이 시대를 살아가는 모든 이의 생존 코드다. 책은 무엇보다 재미있어야 한다. 컴퓨터 게임보다 더 재미있는 책을 제시하지 않고, 오직 공부와 사회적인 성공을 위해서 마치 고행처럼 독서를 강권하는 잔소리는 설득력도 효과도 없다. 칭찬만 고래를 춤추게 하지 않는다. 재미도 고래를 춤추게 한다.

천명관 지음
예담, 2012년

📖 **나의 삼촌 브루스 리**

이 책이 너무 재미있어서 아내와 먼저 읽겠다고 다투며 읽었다. 소위 386세대의 추억과 시대적 아픔을 이렇게까지 재미있게 쓴 작가의 역량이 대단하다. 아마도 브루스 리Bruce Lee, 1940~1973라는 시대적 아이콘과 이미 《고래》를 통해 검증된 작가의 뛰어난 스토리텔러로서의 기량이 이 책을 재미있게 만든 요인이라고 생각한다.

한 지인과 책 이야기를 하다가 이 책을 추천해주었다. 나중에 알고 보니 이미 1년여 전쯤에 그 양반에게 추천한 책이지 무언가! 내가 그만큼 많은 책을 읽지 못했다는 뜻도 되겠고, 또 이 책이 그만큼 재미 부문에서 타의 추종을 불허하는 위치를 오래도록 점유하고 있다는 말도 되겠다.

저자 천명관이 모든 소설은 '실패담'이라고 했고, 나의 삼촌 브루스 리가 실패를 거듭했지만 이 소설이 우리에게 절망이 아닌 위안을 주는 이유는 무엇일까? 그 이유는 아마도 브루스 리가 실패했다고 해서 그가 꿈을 포기하지 않았기 때문이 아닐까? 그런데 이 글을 쓰면서 독서 또는 책을 소장할 때 글쓰기가 얼마나 중요한 행위인지 다시 한 번 깨달았다. 이 꼭지를 쓰면서 새삼《나의 삼촌 브루스 리》가 내 서재에 없다는, 다시 말해서 분실했다는 사실을 알게 되었다. 이 책을 훔쳐간 이유가 짐작이 된다. 386세대의 아이콘을 연상케 하는 책 제목에 이끌려 책을 펼쳤는데 소설을 읽는 궁극의 즐거움을 발견했을 터이고 재미에 빠진 나머지 책 주인에게 빌려달라는 말을 잊어버리고 책과 함께 사라졌음이 분명하다.

성석제 지음
강, 2003년

📖 **조동관 약전**

성석제야말로 '농담하다'는 동사의 주어가 될 만하다. 혼자 읽으면서 낄낄거리며 웃게 되는 소설을 주로 쓴다. 혼자 보기가 아까워 주위 사람에게 강권하다시피 이 책을 건넸더랬다. 기실 그의 소설은 농담과 해학이 가득 찼지만 결국에는 슬픈 반전과 생각거리를 던진다. 웃으면서 시작했는데, 울고 나오는 소설이라고 해야겠다.

《조동관 약전》에 수록된 아홉 편의 단편도 마찬가지다. 가난의 꿀

물이 흐른다는 시골 읍 은척에서 온갖 악행을 저지르는 '똥깐'이는 이 소설의 화자가 아니다. 그는 다른 사람의 진술과 소문에 의해서 만들어져가는 피조물에 불과하다. 단지 소문에 의해서만 낱낱이 열 거되는 똥깐이의 악행은 천인공노할 만하지만 그가 부정부패한 인 물로 밝혀진 경찰서장과 대치하다가 끝내 산에서 얼어 죽는 장면은 독자로 하여금 많은 생각거리를 준다. 그러나 《조동관 약전》은 결국 《황만근은 이렇게 말했다》와 함께 웃기는 소설가 성석제의 웃기는 소설을 대표한다. 쉽고 재미난 성석제의 소설은 독서를 처음 시작하 는 독자를 위한 목록의 제일 윗자리에 넣음직하다.

박민규 지음
한겨레출판, 2003년

📖 **삼미 슈퍼스타즈의 마지막 팬클럽**

단연코 스포츠를 소재로 한 한국 소설을 대표할 만한 재미를 구사 한다. 저자 박민규와 나는 동갑이다. 나는 이만수 선수가 대구 신 암동의 궁전예식장에서 결혼식을 할 때 중학생 신분이었고 결혼식 에 구경 갈지 말지를 심각하게 고민했던 삼성 라이온즈의 팬이었 다. 박민규는 울산 출신으로 모두의 예측과는 달리 삼미 슈퍼스타 즈의 팬이 아닌 두산 베어스 팬이라고 한다. 박민규가 원년 야구팬 이라서 OB 베어스를 응원하는 듯싶다. OB 베어스라면 모든 프로 야구 팀이 탐내지만 절대로 빼앗지 못하는 '원년 우승 팀'이라는 불후의 타이틀을 차지한 자랑거리를 가지고 있다. 그것도 삼성 라이온즈를 상대로 코리안 시리즈(당시에는 이렇게 불렀다)에서 치욕적인 6차전 만루 홈런으로 시리즈를 마무리했을 정도로 흥행 요소까지 골고루 갖춘 팀이다.

요즘이야 밑바닥을 기는 성적을 보여주는 한화 이글스 팬의 애환을 인터넷 공간을 통해서 다른 팀 팬들도 충분히 듣지만 37년 만에 야간 통행금지가 해제된 1982년은 야구에 관한 정보라고는 신문과 텔레비전에서만 들을 수 있었다. 그래서 만년 꼴찌 팀 삼미 슈퍼스타즈의 팬으로 살아갔던 애환을 항상 우승만을 다투던 삼성의 팬인 내가 알 리가 없었다.

이 소설의 표절 시비가 났을 때 적잖이 실망하고 안타까웠는데, 나는 지금도 마찬가지지만 당시도 참 재미있게 본 소설이라서 애지중지 이 소설을 잘 간직한다.《삼미 슈퍼스타즈의 마지막 팬클럽》은 신문에는 절대로 실리지 않고, 한국 야구 역사에도 언급되지 않는 꼴찌 팀 삼미 슈퍼스타즈를 응원하는 야구팬들의 열정을 기록한 인천 야구의 민중 실록이라고 해야겠다. 내가 줄곧 응원하고 있는 삼성 라이온즈도 항상 우승의 문턱에서 속절없이 무너진 슬픈 역사가 있는데, 하루빨리 삼성 라이온즈의 아픈 역사를 기록한 재미있는 소설도 나왔으면 좋겠다.

홍석중 지음
대훈서적, 2004년

📖 **황진이**

황진이만큼 드라마, 영화, 소설 등의 주인공으로 자주 등장한 역사적 인물도 드물다. 그만큼 극적인 인생을 살았다는 증거이기도 한데 그와 반비례해서 이 소설은 제목으로 주목받기 힘들다. 너무 자주 언급되는 역사적 인물이며 독자의 이목을 끄는 수식어마저 전혀 없기 때문이다. 홍석중의 《황진이》는 얼핏 보면 그냥 흔한 역사소설이라고 생각하기 십상이지만 실상은 여러 가지 의미가 실린 귀한 소설이다. 홍석중은 《임꺽정》으로 유명한 벽초 홍명희 선생의 손자다. 그가 문학가로 성장하는 데 할아버지의 영향이 컸으리라 누구나 생각하지만 그는 오히려 할아버지 홍명희보다 아버지 홍기문의 영향을 많이 받았다고 스스로 밝혔다. 손자가 많은 홍명희에게 홍석중은 '안중'에 없던 손자였기 때문이었다.

홍석중은 홍명희, 홍기문을 잇는 문학적인 유전자를 고스란히 물려받았다고 할 만한데, 김일성대학교 어문학부 재학 시 과제물 제출 시한에 쫓겨 '대충 뭉그려' 낸 작품이 10점 만점에 10점을 받을 정도였다. 홍명희 선생이 81세 되던 해에 '창밖에서 쏟아지는 진눈깨비를 내다보며' 세상을 떠나기 며칠 전 손자인 홍석중에게 "난 못 가보나. 부디 너나 가봐라"라면서 고향인 충북 괴산에 대한 진한 그리움을 남겼다. 홍명희의 손자 홍석중은 2004년 분단 이후 북한 문학으로는 최초로 '만해 문학상'의 수상자로 선정되고 2006

년에는 서울을 방문하기에 이른다.

홍석중은 서울에서 출생했고 1948년에 조부인 홍명희를 따라 월북했는데, 서울과 북한을 모두 생활해본 그의 인생 역정은 소설을 집필하는 데 큰 자양분이 되었다. 《황진이》는 구수한 북한식 사투리와 토속어, 질퍽하고 해학적인 속담이 많이 등장하는데, 이에 곁들여 우리마저 잊어버린 서울 지방 토속 방언도 많이 쓰여서 가히 우리말의 보물 창고라고 해도 무방하다. 아무리 문학적인 영감을 할아버지인 홍명희에게서 받지 않았다고 하나 홍석중의 《황진이》를 몇 쪽만 읽어봐도 홍명희의 《임꺽정》의 향기가 절로 느껴진다. 구수하게 이야기를 풀어나가는 능력은 다른 작가에게서 찾아보기 힘든 장점이다.

홍석중의 《황진이》는 기존 《황진이》와 다르게 화담 서경덕徐敬德, 1489~1546과의 인연을 그저 짧은 일화로 처리한 점이 눈에 띈다. 이에 대해 저자 홍석중은 다른 작가가 서경덕과의 인연을 중요하게 다뤘다고 해서 자기마저 그래야만 하는 이유는 없기 때문이라고 밝혔다. 그와 반대로 다른 《황진이》에는 등장하지 않는 '놈'이라는 가상 인물을 전면에 배치하고 노비인 '놈'과 기생 '황진이'의 비극적인 사랑에 초점을 맞춘다. 물론 이들의 사랑은 비극적인 결말을 맞는다. 이는 작가 스스로 밝혔듯이 신분 제도가 뚜렷한 모순된 사회에서는 진정한 사랑이 이루어지지 않는다는 홍석중의 생각이 반영된 결과다. 어찌 됐든 북한식 사투리와 토속어에 대해 짜증만 내지 않는다면 굉장히 재미있는 소설이며, 또 우리말 연구에도 귀한 자료다.

가네시로 가즈키 지음
김난주 옮김, 북폴리오, 2006년

📖 **GO**

재일 동포 3세 고등학생을 주인공으로 한 소설이다. 저자 자신이 조총련계 학생이었고 일본인에게 극심한 차별을 몸소 겪어서 자서전적 소설이라고 분류한다. 주변의 따돌림을 애써 참으며 학교생활을 하던 중 사귀게 된 일본인 여학생마저, 주인공이 한국인임을 고백하는 순간 관계를 끊고 만다. 이 소설이 독특하면서도 매력적인 이유는 이런 '우울한' 스토리를 다루면서도 유머와 경쾌한 문체를 잃지 않기 때문이다. 이념이나 정치, 국적 문제를 다루지 않고 오직 고등학생의 사랑 이야기를 하고 싶었다는 저자의 공언이 결코 허언이 아님을 알겠다. 독자들도 이 소설을 읽다 보면 재치 넘치고 웃기는 사랑 이야기를 읽었다고 생각하지, 우울하고 진지한 재일 동포의 차별 문제를 다뤘다고 생각하기 힘들다. 그러니 이 소설은 소위 말해서 '재일 문학'이 이래야 한다는 고정 관념을 통쾌하게 무시했다는 이유만으로도 충분한 존재 이유를 가진다. 애초에 저자 가네시로 가즈키金城一紀, 1968~가 독서에 빠져든 계기 역시 극심한 차별과 부적응 때문이었으므로 그의 '유쾌함'과 '경쾌함'은 더욱 빛을 발한다.

은희경 지음
문학동네, 2014년

📖 **새의 선물**

1995년에 처음 책이 출간된 뒤로 20여 년이 되어가는 지금까지 개정을 거듭하며 독자에게 큰 사랑을 받는 책이다. 부모를 모두 잃은 열두 살 난 소녀에게 비친 세상살이 이야기라고 해서 세태 소설이라고 하기에도 꺼림칙하고 더구나 성장 소설이라고 말하지도 못한다. 세태 소설이라고 하기에는 무척이나 예리한 삶의 통찰력이 눈에 띄고 '삶이 별로 호의적이지 않기 때문에 열두 살에 성장을 멈추었으므로' 성장 소설도 아니다.

철이 없지만 현모양처를 꿈꾸는 이모, 혹독한 폭행을 당하면서도 남편을 받들고 사는 광진테라 아줌마, 결혼을 통해 신분 상승을 하려는 미스 리 등 개성이 뚜렷한 등장인물들의 희·비극적인 인생의 애환을 실감 나게 그리면서도 절묘한 잠언과 통찰력을 곁들인 이 소설은 은희경의 대표작임에 분명하다. 아니, 이 소설은 은희경의 다른 소설을 모두 읽고 싶다는 욕구를 불러일으키기에 충분하다. 이 소설의 가장 큰 미덕은 인생의 애환을 이야기하면서도 시종일관 독자를 웃게 만드는 유쾌함이다. 김영하의 대표작이 《검은 꽃》이라면 은희경의 대표작은 누가 뭐래도 《새의 선물》이다.

박현욱 지음

문학동네, 2014년

📖 **아내가 결혼했다**

2006년 처음 출간되었고, 2008년 동명의 영화가 개봉되었다. 영화가 개봉되었을 때, 나는 소설에서 중요한 양념 역할을 하는 축구 이야기가 어떻게 표현되었을지 궁금했다. 저자 박현욱은 소설이라는 허구에 축구라는 실화를 추가함으로써 리얼리티를 강화했지만 내가 보기에는 축구 이야기 자체가 하나의 스토리로 다루기에 충분하고, 독립성을 확보했다. 급기야 결혼을 두 번 하겠다는 발칙한 아내와의 다툼이 이 소설의 주제인지 아니면 축구의 역사, 축구 상식, 세계적인 축구 선수의 인생과 활약상을 주요 골자로 하는 축구 이야기가 이 소설의 주제인지 헷갈린다. 그만큼 이 소설의 축구 이야기는 그 자체만으로 충분히 재미있고 존재 가치가 대단하다. 내가 이 책을 틈날 때마다 다시 집어 드는 이유도 물론 축구 이야기를 되새기기 위해서다. 국내 선수가 영국 프리미어 리그에 진출하면서 축구에 대한 상식이 늘었는데, 그 이전에 이 책을 읽을 때도 일처다부를 시도하는 아내와의 사투가 축구 이야기와 절묘하게 겹쳐 유쾌하고 배꼽을 잡는 구절이 많았다. 축구라는 다소 원시적이고 남성적인 운동을 대중적인 관심사로 끌어올리는 역할을 톡톡히 해낸 그의 업적은 결코 적지 않다. 재미라는 측면에서 그의 다른 소설 《동정 없는 세상》도 이름을 올릴 자격이 충분하다. 읽기가 아까워서 책의 페이지가 넘어가면 짜증이 날 정도다.

빌 헨더슨 · 앙드레 버나드 지음
최재봉 옮김, 열린책들, 2011년

독특하고 재미난 책이다. 《위대한 개츠비》, 《햄릿》, 《오만과 편견》, 《주홍 글씨》. 이 네 작품의 공통점은 무엇일까? 물론 위대한 고전이기도 하지만 출간 당시 모두 처절한 악평을 받은 책이라는 점이다. 우리는 모두 안다. 자기만 아니라면 누군가 크게 혼나는 장면이 결코 불쾌하지만은 않다는 사실을.

이 책은 우리가 불후의 명작이라고 칭송하는 책들이 받았던 모욕적인 악평의 모음집이다. 대학 시절 영문학을 전공하면서 난해하기로 악명 높던 T. S. 엘리엇Thomas Stearns Eliot, 1888~1965의 시를 암송하고 이해하기 위해서 얼마나 많은 피눈물을 흘렸던가. 또 중세 영어로 쓰인 《햄릿》을 읽기 위해서 얼마나 많은 밤을 지새웠던가. 그뿐인가? 기라성 같은 영문학 고전을 제대로 이해하지 못해서 "너 혹시 대학을 뒷문으로 들어온 건 아니니?"라는 점잖은(?) 조롱뿐만 아니라 '바보', '멍청이'라는 모욕쯤은 일상다반사로 감내해야 했다. 그런데 이 작가들은 그보다 훨씬 더 혹독한 비판을 받았던 것이다! 이는 작가 지망생으로 하여금 무한한 희망과 힘이 되기에 충분하다. 그래서 나는 모든 작가 지망생이 이 책을 읽어야 한다고 생각한다. 모욕을 느꼈지만 결코 패배하지 않고, 글쓰기를 포기하지 않아서 결국 위대한 저술가가 된 선배 작가들의 인내심을 본받자는 이야기다.

이 책은 다른 사람의 책에 가한 창의적이고 기발한 혹평들을 모았다. 너무 칭찬 일색이어서 '주례사 비평'이라는 비판을 받는 비평에 지친 사람에게는 묘한 청량감을 주기도 하며 독특하고 흥미진진하다. 그리고 그 어떤 일이 있어도 글쓰기를 포기해서는 안 된다는 힘도 준다. 아울러 악평도 창의적이고 기발하다면 후세에 길이 남는다는 사실도 잊지 말자.

마거릿 미첼 지음
안정효 옮김, 열린책들, 2010년

📖 **바람과 함께 사라지다**

소설 《바람과 함께 사라지다》는 비비안 리Vivien Leigh, 1913~1967 주연의 영화로 덕을 봤을까? 손해를 봤을까? 1936년 이 책이 발간된 해에 이미 150만 부가 팔린 이 소설을, 영화만 보고 나서 읽었다고 생각하는 사람들이 많다. 이런 사람들은 마거릿 미첼Margaret Munnerlyn Mitchell, 1900~1949이 천부적인 이야기꾼으로 명성이 높고, 영화는 소설의 많은 부분을 담지 못했다는 사실, 그리고 애초에 영화로는 도저히 담지 못하는 방대한 규모의 책이라는 사실을 간과하는 듯하다. 이래서 영화를 탐욕스러운 장르라고 하는 모양이다.

소설인 《바람과 함께 사라지다》를 원래 영화로만 알고 있는 사람도 제법 보인다. 진지하게 영화 〈바람과 함께 사라지다〉가 원작이 따로 있느냐고 물어본다. 물론 우리 문학도 아닌 해외의 문학인 소설《바람과 함께 사라지다》를 모른다고 해서 전혀 부끄러운 일은 아니다. 다만 이 소설이 한 번 잡으면 화장실까지 들고 가서 읽고 싶을 정도로 재미있다는 사실은 알았으면 좋겠다. 20세기 문학사에서 '스칼릿 오하라'만큼 생기발랄한 캐릭터를 찾기 힘들다는 평가도 이 책을 선택하는 이유가 된다. 생기발랄한 쾌감과 재미를 만끽하게 되는 소설이다.

멋있고 재밌는
사람으로
보이고 싶다면

남들에게 유식하게 보이고 싶어서 책을 샀던 적이 한 번쯤은 있을 것이다. 이러한 현상은 개인의 고유한 잘못된 현상이 아니다. 영국의 《데일리메일》의 한 기사에 따르면, 영국인들은 단지 다른 사람에게 지적으로 보이기 위해 결코 읽지 않을 책임에도 불구하고 평균적으로 80권의 책을 보유한다. 마찬가지로 영국 《가디언》의 한 기사에 따르면 런던에 사는 독자들의 무려 3분의 1 이상이 단지 지적인 사람으로 보이기 위해 책을 산다고 고백했다. 그러니 주위에 똑똑해 보이기 위해 책을 산다든지, 심지어 장식용으로 사용하기 위해 책을 사는 사람이 있다고 해서 '허세'라고 비웃을 필요는 없다. 어쨌든 남들에게 유식하고, 이야깃거리가 풍부한 사람으로 보이고 싶은 마음은 지극히 자연스러운 일이다. 더욱이 유식해 보이기 위해 책을 샀다면, 그렇게 보일 만한 책을 선별하는 안목은 확실히 있다는 것이 아닌가! 만약 유식해 보이고 싶은 마음에서 책을 구입하고, 독서를 통해 얻은 지식을 다른 사람에게 재미있게 이야기했다면 그것이야말로 현대 사회가 요구하는 엄청난 능력을 갖춘 것이다. 재미있는 사람보다 더 인기가 많은 사람은 별로 없다.

그렇다면 책을 많이 읽는다고 해서 누구나 혀로 상대방을 녹다운시키는 논객이 될 수 있는가? 그렇지는 않다. 독서를 많이 한다고 해서 누구나 소크라테스Socrates, ?B.C.470~399가 되지는 않지만, 그래도 책을 많이 읽음으로써 어느 정도 말솜씨가 좋아지는 효과는 기대해도 좋다. 실제로 독서가와의 대화는 대부분 즐겁다. 책을 많이 읽는 사람은 대체로 어두운 골방에 혼자 처박혀 책을 읽으므로 사회성이 떨어진다는 이미지가 있지만, 대개는 이미지가 만든 허상일 뿐 실제로 독서가와 대화해보면 다양한 화제를 넘나드는 입담에 시간 가는 줄 모른다. 같은 내용을 설명할 때도 좀 더 풍부한 비유와 배경 설명을 곁들이는 능력은 독서가가 가진 좋은 장점이다. 독서가가 길게 발언하더라도, 단지 자기주장이 강해서 알맹이 없이 말만 길게 늘어놓는 사람보다는 훨씬 더 참을 만하다. 독서가의 발언은 신선하고, 독특하며 재미가 남다르다. 독서가의 유식함은 양날의 검이어서 상황과 수위를 적절히 조절해야 '박학다식하고 재미있는 사람'이라는 칭찬을 받지, 조금만 선을 넘으면 칭찬은 커녕 '자기 잘난 맛에 사는 사람'으로 낙인찍히기 마련이다.

이참에 여러분을 언제 어디서든 박학다식하고 재미있는 사람으로 만들어줄 책들을 소개한다. 자기 잘난 맛에 사는 사람이 아닌, 누구나 흥미로워할 이야기로 대화를 리드하며 분위기를 부드럽게 이끄는 사람으로 만들어줄 책이다. 사회생활을 하다 보면 처음 본 사람과 오랫동안 시간을 보내야 하는 상황을 겪기 마련이다. 이런 경우 상대방

이 여러분과 대화를 마치는 게 아쉽도록 만들어줄 책들이다. 짤막하고 신선하며 재미있는 사실이 많이 담겨 있어 한두 시간의 대화만으로도 당신을 똑똑하면서 재미있는 사람으로 만들어준다.

존 로이드 · 존 미친슨 지음
전대호 옮김, 해나무, 2011년

📖 **동물 상식을 뒤집는 책**

3B, 다시 말해서 미인beauty, 아기baby, 동물beast은 광고의 매력적인 소재일 뿐만 아니라 대화에서도 무난하고 사람들 대부분이 반기는 주제다. 특히 동물(반려동물)은 예나 지금이나 성별에 상관없이 사랑받는 이야깃거리다. 《동물 상식을 뒤집는 책》은 제목만 보아도 내용을 충분히 짐작케 하는데 우리가 알고 있는 동물에 관한 상당수의 상식이 잘못된 지식임을 알려준다. 예를 들어 고양이의 건강을 위해서 우유를 먹여야 하며, 돼지는 불결하고 지저분하며 게으른 동물이라는 인식, 그리고 상어는 매우 난폭하며 위험하고 심지어 사람을 잡아먹는 괴물로 알고 있는 따위다. 여기서 한 가지 질문. '우유'와 '고양이 먹이'와 '중앙난방'의 공통점은 무엇일까? 정답은 '셋 다 고양이에 해롭다'다. 사람이 먹는 우유는 대개의 경우 고양이가 설사를 하게 만들고, 시중에서 판매하는 일부 고양이 먹이는 고양이의 잇몸을 부패하게 한다. 중앙난방은 고양이를 1년 내내 털갈이하게 하는데, 제 털을 핥다가 삼켜 급기야 소화관이 막히

는 비극을 만드는 주범이다.

고양이에 대한 우리들의 가장 큰 오해는 반려하는 고양이의 유일한 주인이 본인이라고 생각한다는 것이다. 고양이를 키운다는 사람의 숫자가 실제 반려동물로 존재하는 고양이의 숫자보다 훨씬 많다는 의외의 연구 결과가 있는데, 이는 고양이가 주인을 여러 명 갖는다는 말이 된다. 당신이 키우는 고양이가 자주 사라진다면 그는 어딘가에서 다른 주인이 차려준 식사를 맛나게 하고 있을지도 모른다. 사람이 고양이를 반려동물로 키우기보다 고양이가 여러 명의 '집사'를 거느리고 있기가 쉽다.

'식인'이라는 무서운 수식어가 붙는 상어도 사람을 공격하는 종은 100여 종 중에 딱 하나이며, 2005년 전 세계에서 상어 공격으로 죽은 이는 네 명이다. 영국에서만 말벌의 공격 때문에 사망한 사람이 네 명이니 사실 상어가 사람을 공격하는 일은 그리 많지 않은 편이다. 반면 우리 인간은 한 해에 무려 7,000만 마리의 상어를 다양한 이유로 죽인다.

우리가 게으름의 상징으로 치부하는 돼지는 잠자리를 별도로 두고 깨끗하게 관리하는 유일한 동물이다. 게다가 외모와는 달리 영리해서 대소변을 가리고, 믿기지 않지만 주둥이로 조이 스틱을 조작해서 비디오 게임을 하도록 훈련이 가능하다. 간혹 돼지를 반려동물로 키우며 심지어 함께 산책까지 하는 외국인을 보면 기겁하면서 기이한 취미라고 생각하지만, 명석함만을 따진다면 반려동물로 돼지는 꽤 좋은 선택이다.

고종석 지음
개마고원, 2012년

군복무 시절, 같은 부대에 무서운 동료가 한 명 있었다. 욕설로만 사람을 기절시켰다는 무용담을 자랑했던 그는 후임들에게 공포의 대상이었다. 사회에서 깡패였다는 소문이 돌았는데, 그의 인상과 평소의 언행을 보면 일개 깡패를 넘어서 깡패 두목을 했다고 해도 누구나 믿을 정도였다. 그의 묵직하고 질퍽한 욕설을 듣노라면 차라리 주먹으로 맞는 편이 낫겠다는 생각이 들었었다. 아마도 욕설과 함께 보통 사람의 1.5배쯤이나 더 큰 그의 손으로 뒷목을 가격당하는 일보다 더한 악몽은 군대에서 겪지 못하리라.

사회로 치면 집배원과 비슷하게 각 하급 부대에 문서와 우편물을 수발하는 문서 취급병이었던 그는 평소의 언행과는 달리 부대 내에서 그 누구보다 위문편지를 열심히 주고받았다. 그가 책상에 앉아서 '창작의 고통'을 겪는 모습을 자주 지켜봤던 나는 그의 지칠 줄 모르는 열의에 경의를 표했다. 문학 소년도 아니었고 책을 많이 읽지도 않았다고 말한 그는 그 험악한 강원도 최전방의 고된 일과 속에서도 위문편지를 보내온 여고생에게 최소한 이틀에 한 통꼴로 정성 어린 편지를 보내는 기염을 토했다. 지금처럼 인터넷이 없거니와 군부대라서 인용할 만한 좋은 글귀가 실린 책도 없는 열악한 집필 환경 속에서도 그는 그 누구에게 도움을 요청하지 않는 독창성을 고수했다.

어찌 됐든 그는 2년이 넘는 나의 군 생활 동안 나에게 가장 지적인 질문을 한 사람이었다. 마침 그때도 그가 편지를 읽거나 혹은 편지를 쓰는 중이었는데, 느닷없이 이런 질문을 했다. "박 병장! 영어 단어 중에서 가장 아름다운 단어가 뭔지 알아?" 내가 영문과에 다니다 입대했다지만, 당시에는 통신 부대 특유의 약어, 즉 CEOIcommunication-electronics operating instructions, 통신 전자 운용 지시나 VHFvery high frequency, 초단파 따위의 잡다한 용어 암기에 잠시 재미를 들였을 뿐, 가장 아름다운 단어라는 고상하고 낭만적인 이야기에는 관심이 없었다. 그는 잠시 뜸을 들이고 내가 답을 알지 못한다는 확신을 가진 후, "영어에서 가장 아름다운 단어는 'gentleman'이라고 하던데……"라면서 정답을 알려주었다. 그가 어떤 경로로 어떤 자료를 통해서 그런 말을 했는지 말하지는 않았지만 당시 그 말은 내가 보기에도 그럴듯했다. 그는 나에게 단 한 번도 편지를 보여주지 않았는데, 아마도 이 아이템을 그냥 묵혀두지만은 않았으리라. 나만 해도 제대한 지 20년이 지났지만 그의 말이 아직도 잊히지 않으니 그가 편지에 적은 그 문장은 상당히 '아름다운' 편지의 한 구절이지 않았을까?

《말들의 풍경》에서 우리는 영어가 아닌 마흔일곱 해 동안 한국어를 써온 한 남자에게서 가장 아름답게 들리는 낱말 열 개를 구경한다. 저자 고종석은 이미 《모국어의 속살》을 비롯해 한국어에 관한 여러 저작을 세상에 내놓은, 모국어에 대한 사랑과 연구가 남다른 사람이어서 그의 낱말 목록이 더욱 궁금해진다. '가시내, 서리서리, 그리움, 저절로, 설레다, 짠하다, 아내, 가을, 넋, 술'이 그가 가장 아름답다고 생각하는 우리 낱말이다. 가시내의 경우 '계집애'의 전라도 방언인데 신기하게도 '계집애'라는 말에서는 도저히 느낄 수 없는 정감이 느껴진다. '술'이 아름답게 느껴진다고 하니 다소 의외라고 생각할지도 모르겠다. '술'이란 낱말만큼 '술'에 가장 잘 어울리는 언어를 찾기란 쉽지 않다. 우리말은 소리의, 소리에 의한, 소리를 위한 언어다. '바다'는 탄성이 느껴지고, '힘'은 저도 모르게 힘이 들어가며, '술'은 술이 술술 넘어가는 소리가 자연스레 느껴진다. 술이 입과 목을 통해서 배 속으로 흘러가는 모습이 한눈에 보인다. 볼에 움푹 팬 자국을 보며 조개를 떠올려 생겨난 '보조개'라는 낱말도 절묘하고 아름다운 우리말의 단면을 잘 보여준다. 《말들의 풍경》은 우리말에 대한 쌈박한 읽을거리가 많다.

베르나르 베르베르 지음 📖 **상대적이며 절대적인 지식의 백과사전**
이세욱 옮김, 열린책들, 2009년

이 책을 나 혼자만 읽었다면 얼마나 좋을까 싶다. 그랬다면 아마 나는 베르나르 베르베르Bernard Werber, 1961~를 제외하고, 지적이면서도 재미있는 잡다한 지식을 가장 많이 아는 사람이 될 테니까 말이다.

가령 양羊의 간에 번식하는 편형동물의 하나인 간질의 대장정은 신기하고 놀랍다. 양의 간에서 성충이 된 간질이 그곳에서 알을 까지만 알은 부화하지 못하고 대변을 통해 밖으로 나온다. 알들은 양의 몸 밖에서 부화하고 작은 애벌레가 되어 계획적으로 숙주인 달팽이에게 먹힌다. 달팽이의 몸에서 성장한 애벌레는 연체동물이 내뱉는 *끈끈물*과 함께 다시 밖으로 나온다. *끈끈물*은 진주 송이 모양인데 여기에 유혹당한 개미들이 *끈끈물*을 섭취함으로써 간질은 개미의 몸속 깊숙한 곳으로 들어간다. 개미 몸속에 자리 잡은 간질은 성충이 되기 위해 다시 양의 몸속으로 들어가야 하는데, 놀랍게도 간질은 개미의 뇌를 조종해 마치 몽유병 환자처럼 개미집을 벗어나 양들이 가장 좋아하는 풀 위로 올라가 양에게 먹히게 함으로써 다시 양의 몸속으로 돌아오는 대장정을 마감한다.

금파리의 서로 속이고 속는 머리싸움도 흥미롭다. 금파리들은 교미를 하는 도중에 암컷이 수컷을 잡아먹는데, 교미를 하고 싶지만 잡아먹히기도 싫은 수컷은 머리를 써서 암컷에게 먹잇감(희생양)을 선물하고 안전하게 교미를 한다. 한편 더 진화한 수컷들은 먹이를 투명한 고치로 포장하는 치밀함을 보인다. 암컷이 선물의 포장을 풀 동안 더 오래 교미하는 혜택을 누리기 때문이다. 치밀하다 못해 영악하기까지 한 일부 수컷들은 선물 포장을 일부러 두껍고 크게 하는데, 암컷이 선물을 열 때 많은 시간을 들여야 하는 데다 최종적으로 포장만 요란했지 속은 비었다는 사실을 알게 될 때쯤이면 수컷은 이미 소기의 목적을 달성했기 때문이다. 그렇다고 암컷이 마냥 속지는 않는다. 암컷은 수컷의 선물이 가짜인지 진짜인지를 알아보기 위해서 선물 꾸러미를 흔들어보는 꼼꼼함을 발휘하기도 하는데, 수컷은 여기에 대응하고자 자신의 배설물을 포장해서 암컷을 속인다.

이 책은 웬만한 사람들이라면 모두 신기해할 이런 종류의 읽을거리가 가득하다. 더구나 아메리칸 원주민들이 야만적이지도, 호전적이지도 않은 평화의 종족이며, 자연에 동화되어 살았고, 침략자(백인)에 의해 무참히 학살당했다는 역사적 사실도 알려준다. 신비롭고 흥미진진한 읽을거리와 우리들이 잘못 아는 고정 관념의 오류도 바로잡아준다.

살림   📖 **살림지식총서**

세상의 모든 지식을 담겠다는 야심 찬 문고판 시리즈다. 〈살림지식총서〉는 다음 세 숫자로 정의가 가능하다. '4,800, 400, 100.' 먼저 4,800! 이 시리즈 각 권의 가격이다. 정말이지 커피 한 잔과 비슷한 값이다. 400! 2012년에 이미 이 시리즈는 400권을 돌파했다. 이제 곧 500권 출간을 눈앞에 두고 있다. 100! 이 시리즈는 몇몇 권을 제외하고는 100여 페이지 정도 되는 얇은 책이다.

우리가 아는 거의 모든 학문의 영역을 아우르는 이 시리즈는 철학 세트, 청소년 세트, 직장인 세트, 대학생 세트, 이야기 세트 등 별도로 세트를 엮어 판매하는 재미있는 마케팅을 구사하는데, 400권이 훌쩍 넘는 목록을 소유하기 때문에 가능한 전략이다.

〈살림지식총서〉에 대한 독자의 이미지는 간단하다. 가격이 저렴하고 구성이 알차며 개성이 넘친다는 긍정적인 시각이 대부분이다. 부피가 작으니 지하철이나 버스 안에서 읽기에 공간적으로나 시간적으로 전혀 부담이 없다. 독자로서는 불만을 가질 이유가 없다.

《살롱문화》, 《문신의 역사》, 《중세는 정말 암흑기였나》, 《조폭의 계보》, 《마피아의 계보》, 《미국의 총기 문화》, 《피해자학 강의》 등의 목록만 대충 살펴봐도 이 시리즈가 세상의 모든 '세부적인' 지식을 담으려고 얼마나 노력했는지 알게 된다. 작지만 알토란 같은 책이 바로 〈살림지식총서〉 시리즈다. 문고판으로서는 한국 출판계의 새로운 장을 열었다는 평이 결코 아깝지 않다.

슈테판 츠바이크 지음
원당희 옮김, 세창미디어, 2009년

📖 **천재 광기 열정**

이 책은 전기 작가로 유명한 슈테판 츠바이크Stefan Zweig, 1881~1942가 우리가 익히 잘 아는 대문호, 즉 발자크Honoré de Balzac, 1799~1850, 디킨스Charles Dickens, 1812~1870, 도스토옙스키Fyodor Mikhailovich Dostoevskii, 1821~1881, 니체Friedrich Wilhelm Nietzsche, 1844~1900, 카사노바Giovanni Giacomo Casanova, 1725~1798 등의 일대기를 다룬 책이다. 보통의 전기와 다른 점은 인물의 일생 면면을 서술했다기보다는 츠바이크 자신이 해당 인물 내면의 목소리를 전기에 가미함으로써 '소설적 전기'라는 장르를 떠올리게 한다는 점이다. 비록 전기문이라는 형식을 바탕에 갈고 있지만 츠바이크의 뛰어난 문학적 감수성과 표현력 그리고 통찰력을 만끽할 수 있다. 단순히 평범한 전기문이라면 이 책이 절판되었을 때 많은 독자가 책을 구하기 위해서 헌책방을 헤매지도, 정가보다 훨씬 비싼 값에 구하지도 않았을 것이다. 물론 다행히 재출간이 되었는데, 츠바이크의 뛰어난 문학적 감수성을 맛보는 동시에 대문호들과 얽힌 잘 알려지지 않은 일화도 엿보게 해준다.

세계를 정복하겠다는 패기로 나폴레옹의 초상 아래에 "나폴레옹이 칼로 이루지 못한 일을 나는 펜으로 이루리라"라고 적었던 발자크는 가난 앞에서는 애절함을 보여준다. 형편없는 식사로 끼니를 때워야 했던 젊은 시절, 그는 접시에 자신이 맛본 가장 맛있는 음식 이름을 적었는데 비록 지금은 맛없는 음식을 먹지만 '의지의 암시'를 통해 가장 맛있는 음식의 맛을 느끼기 위해서였다.

평생 온몸을 짓누르는 빚에 시달렸던 도스토옙스키는 작품의 첫 행을 시작하기도 전에 원고료를 저당 잡혔다. 그가 순전히 '창작에 대한 열의와 즐거움'으로 쓴 작품은 〈백야〉가 마지막이었다. 그의 재정난은 가혹했고 처절했다. 한번은 전보를 치기 위해 바지를 저당 잡혀야 했다. 그의 생은 이처럼 혹독했지만 그의 죽음은 장엄했다. 1881년 2월 9일 그가 죽음을 맞이하자 러시아는 전율로 몸을 떨었고, 그의 시신이 안치된 슈미트 거리는 검은 상복이 가득 메웠다.

신의 살해범이 된 니체 곁에는 신뿐만 아니라 인간도 없었다. 20년 동안 집필했던 6,400파운드의 원고들은 그의 집 지하실에 방치되었고, 구매는 고사하고 공짜로 준다고 해도 받아갈 독자조차 없었다. 결국 니체는 700만 명이 사는 독일 제국에서 단 일곱 명에게만 책을 보내주었다.

희대의 바람둥이로 알려진 카사노바는 다섯 편의 소설, 이십 편에 달하는 희곡, 그리고 다수의 단편 소설을 남긴 문필가이기도 했다. 그가 단지 여자들을 유혹하는 재주만 있었다고 생각하면 큰 오산이다. 존경받는 가문 출신으로서 라틴어, 그리스어, 프랑스어, 히브리어를 능통하게 구사했을 뿐만 아니라 화학, 의학, 역사, 철학, 문학에도 정통했다. 열여섯 살의 나이에 이미 신학자로서 비잔틴 교회에서 첫 연설을 한 지성을 과시함과 동시에 무용, 펜싱, 승마, 카드놀이에 빼어난 능력을 과시한 천재 중의 천재였다.

톨스토이Lev Nikolaevich Tolstoi, 1828~1910는 그의 왕성한 원기와 생명력을 문학에만 발휘하지 않았다. 백발의 톨스토이는 얼음물에 뛰어들고, 테니스를 즐겼으며, 70대에 스케이트를, 80대에도 체조를 통해 근육을 단련했다. 그뿐인가? 임종 직전의 82세에도 말을 타고 15마일을 질주하면서 말 잔등에다 채찍을 마구 휘둘렀다. 도스토옙스키만 해도 평생을 간질로 고생했지만 톨스토이는 노년에 이르기까지 병과 피로를 모르고 살았다. 농민의 삶 속으로 들어가서 신의 비밀을 알아내고 싶었던 대지주 톨스토이는 고령에도 불구하고 호화로운 생활을 떠나 《안나 카레니나》와 《전쟁과 평화》를 썼던 그 손으로 밭을 갈고, 물통을 나르고, 추수를 했다. 영주인 톨스토이는 민중들을 저택으로 초대하기도 했는데 영주의 초대를 받은 소작인들은 그가 혹시 소작료를 올리려는 획책을 꾸민 건 아닐까 두려움에 떨었다가 안도의 한숨을 내쉬기도 했다.

　대문호에 대한 단편적인 일화로 츠바이크의 빛나는 저작들을 요약하지 못한다. 츠바이크의 전기문은 사실의 나열 때문이 아니라 화려한 표현 방식과 아름다운 문장으로 명성을 누린다. 츠바이크의 어떤 책으로 시작하든 그 책이 당신이 읽는 츠바이크의 마지막 책은 아닐 것이다. 대문호의 '뒷담화'라는 흥미로운 이야깃거리는 츠바이크의 저작이 지닌 많은 덤의 극히 일부에 지나지 않는다.

마귈론 투생 사마 지음
이덕환 옮김, 까치, 2002년

📖 먹거리의 역사

이 책을 펴낸 '까치출판사'는 출판사 이름만 보고 책을 사도 좋을, 국내에 몇 안 되는 훌륭한 출판사다. 절판본이 많고 표지 디자인이 교과서 같다는 불만을 제외하면 '믿고 읽는' 개념 출판사라는 데 이의를 달 사람은 많지 않을 터다. 표지 디자인의 촌스러움은 정말 국가 대표급인데, 요즘 나오는 까치의 책들은 내가 대학을 다니던 1988년에 산 까치의 《경제사상사》의 디자인에서 단 1센티미터의 진보도 없다. 이 정도가 되면 촌스러운 디자인은 까치의 이데올로기나 정체성이라고 봐야 한다.

　가독성을 일절 고려하지 않은 채 글자가 여백 없이 빼곡하게 들어찬 편집도 까치의 또 다른 고집 중 하나다. 나는 이런 까치의 고

- 톨스토이는 백작 출신의 작가다. 그는 가진 것이 많은 귀족이었으나 그의 저서 〈바보 이반〉, 〈사람은 무엇으로 사는가〉를 통해서 러시아 귀족을 비판했다. 귀족의 재산이 너무 많기 때문에 민중이 가난해질 수밖에 없다는 것이었다. 그의 이런 올곧은 말에 다른 귀족들이 가만히 있을 리 없었다. 그들은 톨스토이의 언행에 주목했고 그의 책이 출간되지 못하도록 압력을 가했다. 그들의 방해 공작으로 《참회록》 등 몇몇 글이 출판 금지를 당했지만 독자들은 어렵사리 책을 구해 몰래 읽었고 외국에서는 유명한 베스트셀러가 되었다.

집을 긍정적으로 생각하는데 책이라는 물건은 오로지 지식을 담는데에만 집중해야 한다고 생각하기 때문이다. 쓸데없이 같은 책을 '청소년용', '아동용', '만화'로 만든다든지 책의 내용보다는 제목과 디자인 그리고 편집에 치중하는 경우보다는 더 낫다.

《먹거리의 역사》는 비록 프랑스를 중심으로 기술했다는 단점은 있지만 먹거리의 시각으로 본 인류의 문명 발달사를 자세히 알려주는 좋은 저작이다. 음식이나 요리뿐만 아니라 역사에 관심을 둔 모든 독자에게 권할 만한데 약 1만 년에 걸친 음식과 인간과의 세계사를 다룬다. 그러고 보니 우리의 역사는 왜 사관과 역사가의 눈과 귀로만 쓰였는지 불만스럽다. 여러 가지 물건과 음식의 역사책은 물론 우리에게도 많다. 그러나 '음식은 음식이고 역사는 역사다'라는 이분법적인 사고방식이 우리나라에서 《먹거리의 역사》와 같은 창의적인 저작이 탄생하지 못하게 한 주범이라고 생각한다. 어쩌면 몇몇 다른 사관을 가진 소수 역사가의 기술보다는 음식의 역사라는 시선으로 사람의 역사를 살펴보면 좀 더 객관적인 역사의 기술이 가능하지 않을까?

두 권으로 이루어진 무거운 책이지만 읽기에는 매우 가볍다. 구석기 시대의 굶주림 해결법에서부터 시작해서 우리가 아는 '음식에 관한 거의 모든 것'을 다룬다. 각 장들은 과학, 어원학, 자연사, 경제학이 총동원되는데, 심지어 음식을 구매하는 요령도 진지하게 다룬다. 음식의 시각으로 본 인류의 문화, 종교, 과학 등을 살펴보는 책이지만 굳이 다른 역사책처럼 처음부터 차례대로 읽지 않아도 된다. 침대 옆에 두고 아무 페이지나 손 가는 대로 펼쳐서 읽어도 충분히 재미있고, 또 실생활에 도움이 되기까지 하는 책이다. '제빵 장인의 취임식'을 비롯한 음식과 관련된 재미있는 역사 자료도 이 책의 장점 중 하나다. 젊은이들을 위한 먹거리의 상징인 맥주의 양조 기술을 다루면서 열세 가지 공정을 상세히 기술한 부분이라든지 파스타의 역사를 세밀하게 말하는 부분만 봐도 이 책이 얼마나 실용적이고 흥미로운 책인지 잘 드러난다.

우리가 사는 주요한 낙이라고 하는 음식과 요리에 관한 가장 풍부한 이야깃거리를 제공하는 책이지만 '역사'라는 제목과 중세 유럽 귀족들의 식사 장면인 듯한 표지 디자인을 보고서 고리타분하다고 오해할 수 있다. 부디 그런 큰 실수를 저지르지 말길 바란다. 이 책은 다이어트와 비타민이라는 현대인의 가장 큰 관심사도 다루며 도움이 되는 유용한 충고가 많다.

현재 이 책은 품절되어 구하기 어렵지만 곧 재출간될 예정이다.●

● 아쉽게도 개정판을 손보고 있는 2019년 1월 현재 《먹거리의 역사》는 재출간되고 있지 않다.

각 분야의
개론서를 읽자

왜 다양한 개론서를 읽어야 할까? 이유는 간단하다. 독서는 간접 체험인데, 간접 체험은 많은 분야에 걸쳐 할수록 더욱 이롭기 때문이다. 진로 교육에서도 독서는 매우 중요하다. 자신의 진로를 찾기 위해 수많은 직업을 모두 체험해볼 수는 없지 않은가? 게다가 다양한 개론서를 읽는다면 처음 만나는 사람과도 대화의 실마리를 손쉽게 풀 수 있다. 다시 말해서 폭넓은 독서는 인간관계에 큰 도움이 된다.

공간이 한정되어 있기 때문에 책 수집은 관심 분야에 한정될 수밖에 없지만 독서의 대상은 다양할수록 좋다. 독서는 잡식성이어야 한다. 여러 분야의 책을 좋아하는 사람은 다양한 체험을 해보는 셈이기 때문이다.

이상한 일이다. 철학은 학교에서 중요하게 취급하는 과목도 아니며, 더구나 대학에 입학하는 데 많은 비중을 차지하는 과목도 아니다. 더구나 입사 시험에 철학을 채택하는 기업도 드물다. 다시 말해서 영어처럼 사회적인 성공을 위해 매우 필수적이고 중요한 과목이 전혀 아니다. 그럼에도 불구하고 현대인은 철학에 의외로 관심이 많고, 독서를 통해 가장 입문하고 싶은 분야로 단연 철학을 손꼽는다. 철학과 담을 쌓고 사는 물질주의가 팽배한 지금, 대한민국 현대인은 늘 철학 주위를 기웃거린다. 나 자신조차 광고를 지망하는 내 딸아이에게도 대학에 입학을 하면 철학을 복수 전공해보라고 권하기도 했다. 왜 그럴까? 아마도 요즘처럼 정신적으로 혼돈의 시대에 사는 사람일수록 사물의 근본과 근원적인 문제가 궁금하고, 자신의 가치관을 정립하고 싶은 욕심이 자연스럽게 생겨서라고 생각한다. 따지고 보면 철학에 견주면 광고학을 학문이라고 부르기에도 민망할 지경 아닌가?

　시詩 자체가 어렵다기보다는 시를 어렵다고 생각하는 선입견 때문에 어려운 장르로 인식되듯이, 다들 철학은 어려운 학문이라고 생각하기 때문에 거의 모든 이가 철학은 어렵다고 선입견을 갖는 것도 당연하다. 눈에 보이지 않고 수량적인 계측이 불가능한 주제를 다루니 무리도 아니지만, 사실 철학은 다른 사람이 만들어놓은 복잡한 규칙이나 사실이 아니라 단지 '다른 사람의 의견'일 뿐이다. 철학은 내가 아닌 다른 사람의 사고방식이나 생각의 방식을 '이해'하는 태도에서 시작된다. 철학이 어려운지 아닌지는 우리들 각자의 '철학'에 달렸다. 개인적으로 대학을 졸업하고 10년쯤 지나서 한 후회 중의 하나가 철학을 전공하지 않았다는 것이었다.

윌 듀랜트 지음
임헌영 옮김. 동서문화사, 2007년

📖 철학이야기

철학 입문서 중 가장 많이 추천되는 책이다. 원서의 부제가 '세계의 위대한 철학자의 삶과 의견'이라고 나와 있듯이 딱딱한 철학 이론 중심의 책이 아니고, 전공자가 아닌 일반인을 위해서 철학자의 삶과 그의 핵심 사상을 이해하기 쉽게 잘 간추린 책이다. 이 책을 읽고 철학을 전공으로 선택한 사람이 많은데, 그래서인지 철학 전공자가 철학에 관심을 보이는 일반인에게 주로 권하는 책이기도 하다. 철학 입문서의 고전일 뿐만 아니라 베스트셀러이기도 한 이 책이 대단하다고 평가받는 이유는 '재미'와 '대중성'은 물론 '전문적인' 지식까지 확보했기 때문이다. 이 책은 단순히 세계의 위대한 철학자의 삶과 저서를 나열하고 설명하는 데 그치지 않는다. 다양한 저서와 철학자의 삶을 유기적으로 촘촘하게 잘 엮어서 이야기를 들려준다. 고대에서 현대에 이르기까지 폭넓은 영역을 다뤘지만 저자의 혜안과 분석은 매우 깊다. 아울러 철학에 관한 책이지만 위대한 문학 작품으로 착각할 만큼 문체가 수려하며 흥미진진하다.

한스 요아힘 슈퇴리히 지음
박민수 옮김, 이룸, 2008년

📖 **세계 철학사**

철학의 딱딱함을 완화하려는 의도인지 책의 디자인이 참 예쁘다. 철학을 이해하기 쉽게 설명하고, 철학의 이론을 사회적 맥락에서 조명한 이 책은 저자가 나고 자란 독일에서 무려 60만 부가 팔렸다. 철학 이론서가 60만 부가 팔리다니, 독일이라는 나라의 위엄을 짐작할 만하다. 2008년 우리나라에서 번역된 이 책은 디자인이 참 예쁘고 장정도 튼튼해서 좋은데, 4만 원에 육박하는 가격은 조금 부담스럽다. 보통 철학사를 생각하면 러셀의 《서양 철학사》를 먼저 떠올리지만 이 책을 먼저 읽기를 권한다. 특히 동양 사람이라면 더욱 그렇다. 책 제목에 충실하게도 서양철학뿐만 아니라 동양철학도 비중 있게 다루고 있다는 점이 장점이다.

나는 이 책의 내용 중에서 동양철학, 즉 중국철학 부분을 특히 재미나게 읽었다. 내가 읽은 그 어떤 동양철학에 관한 책이나 자료보다 훨씬 이해가 쉽고 요약이 잘되어 있다. 동양철학에 대한 배경지식이 없는 독자도 쉬이 읽어낼 수 있는 책이다. 서양인의 눈으로 본 동양철학이라는 점에서 오히려 객관적이며, 재미있다.

프레드 반렌트 글, 라이언 던래비 그림 📖 **만화로 보는 지상 최대의 철학 쑈**
최영석 옮김, 다른, 2013년

이 책의 저자 반렌트Fred Van Lente, 1972~는 만화를 통해 자신의 목소리
를 내는 작가로 유명하다. 반렌트 덕분에 만화를 사랑하게 되었다
는 독자도 많다. 개인적으로 이 책을 눈여겨보게 된 연유는 만화를
유익하고 진지하면서 재미있는 장르로 승화시키는 데 큰 공을 세
운 작가라고 생각하는 《김태권의 십자군 이야기》의 저자 김태권이
'샘이 나도록 잘 만든 책'이라고 극찬했기 때문이다. 작가에게서
듣는 가장 큰 칭찬은 아마도 '샘이 난다'는 말 아닐까? 그건 칭찬의
차원을 넘어서 귀순이나 자백의 차원이니까.

　이 책을 읽고 나서 얻은 가장 큰 수확은 '철학은 이론이 아닌 활
동이다'라는 사실을 인식했다는 점이다. 또 수학과 철학은 서로 극
과 극인 학문이 아니며 애초부터 서로 인접하고 상호 보완적인 관
계라는 사실도 새롭게 인식했다. 현대 철학의 스타 비트겐슈타인
Ludwig Josef Johann Wittgenstein, 1889~1951이 원래는 항공공학을 전공했
고 수학의 기초를 파고들고 싶어서 러셀Bertrand Arthur William Russell,
1872~1970 밑에서 분석철학을 공부했다는 사실은 수학과 철학이 애
당초 먼 거리에 있는 학문이 아니라는 한 예가 된다. 우리가 위대
한 철학자로만 알고 있는 플라톤Platon, ?B.C.427~347은 어깨가 넓고 힘
이 세서 한때 레슬링 선수였다. 지역 예선에서는 두 번 우승했지만
올림픽에서는 우승을 못 했는데, 플라톤에게 수數의 세계야말로 완

벽하게 조화로운 세상이었다.

철학이 이론이 아닌 활동임을 몸소 잘 보여준 이는 우리가 "만물의 근원은 물이다"라는 말로 기억하는 탈레스Thales, ?B.C.640~546다. 탈레스는 과학 쪽으로는 못 하는 게 없어서 피라미드의 높이를 재는 방법을 알아냈고, 급기야 다음 해의 올리브 농사를 예측하고 전 재산을 털어서 올리브 짜는 기계를 사들인다. 예상대로 올리브 농사는 풍년이 되었고, 탈레스는 올리브 짜는 기계를 임대해서 엄청난 돈을 버는 수완을 자랑한다.

그리 두껍지 않은 분량으로 철학사를 쉽게 설명하는 이 책은 내 딸의 책꽂이에 꽂아주고 싶은 책 일순위에 속한다.

데이비드 에드먼즈 · 존 에이디노 지음 📖 **비트겐슈타인과 포퍼의 기막힌 10분**
김태환 옮김, 옥당 북커스베르겐 , 2012년

난해하고 이론적인 영역이라고 종종 오해받는 철학을 이보다 더 흥미롭게 설명해주는 책이 또 있을까? 이 책은 고매하기 이를 데 없는 사람들로 보이는, 그것도 현대 서양철학을 대표하는 칼 포퍼Karl Popper, 1902~1994와 비트겐슈타인 간에 '부지깽이'가 동원된 싸움을 소재로 쓴 책이다. 1946년 10월 25일 영국의 케임브리지 대학교 킹스 칼리지 빌딩 H3호에 사상 처음이자 마지막으로 철학의 거장 러셀, 비트겐슈타인, 포퍼가 모인다. 강연자로 나선 포퍼와 비트겐슈타인이 격론을 벌였고, 이때 분을 참지 못한 비트겐슈타인이 부지깽이를 휘두르며 고성을 지르고 회의장을 박차고 나간 이른바 '부지깽이 스캔들'이 발발한다. 이 책은 이 사건의 진상을 철학적, 역사적, 인간적 배경을 동원해서 파헤치는데, 추리 소설 이상의 흥미를 제공한다. 아울러 비트겐슈타인과 포퍼에 대한 좋은 입문서가 되기도 한다. 이 책은 원래 2001년 '웅진지식하우스'에서 나온 《비스겐슈타인은 왜?》의 개정판인데 문제는 이 판본마저 절판되어 지금은 구하기 어렵다는 아쉬움이 남는다.

윤구병 글, 이우일 그림
보리, 2004년

📖 **꼭 같은 것보다 다 다른 것이 더 좋아**

우리나라에서 '남과 다른 것이 더 좋아'라는 생각을 하려면 약간의 용기가 필요하다. 아직 우리 사회는 개인의 취향과 주장에 대한 배려와 존중보다는 '다수의 취향이나 의견'이 정상적이며 소수의 그것은 비정상이라고 생각하는 경향이 있다. 다수는 소수에게 그냥 다수에 묻어가면 되지 굳이 모나게 소수에 서서 고생하느냐고 말하곤 하지만, 때때로 소수자가 되는 일은 선택의 문제가 아닐 수 있다. 가령 성소수자는 자신의 의지로 되는 것이 아니다. 한 번이라도 소수자 편에 있어본 사람은 잘 안다. 소수자로서 우리나라에서 사는 일이 얼마나 고된지를.

이 책은 아버지가 자식에게 들려주는 생활 철학 이야기다. 억압과 착취가 없는 세상이 왜 중요한지, 그런 세상을 만들려면 어떤 생각을 가져야 하는지를 이야기로 들려준다. 이 책의 키워드는 관념적이지 않다. 무협 소설, 유행가, 팝송, 여성다움, 자살, 공해, 말과 글의 얼과 같은 우리 생활 속에서 늘 함께 숨 쉬는 주제로 어려운 철학 문제를 들려준다. 세상의 문제와 부조리에 궁금증을 갖기 시작한 청소년에게 권하고 싶다.

불교 Buddhism

우리나라 사람들이 다른 종교에 비해 불교를 편하고 친근하게 생각하는 이유는 우리나라 불교가 생각보다 현세적이기 때문이다. 일찍이 불교는 '호국 불교'라고 해서 현실 상황에 적극 대응한 사례가 있다. 조선이 숭유 억불 정책을 표방했지만, 조선의 도읍지를 정하는 데 큰 역할을 한 사람은 다름 아닌 무학 대사였다. 유교가 국가 이념이었지만, 조선의 번영기를 이룩했던 세종도 궁궐 내에 '내불당'이라는 사찰을 세우기도 했으니 조선에서 불교는 왕에서 백성에 이르기까지 직·간접적으로 생활의 길잡이 역할을 했다.

관용과 포용의 폭이 넓은 불교에 대해 일반인이 편안함을 느끼는 상황은 자연스럽다. 우리나라 독자가 '자아의 실현'을 이루기 위해서 군이 코엘료Paulo Coelho, 1947~의 《연금술사》를 꼭 읽어야 할 이유는 없다고 생각한다.

오승은, 서울대학교
서유기번역연구회 옮김, 솔, 2004년

📖 서유기

불교의 기초를 이해하기 위해서 군이 어려운 책을 찾을 필요는 없다. 《서유기》는 많은 사람이 어린이용 동화이며 이미 다 읽은 책이라고 생각하지만 사실 제대로 읽은 사람이 많지 않은 고전 중 하나다. 이 책은 재밌게 읽으면서 불교에 대한 지식을 습득할 수 있다는 점에서 불교 입문자를 위한 필독서다. 불교에 관한 수많은 신화와 전설이 이 책에 담겨 있다. 또 초보자를 배려해서 책 말미에 부록으로 불교, 도교와 관련된 전문 용어들을 친절히 설명한 점도 매력적이다. 2010년에 문학과지성사에서도 완역본을 내놨고 만화가 고우영의 만화로도 출간이 되었다.

　《서유기》는 문학 작품에서 맛보는 온갖 즐거움이 가득하다. 요즘 우리가 열광하는 온라인 게임의 상당수가 우리가 케케묵었다고 생각하는 고전 《서유기》에서 모티프를 얻었다. 금세기를 대표하는 흥행 아이콘인 《반지의 제왕》과 〈해리포터〉 시리즈로 대표되는 판타지 장르는 원래 서양 문화의 산물만은 아니다. 우리의 《구운몽》,

《홍길동전》과 함께 《서유기》는 비록 '판타지'라는 명칭 대신 '황당무계'한 이야기라고 불렸지만 분명 당대의 베스트셀러였으며 하나의 독립된 장르였다. 어찌 됐든 《서유기》는 불교를 이해하는 개론서뿐만 아니라 문학 작품에서 누리는 모든 '재미'를 갖춘 동양 판타지 문학의 최고봉으로서의 역할을 맡기에 충분하다.

석지현 옮김　　　　　　　　　　　　📖 **숫타니파타**
민족사, 2005년

불교의 경전 《숫타니파타》는 복잡하고 종교적인 색채가 강한 교리서로서의 경전이 아니라 초기 불교의 생활 속에서 실천 가능한 소박한 지혜를 배울 수 있어서 매력적이다. '이치에 맞는 행동', '늙음', '죽음이 오기 전에'와 같은 가르침을 배운다. 불교 경전이라는 부담감만 가지지 않으면 쉽게 읽을 수 있는데 그렇다고 생각거리가 적은 것도 아니다. 가볍게 읽을 있으면서도 묵직한 지혜를 얻을 수 있는 책이다.

숭산 지음, 현각 엮음, 허문명 옮김　　　📖 **선의 나침반**
김영사, 2010년

공자孔子. B.C.551~479의 가르침을 제자들이 엮어서 《논어》를 펴냈듯이 달라이 라마Dalai Lama, 1935~, 틱 낫 한Thich Nhat Hanh, 1926~, 마하 거 사
난다Maha Gho sananda, 1929~와 함께 세계 4대 생불生佛로 추앙받은 숭산
대선사의 30년 가르침을《만행》으로 유명한 현각 스님이 책으로 펴
냈다. 어려운 불교가 아닌 쉽고 재미있는 불교의 가르침을 담았고,
애초에 서양인을 위한 불교 안내서로 나온 책이기 때문에 불교에
관한 개요를 쉽게 알려준다. 원래는 1997년 'The Compass of Zen'이
란 제목으로 미국에서 먼저 출간되었고 나중에 우리말로 번역되었
다. 불교에 대한 쉬운 개론서라는 취지에 어울리도록 불교의 목적,
불교의 분류, 불교의 구성으로 시작해서 소승불교, 대승불교, 선불교
에 대한 기본적인 개념과 가르침을 친절히 설명한다. 아무래도 불교
사상이 익숙하지 않은 서양인을 위한 책이기 때문에 이해를 돕기 위
한 몇 가지 장치가 있다. 난해한 불교 사상을 설명하기 위해서 반복
적이고 유머러스한 필체를 사용했을 뿐만 아니라 사례 또한 풍부하
게 선보인다.

페터 제발트 지음, 이기숙 옮김   📖 **가톨릭에 관한 상식사전**
보누스, 2008년

저자 자신이 애초에 사제가 되려고 했지만 마르크스 사상에 심취해서 가톨릭 신앙을 잠시 버렸던 이력이 있는 만큼 가톨릭에 대한 기본적인 궁금증을 해소해주는 내용이 많다. 심지어 가톨릭에 관심이 없는 독자조차도 흥미를 가질 만한 짧은 글들이 많이 수록되어 있다는 점이 이 책의 중요한 매력이다.

역사상 가장 길었던 교황 선거, 가톨릭과 개신교의 차이, 예수는 왜 친구가 없었을까, 샤르트르 성당의 미로, 세상에서 가장 짧은 회칙 등 목차만 얼핏 훑어봐도 이 책을 읽고 싶은 욕구가 생긴다. 이처럼 제목만 봐도 알 수 있듯이, 이 책은 가톨릭 신자뿐만 아니라 회의론자와 무신론자를 대상으로 쓴 가톨릭 개론서다. 제목에 들어간 사전이라는 단어 때문에 기승전결이 없고 지식만 나열된 재미없는 책으로 오해하기 쉬운데, 이 책은 가톨릭에 대한 개략적인 지식과 상식뿐만 아니라 일반인들에게는 베일에 싸인 수도원 생활도 다루고 있어 관심을 기울이게 된다. 특히 '수도원에서 만드는 맥주의 기원' 같은 내용은 흥미진진하다.

존 보커 지음. 이종인 옮김
시공사, 2003년

📖 **사진과 그림으로 보는 성서**

영어 교사로서 학생들에게 독서에 관해 충고할 때 항상 강조하는 책이 바로 《성경》이다. 물론 대학 시절 교수님께서 말씀해주셨던 《성경》을 읽어야 하는 이유도 함께 곁들인다. 하지만 그 말을 하면서도 나는 학생들이 《성경》을 완독하지 않으리라 확신했고, 왜 완독하지 못하는지도 알기 때문에 미안했다. 나는 《성경》이 순전히 독서로 읽기에 얼마나 난감한 책인지 잘 안다. 인류 최고의 베스트셀러지만 아무도 읽지 않는 책(물론 독서로서)이라는 명성이 괜히 생기지는 않았을 터다. 단 몇 분만 살펴보면 금방 이 책과 사랑에 빠지게 될 만큼 매력이 넘친다. 자세하고 깊이 있는 설명이 절묘하다. 또 사진과 그림이 곁들여져 《성경》을 쉽게 읽을 수 있다는 장점이 있다. 《성경》을 이해하는 데 도움이 되는 성화, 지도 그리고 유물 사진이 무려 600장이 넘게 수록되었다. 그러나 내 생각에 이 책의 가장 큰 장점은 그림이나 사진 자료가 아닌 어려운 내용의 이해를 돕는 '논평'이다. '사진과 그림으로 보는' 성서임을 강조한 국내 번역서와는 달리 원서의 제목은 'The Complete Bible Handbook'이다. 원서는 이 책이 그림이나 사진보다는 《성경》에 관한 풍부한 지식이 총망라되었다는 점을 강조한다.

그레고리 맨큐 지음, 김경환 · 김종석 옮김   📖 맨큐의 경제학
센게이지러닝출판, 2013년

최근 경제학 개론서의 대명사인 책이다. 경제학을 전공으로 삼는 학생뿐만 아니라 경제학에 관심이 있는 대학생 또는 일부 고등학생도 큰 무리 없이 읽게끔 쓰인 책이며, 어느 정도 '균형 잡힌 시각'을 인정받아 대학의 교재로도 널리 쓰인다. 경제학의 원리를 쉽게 설명하기 위한 맨큐의 노력은 치밀하다. 소개하려는 경제학 원리와 연관된 그래프와 삽화를 먼저 제시해서 독자로 하여금 대략적인 개념을 익히게 한 다음 제시한 그래프를 세밀하고 완벽하게 설명을 한다. 경제학이라는 난해한 학문을 시작하는 학생을 위해서 가장 널리 채택되는 교재로 군림하는 이유다.

　이 책에 나오는 '타이거 우즈가 자기 집 잔디를 직접 깎아야 할까'라든가 '마약 퇴치 정책으로 인해 마약 관련 범죄는 증가할까?' 따위의 주제를 살펴보면 이 책의 가치를 충분히 판단할 수 있는데, 경제학의 이론을 심도 있게 파고든다기보다는 일상에 대한 경제학적인 사고에 치중한다는 점을 알 수 있다. 이런 점 때문에 경제학 전공자뿐만 아니라 일반인들도 흥미를 가지고 읽을 만하다.

토드 부크홀츠 지음, 류현 옮김 📖 **죽은 경제학자의 살아 있는 아이디어**
김영사, 2009년

할리우드의 나라답게 경제학자들의 사생활이 많이 가미되었다는
양념을 제외하면 사실상 '경제 사상사'라고 명명해도 무리가 없는
책이다. 이 책은 교양 경제학책에 관해 아주 중요한 두 가지 가르
침을 준다. 제목의 중요성과 책의 지루함을 달래주는 드라마틱한
양념의 필요성이 그것인데, 이 책은 이 두 가지만으로도 교양 경제
학책의 책무는 충분히 했다고 본다.

더구나 이 책은 '음울한 과학'이라는 반갑지 않은 별명으로 불
리는 경제학에 좀 더 긍정적인 이미지를 불어넣었다. 흥미롭다.
교과서에서는 단 몇 줄의 설명이 전부였던 애덤 스미스Adam Smith,
1723~1790의 '보이지 않는 손'을 비롯해 맬서스Thomas Robert Malthus,
1766~1834의 '인구론', 리카도David Ricardo, 1772~1823의 '비교 우위' 등에
관한 자세한 배경 설명과 정보는 경제학 지식이 전혀 없는 사람이
읽어도 동화처럼 재미있게 읽힌다.

만약 한국의 대표적인 비주류 경제학자 장하준의《그들이 말하
지 않는 23가지》를 비롯한 여러 저작물에 관심을 두고 있다면, 이
책을 먼저 읽기를 추천한다. 장하준의 책이 워낙 많이 팔렸기 때문
에 대중적인 내용이라고 생각하기 쉽지만, 사실 그의 저서를 읽으
려면 경제학에 대한 최소한의 지식과 상식이 필요하기 때문이다.
이 책이 당신의 독서 생활에 좋은 길잡이가 되줄 것이다.

문학수 지음
돌베개, 2013년

📖 **아다지오 소스테누토**

나는 책을 읽을 때 저자 소개나 서평을 먼저 읽어보는 편이다. 물론 소설의 경우 스포일러의 위험이 있지만, 곧 읽을 책의 배경을 먼저 익혀둔다면 더 흥미로운 독서가 가능하고 행간에 숨은 의미를 파악하는 것도 손쉽다. 그런 면에서 음악가 개개인의 생애를 먼저 살펴본 뒤 클래식 이야기를 하는 이 책의 서술 방식이 참 마음에 든다. 이런 방식은 독자가 음악가를 십분 이해하게 해주어 좀 더 깊은 이해를 갖고 음악을 감상할 수 있도록 도와준다.

음악가의 생애를 다룬 일화가 소개된다고 해서 단순히 흥밋거리 위주로만 이야기하는 것은 아니다. 아무 일화나 허투루 소개하지 않고 주제와 관련된 일화만 소개함으로써 고전 음악에 대한 이해를 도와준다. 비싼 푯값의 본전을 찾으려는 욕심 하나로 도살장에 끌려온 소처럼 관객석에 버티고 앉은 고전 음악의 초심자에게 적합하다.

문화인류학 Cultural Anthropology

한국문화인류학회 엮음,
일조각, 2006년

📖 **낯선 곳에서 나를 만나다**

인류의 생활이나 역사를 문화적 시각에서 연구하는 인류학을 문화
인류학이라고 한다. 우리 삶과 굉장히 밀접한 학문이므로, 군이 학
문이라는 테두리 속으로 들어가지 않아도 절로 호기심이 생기는
분야다. 문화인류학에 대한 유력한 저서와 자료의 양은 무척 방대
해서 문화인류학에 관심이 있더라도 어디서부터 손대야 할지 감을
잡을 수조차 없다. 이러한 이들을 위한 책이 바로 《낯선 곳에서 나
를 만나다》이다.

　이 책은 일반인도 문화인류학의 특징을 쏙쏙 이해할 수 있게끔
개념 정리 글만 모은 일종의 '문화인류학 선집'이다. 한국문화인류
학회에서 펴낸 책이니 아무래도 문화인류학과 학생을 위한 교과서
같다는 느낌은 피하지 못한다. 교과서 같은 형식과 달리 내용은 친
절한 안내서에 가깝다.

　나는 이 책의 주요한 메시지, 즉 "문화에 우열은 없다. 다만 차이
가 있을 뿐이다"에 공감한다. 우리는 서양에서 동양인이라고 차별
받으면 그들의 야만성에 분개하면서, 국내에서 일하는 동남아인에
게 극심한 차별 대우와 멸시를 하는 등의 이중성을 보이듯이 문화

에 관해서도 이중성을 가진다. 가령 우리는 개고기를 먹는다며 우리를 비난한 프랑스 배우 브리지트 바르도의 만행에 어처구니없어 하면서도 한편으로 '강아지 육포'를 먹는 중국의 문화가 야만스럽다며 불쾌감을 드러내고는 한다. 우리가 이 책을 읽어야 하는 이유가 바로 여기에 있다.

마빈 해리스 지음, 김찬호 옮김
민음사, 1997년

📖 **작은 인간**

다른 책을 읽게끔 유도하는 '꼬리에 꼬리를 무는 책'은 언제나 추천할 만하다. '꼬리에 꼬리를 무는 책'이란 본문 속에서 다른 책을 소개하거나 추천해서 그 책을 읽는 독자가 다른 책으로 나아갈 수 있게끔 유도하는 책이다. 가령 말미에 매력적인 참고 도서를 소개해 독자의 인터넷 서점 장바구니를 가득 채우게 만드는《김태권의 십자군 이야기》라든지 읽을 만한 좋은 책을 많이 소개해주는 격주간지《기획회의》등이 그것이다.

　한편 다른 읽을 만한 책을 소개해주는 것에 그치지 않고 아예 하나의 전공 분야 혹은 학문 세계로 인도해 심도 있는 독서 생활을 유도하는 놀라운 책도 이따금 발견한다. 로마와 이탈리아에 대한 로망을 심어주고, 로마 역사서라면 한번쯤 들춰 보고 싶게 만든《로마인 이야기》, 풍수가 잡술이 아닌 학문이라는 사실을 일깨

위주고 풍수서에 관심을 갖도록 하는 최창조의 저서들, 철학이 어렵고 재미없는 학문이 아니라는 사실을 알려준 윌 듀랜트Will Durant, 1885~1981의 《철학이야기》 등이 그렇다.

위 책들과 마찬가지로 한 분야에 깊은 시각을 갖게 해준다는 점에서 마빈 해리스Marvin Harris, 1927~2001의 《작은 인간》은 매력적이다. 이 책은 '인류에 관한 102가지 수수께끼'라는 부제처럼 인류 문명과 발달 과정에 따른 의문점을 서술하며, 인간에 대한 오래된 선입견과 편견을 일깨워준다. 이를테면 흑인이 백인에 비해 유전학적으로 열등한 존재라든지, 비만이 잘못된 유전자 때문이라는 사고방식 등에 새로운 학문적 시각으로 접근해 이러한 사고가 그릇되었음을 밝힌다.

또한 그가 말하는 내용은 하나같이 인간의 실생활과 밀접하지만 평소에는 미처 생각지 못한 것들인데, 특히 제일 흥미로웠던 주제는 '여자는 왜 남자보다 오래 사는가'였다. 얼마나 재미있던지 이 책을 읽은 지 15년이 지났는데도 마치 어제 읽은 것처럼 내용이 생생하다. 나는 확신한다. 마빈 해리스의 이 책은 시종일관 흥미진진하다.

최재천 지음
효형출판, 2001년

📖 **생명이 있는 것은 다 아름답다**

잡초는 없다고 한 사람이 윤구병 선생이었던가? 이 책의 제목만으로도 생물학자 최재천의 생물에 대한 무한한 애정을 보여주기에 부족함이 없다.

《생명이 있는 것은 다 아름답다》는 동물과 인간을 다룬 책이다. 과학자란 생명체 연구는 중요하게 생각하지만, 그 생명체를 향한 연민이나 애정은 부족하다는 선입견이 있던 나에게 이 제목은 아주 신선한 충격이었다. 인간 생활을 영위하기 위해서는 과학이 꼭 발달해야 하는데 사랑이 전제되지 않는 과학은 무척 위험하다. 이 세상은 인간만의 세상이 아니다. 그런 면에서 생물을 연구하는 학자가 동물에 무한한 애정을 품고 있다는 사실에 안도감과 존경심이 든다.

이 책은 우리가 알던 것과는 사뭇 다른 동물의 이미지를 보여준다. 가령 우리가 고매하고 정갈한 동물로 아는 백로는 사실 형제자매를 둥지 밖으로 밀어내는 등 치열한 생존 경쟁을 한다. 그뿐만 아니라 저 혼자 어미의 먹이를 받아먹으려고 피붙이를 방해한 끝에 죽음에 이르게 하는 냉혹한 새이기도 하다. 반대로 다른 동물의 피를 빨아 먹는 사악한 동물로 알려진 흡혈박쥐는 사실 굶주린 동료를 위해 자기 피를 '헌혈'하는 동물이다. 흡혈박쥐가 동료의 생명을 위해 기꺼이 자신의 큰 재산을 나눠주는 따뜻한 동물이라는 사실이 놀랍다. 그 반대로 이 책의 저자가 언급했듯이 응급 환자를 태우고 가는 앰뷸런스를 타보면 인간이 얼마나 이기적인 동물인지 알게 된다. 앰뷸런스 속 환자는 죽음과 사투를 벌이며 1분 1초를 다투는 절박한 상황이지만 사람들은 여간해서 길을 비켜주지 않음으로써 무서운 무관심과 이기심을 보여준다. 대부분의 동물은 다르다. 고래만 하더라도 상황이 어려운 동료 고래를 돕기 위해 애쓴다. 언젠가는 지느러미 없는 고래가 발견되었는데, 이 고래가 빠르게 움직이지 못해 사냥을 못 하자 동료 고래들이 대신 먹이를 잡아주는 모습이 카메라에 잡히기도 했다.

인간을 제외한 대다수의 동물은 생태를 파괴하지 않는다. 생태에 순응하면서 협동하며 살아갈 뿐이다. 공동 생존을 위해 생태를 보호하자는 많은 외침과 캠페인이 있어왔지만 우리가 사는 지구는 여전히 시름시름 앓고 있고, 호전될 기미는 보이지 않는다. 동물은 우리와 같은 행성을 살아가는 동료임을 외치는 이 책이 생물학의 개론서로 가장 먼저 읽혀야 한다.

하싼 화티 지음, 정기용 옮김
열화당, 2000년

📖 **이집트 구르나 마을 이야기**

결론적으로 나는 집을 거느리고 살기보다 집에 얹혀산다. 기본적
으로 간단한 문제쯤은 뚝딱 해결하고 수리해야 비로소 그 집을 거
느리고 사는 셈이 된다. 《이집트 구르나 마을 이야기》는 얹혀서 살
아야 하는, 비용이 많이 들고 획일적인 집이 아닌 토속적이면서도
사람이 중심이 되는 집 짓기를 말하는 책이다.

1945년 이집트의 한 농촌인 구르나 마을의 이주 건설 계획을 담
당했고 그 과정을 책으로 지은 저자는 전통이 부재함으로써 우리
의 도시와 마을이 추악해져가는 모습을 진단한다. 좋은 집 짓기는
없고 오직 좋은 구매만 존재하는 요즘의 건축 환경에 대한 냉철한
분석이다. '왜 농민들의 집은 더럽고 좁으며, 새로 지으려면 그리
도 비용이 많이 드는가'라는 문제의식과 '농민은 결코 아름다움을
말하지 않고 다만 아름다움을 낳을 뿐이다'라는 신념으로 집을 만
드는 농촌 마을의 건설을 시작한다. 농촌의 전통과 민중을 존중하
면서 토속적인 건축 재료인 '흙'을 이용한 건축을 꿈꾼다. 결국 장
차 집주인이 될 마을 사람과 함께 민중이 중심이 되는 건축은 건축
학도에게 지침이 될 만한 모범 사례다. 저자 스스로 이 프로젝트는

실패였다고 말했고 흙은 오래되고 시대에 뒤떨어진 건축 재료이지만, 토속적인 민간 전통을 존중한 건축 정신마저 뒤떨어지거나 실패하지는 않았다.

역사 History

세계사 편력

자와할랄 네루 지음, 곽복희
남궁원 옮김, 일빛, 2004년

일반인들에게는 화장실이 좋은 사색의 장소인 데 비해 많은 위인은 감옥에서 위대한 저작들을 저술했다. 역사적으로 교도소나 귀양지에서 탄생한 위대한 저작들을 일일이 열거하기 힘들 정도다. 그중에서도 손에 꼽을 만한 작품인 《세계사 편력》은 인도의 독립 영웅인 네루가 교도소에서 딸에게 보낸 196편의 옥중 편지를 엮은 책이다. 아버지에게 딸이란 아들과는 또 다른 각별한 존재다. 교도소라는 절박한 공간에서 세상에서 가장 사랑하는 존재인 딸에게 보낸 편지만큼 애정이 담긴 저작물은 드물지 않을까?

대체로 세계사의 주인이자 승리자였던 서양인이 쓴 역사책이 아니라 오랫동안 식민지로 지배받았던 인도인이 쓴 책이기 때문에

세계사에서 소외되기 쉬웠던 동양에 대한 기술이 경시되지 않았고, 무엇보다 강자의 입장에서 자신의 제국주의적인 정책과 무력 사용을 정당화하는 역사관이 아니라는 점이 이 책의 큰 장점이다. 이런 점에서 이 책은 역사책 부문에서 가장 중요한 덕목인 객관성을 확보했다.

원혜진 지음
여우고개, 2013년

📖 아! 팔레스타인

처음 몇 쪽만으로 가슴을 아프게 하는 만화다. 2000년 9월 30일 이스라엘 군대는 중고차 시장에 다녀오던 한 팔레스타인 부자에게 사정없이 총격을 가했다. 총격으로 열두 살 소년 라미가 그 자리에서 죽었다. 당시 이스라엘 군대는 시위대를 진압하는 중이었는데 이 부자는 시위에 참가하지 않았으며 라미의 아버지 자알 압둘라는 이스라엘 군대를 향해 "아이가 있으니 쏘지 마세요!"라고 절규했지만, 결국 소년은 그 자리에서 숨을 거두었다.

1970년대까지만 해도 조선 놈과 명태는 3일에 한 번씩 때려야 한다는 말을 심심찮게 들었다. 그런 말을 하는 사람들일수록 자주 하는 말이 있었다. "이스라엘 민족은 애국심이 투철해서 이역만리 외국에 살다가도 조국에 전쟁이 나면 즉시 귀국한다. 다른 중동 국가들은 귀국은커녕 본국에 사는 사람들도 도망치기 바쁘다. 이스라엘을 본받아야 한다. 해외에 거주하는 이스라엘 사람들이 보석상을 많이 하는 이유가 조국에 무슨 일이 생겼을 때 즉시 귀국하려면 부피를 적게 차지하는 보석이 유리하기 때문이다." 이런 이스라엘에 대한 홍보와 찬양은 교사의 '입'뿐만 아니라 중·고등학생들이 사용하는 교과서에도 널리 실렸다. 교과서에는 2,000년 만에 나라를 찾은 이스라엘 민족의 끈기와 인내심을 배우자는 내용 일색이었다. 게다가 유대인의 지혜와 처세를 엮은 《탈무드》는 어린이들의 필독서이기도 했다. 아이러니하게도 당시에는 그러한 이스라엘 민족이 살고 있는 땅을 가리키는 말인 '팔레스타인' 자체를 아는 사람이 거의 없었다.

대부분 유대인의 자본에 지배당하는 할리우드의 메이저 영화사들은 〈쉰들러 리스트〉, 〈피아니스트〉를 비롯한 유대인이 학살당하는 주제의 영화를 통해 '유대인=피해자'라는 공식을 만들었다. 물론 우리나라는 그 공식을 마치 황금률처럼 받아들였다. 다행스럽게도 인터넷의 보급으로 정보가 '대중화'되어 최근 젊은이들 상당수는 최소한 유대인만을 치켜세우지는 않는다. 우리는 홀로코스트를 단순히 독일인에 의한 유대인 학살로 알고 있지만 당시 나치는 유대인뿐만 아니라 공산주의자, 집시, 장애인 들도 함께 학살했다. 나치의 피해자라는 동정과 보상은 유대인이 독차지했고 막대한 전쟁의 배상비를 이스라엘 건국 자금으로 이용했다.

따지고 보면 팔레스타인의 역사는 우리와 흡사하다. 유대인은 고대에 팔레스타인에서 거주했지만 세계 각지에 흩어져 살다가 1948년에 다시 팔레스타인에 이스라엘을 세워 살고 있다. 팔레스타인인의 입장에서는 난데없는 일이다. 또한 우리 민족을 일제가 지배하고 착취했듯이 이스라엘은 팔레스타인을 온갖 방법으로 착취하고 압박한다. 일제가 안중근 의사를 테러리스트로 규정했듯이 현재의 많은 서방 언론, 심지어 우리 언론에서조차 팔레스타인인을 테러리스트로 보는 시각이 많다. 그 결과 우리는 많은 분쟁 지역 중에서 석유와 관련해 특히 팔레스타인 지역에 적잖은 관심을 두고 있지만 실상은 잘 알지 못한다. 이 책의 가치와 의의는 여기에 있다. 왜 팔레스타인인이 하나뿐인 목숨을 바치면서까지 자살 폭탄을 감행하는지 이 책을 보면 알 수 있다. 아메리카 대륙의 원주민들을 노예로 전락시키는 무시무시한 상황 속에서 당시의 지식인과 성직자조차 아메리카 대륙의 원주민을 그들과 같은 '인간'으로 인정할지 말지를 두고 '심각한' 고민을 했고, 우리가 위인으로 생각하는 미국의 32대 대통령 프랭클린 루스벨트가 '아메리카 인디언을 전멸시키고 그들의 토지를 정벌하는 것은 불가피하며 유익하다'고 공표한 사실은 놀랍기 그지없다.

한 국제 포럼에 연수차 참석한 적이 있는데 우연히 이스라엘에서 온 청년과 잠시 대화를 나누었다. 그 청년은 처음 만나 겨우 인사를 나눈 사이인 나에게 대뜸 "당신도 이스라엘을 싫어하는가?"라는 질문을 했다. 내가 대답을 생각하는 사이에 그는 연이어 "왜 국제 사회에서 이스라엘을 욕하는지 모르겠다"라고 말했다. 물론 그 청년 한 명이 이스라엘 사람들의 의견을 대변하지는 않지만, 이스라엘 정부나 군대의 정책과 행위를 보고 있노라면 자신들이 오히려 피해자라는 인식을 가진 듯하다. 여러분이 팔레스타인 문제에 대한 올바른 인식, 이해를 넓혀야 하는 이유를 잘 보여주는 사례다.

천문학 Astronomy

칼 세이건 지음, 홍승수 옮김
사이언스북스, 2004년

📖 코스모스

어린 시절이나 지금이나 나는 수학뿐만 아니라 자연과학 쪽에는 전혀 취미도 소질도 없었다. 아니, 사실 공포를 느끼는 쪽에 가까웠다. 그러니 자연과학 분야에서는 단연 최고로 손꼽는 두꺼운 책 《코스모스》를 읽을 용기는 물론 없었다. 그래서 나는 이 책을 그저 두툼하고 이상한 제목의 책이라고만 기억했다.

　한참이 지나고 이 책을 다시 서점에서 발견했을 때 비로소 나는 이 '코스모스'라는 게 늦여름 길가에 피는 그 코스모스가 아니라는 사실을 깨달았다. 영어로 코스모스Cosmos에 우주라는 뜻이 있다는 사실을 난 너무 늦게 알았다. 아니, 당시에 알았다고 해도 그 책을 읽어보지는 않았을 터였다. 어쨌든 어린 시절 지나쳤던 책을 어른이 돼서 다시 만나니 감회가 새롭기는 했다.

  하루가 다르게 변하는 과학 분야를 생각할 때 최신 과학 지식이 반영되지 않았는데도 이 책이 여전히 서점 한쪽에 자리 잡은 이유는 무엇일까? 아마 이 책을 읽어본 독자라면 단번에 알 수 있을 것이다. 이 책의 저자 칼 세이건Carl Edward Sagan, 1934~1996은 우주의 탄생에서부터 외계 생명체의 존재 가능성에 이르기까지 독자의 호기심을 불러일으킬 만한 주제를 자상하고 친절하게 설명한다. 우주에 관한 다양한 자료 사진을 곁들이며 독자의 흥미를 더욱 높여준다. 이런 자상한 면과 독자들의 눈을 즐겁게 해주는 자료 사진들이 이 책의 장수 밑거름이다. 무엇보다 이 책이 사랑받는 가장 큰 이유는 우주 속 먼지에 불과한 우리를 저 넓은 우주로 안내하는 탁월한 재주가 있기 때문이다. 우주를 연구하는 과학자로서 자연의 위대함을 말하고 인간에게 겸손할 것을 권하는 저자의 인간적인 모습이 인상적이기도 하다.

  칼 세이건의 《코스모스》는 영어로 출판된 과학책 중 가장 많이 판매되었으며 뇌의 신비를 연구한 그의 또 다른 저서 《에덴의 용》은 퓰리처상을 수상, 외계 생명체와의 만남을 다룬 소설 《콘택트》는 영화로도 제작되어 화제가 되었다.

최고의 번역가를
찾아서

좋은 책을 고르는 방법 중 하나는 번역가가 누군지 확인하는 것이다. 외서의 경우, 책에 흥미를 붙이는 데 번역이 꽤 중요한 역할을 한다. 사람들의 입에 오르내리는 명저라고 해도 국내에 들어왔을 때 번역의 질이 나쁘다면 그 책의 원서가 어떠하든 책에 대한 호감도가 떨어질 가능성이 크다. 또 본디 저자가 썼던 문장과 다르게 번역되거나 뉘앙스가 달라지는 등 책의 내용이 바뀌기도 하므로 좋은 번역본을 고르는 일은 몹시 중요하다.

번역의 좋고 나쁨을 나누는 기준은 간단명료하다. 독자의 입장에서 잘 읽히고 문맥상 연결이 잘되며, 사실 관계가 엉터리가 아니라면 좋은 번역이다. 원서와 번역서를 대조해가면서 읽기 좋아하는 독자가 아니라면 번역의 오류를 찾기 위해서 원서를 함께 읽을 필요는 없다. 극히 제한적인 경우를 제외하고는 문맥이 잘 맞고, 문장의 뜻이 잘 전달되는 매끄러운 글이라면 좋은 번역임에 틀림없다.

아래는 우리나라에서 손꼽히는 번역가들과 그들의 작업 중 추천하고 싶은 책의 목록이다. 그간 이들이 세운 혁혁한 공을 봤을 때 이들이 번역한 책이라면 얼마간 신뢰해도 좋다.

강주헌

영어와 프랑스권의 번역을 전공으로 삼는다. 《촘스키, 세상의 권력을 말하다》를 비롯해서 여러 권의 촘스키Avram Noam Chomsky, 1928~ 저서를 번역함으로써 일약 촘스키 전문 번역가라는 명성을 누리고 있지만 실은 과학, 인문, 자기 계발, 문학, 영어 학습, 종교, 심지어 골프에 이르기까지 다양한 분야를 넘나드는 스펙트럼을 자랑한다. 최근 《총, 균, 쇠》로 스테디셀러 작가의 반열에 오른 제레드 다이아몬드Jared Mason Diamond, 1937~의 《어제까지의 세계》를 번역했다. 아마도 《월든》과 함께 강주헌이 번역한 책으로는 손에 꼽히는 스테디셀러가 되지 않을까? 영어 전공자로서 강주헌에게 고마워해야 하는데 그는 오랫동안 절판되었던 영어 어휘 학습서의 바이블 《WORD POWER made Easy 워드 파워 메이드 이지》를 번역했고 더 나아가 《Ultimate WORD POWER made easy》를 번역했는데 이는 전자보다 상위 레벨의 학습자를 위한 책이다.

헤이르트 마크 지음, 강주헌 옮김
옥당, 2011년

📖 **유럽사 산책**

강주헌은 촘스키 전문 번역가라는 별명이 무색하게도 거의 모든 분야의 원서를 번역하는 전방위적인 번역가다. 그의 많은 번역서 중에서 유독 《유럽사 산책》을 추천작으로 꼽은 이유는 다음 몇 가지 때문이다. 아이들에게 공부나 강압적인 독서 교육보다는 시간과 공간 개념이 중요하고, 이를 뒷받침하기 위해 지리와 역사 교육이 무엇보다 앞서야 한다는 주장에 강하게 공감하는 나에게는 이책이 더욱 매력적이다. 게다가 이 책이 왕조 중심의 역사 기술이아닌 민중 중심의 현장의 목소리를 대거 참여시켰다는 점이 독자를 더욱 매료시킨다.

저자 헤이르트 마크Geert Mak, 1946~는 사료와 논문에만 의지해서 이 책을 쓰지 않았다. 세계 20개국과 60여 개의 도시를 직접 여행하고, 무엇보다 역사의 수레바퀴 속에서 파란만장한 다양한 직업군의 평범한 유럽 시민들을 직접 인터뷰했다는 점이 이 책의 가치를 더욱 높였다. 내가 《숨어사는 외톨박이》라는 책에 집착하는 이유도 여기에 기인한다. 이 책이 내시, 무당, 풍수, 광대를 직접 만나 인터뷰하고 그들의 목소리를 담았기 때문이다. 민중의 목소리는 다른 어떤 사료보다 더 힘이 세고 생생하고 설득력 있다. 많은 분량이지만 굳이 이 책을 처음부터 끝까지 완독할 필요 없이 언제라도 관심이 가는 부분을 펴서 읽어도 좋은 책이다. 딱딱하고 수치

위주의 역사서가 아닌 생동감 넘치고 현장감이 박진한 역사서인데, 가령 제1차 세계 대전에 참전하고 직접 적으로 만나 전투를 벌인 다양한 병사의 목소리를 인용한 부분은 이 책이 지닌 매력의 정점을 잘 보여준다.

공경희

번역가로서 공경희라는 이름은 생소하지 않다. 이 유명세는 아마도 《모리와 함께한 화요일》과 《매디슨 카운티의 다리》의 공이 크겠다. 또 민음사에서 나온 《호밀밭의 파수꾼》도 국내 젊은 독자들에게 인기가 좋고 늘 화제에 오르는 책이다. 《타샤의 그림 인생》을 비롯해 국내 독자들이 무척 사랑하는 타샤 튜더Tasha Tudor, 1915~2008의 책을 여러 권 번역했다.

존 그리샴 지음
공경희 옮김, 시공사, 2004년

📖 **그래서 그들은 바다로 갔다**

300권에 육박하는 공경희의 번역서 중에서 이 책을 권하는 이유는 단순히 내 취향 때문이다. 법정 스릴러인 이 책의 원제는 'The Firm',

즉 법률 회사 혹은 우리가 흔히 말하는 로펌인데 번역서의 제목을 기가 막히게 뽑았다. 《그래서 그들은 올레로 갔다》라는 책이 있는데, 아마도 이 책의 제목에 영향을 받지 않았을까? 인터넷과 각종 IT 기기가 흔해진 요즘, 웬만큼 재미있지 않고서는 책이 독자들의 손길을 받기 힘들다. 어떻게 생각하면 자꾸 책을 읽으라고 계몽만 할 일이 아니라 한번 손에 잡으면 놓기 힘든 재미있는 책을 만들 궁리를 하는 일도 중요하겠다.

그런 의미에서 이 책은 '재미' 면에서 굉장히 권할 만하다. 책 읽기에 익숙하지 않고 이제 막 독서에 재미를 느끼려는 독자에게 최적의 소설이다. 개인적으로 책을 읽으면서 영화 〈미션 임파서블〉을 보는 것처럼 미칠 듯한 스릴감을 맛본 처음이자 마지막 소설이다. 재미있게도 〈미션 임파서블〉과 이 소설을 원작으로 만든 영화 〈야망의 함정〉의 주인공을 모두 톰 크루즈가 맡았다. 성공과 출세를 열망한 하버드 졸업생인 미첼이 멤피스에 소재한 법률 회사에 파격적인 조건으로 입사하면서 겪는 기상천외한 모험을 다뤘다. 이 책을 읽고 존 그리샴_{John Grisham, 1955~}의 다른 책을 집어 들지 않는 사람은 극히 드물다.

권남희

국내 출판 및 독서계에서 무라카미 하루키村上春樹, 1949~와 무라카미 류村上龍, 1952~의 인기는 이상할 정도로 높다. 특히 무라카미 하루키의 책이 국내에 들어올 때마다 천문학적인 선인세가 지불되어 화제가 되기도 했는데, 이처럼 국내에서 무라카미 하루키, 무라카미류, 유미리柳美里, 1968~, 온다 리쿠熊谷奈苗, 1964~ 등이 얻은 인기의 상당한 몫은 이들의 작품을 무리 없이 잘 번역한 권남희에게 돌아가야 한다.

사토미 란 지음, 권남희 옮김
중앙m&b, 2010년

📖 **공부의 신**

소설《공부의 신》은 일본 만화《드래곤 사쿠라》의 소설판이다. 이 소설은 누구나 잘 알겠지만 유승호, 김수로, 배두나 주연의 KBS 2TV 월화 드라마〈공부의 신〉의 원작이다. 물론 시청률에 희비가 갈리는 드라마의 숙명으로 여러 가지 극적인 요소가 가미되었지만 일선 학교의 교사나 교장까지 이 드라마를 일부러 챙겨 본 사람이 많았을 정도로 공부하는 요령에 대한 좋은 정보도 많았던 신선하고 괜찮은 드라마였다. 꼴찌를 하는 아이들을 모아서 일본 최고를 넘어 아시아의 최고 명문 대학인 도쿄 대학교에 보내기 위한 프로젝트를 진행하면서 겪는 좌충우돌을 담았는데, 단순히 해프닝이나 흥미 위주의 내용이 아닌 실제로 공부하는 요령이나 마음가짐에 관한 유용한 정보가 많다. 그러니 이 책도 수험생이나 학부모가 일부러 챙겨서 읽어봄 직한 좋은 소설이다.

나도 이 책의 내용 중에서 깊게 공감하는 부분이 많은데, 특히 목표의 중요성이라든지 재미있는 수업이 필요하다는 이 책의 주장에는 격하게 찬성한다. 사실 아이들에게 가장 시급한 과제는 성적을 올리는 일이 아니고 목표를 설정하는 일이다. 물론 공부도 중요하지만, 공부를 잘하지 못하더라도 이룰 수 있는 목표는 많다. 반면 아무리 특출한 우등생일지라도 뚜렷한 삶의 목표가 없으면 그가 힘들여 쌓아 올린 지식과 성적도 무용지물이 되기 십상이다. 목표가 분명한 아이는 좌절은 할지언정 결코 포기하지 않는다.

내가 아는 한 교사는 학생들을 절대 체벌하지도 웬만해서는 꾸지람도 하지 않는다. 그러나 그는 다른 교사들이 수업할 때는 어김없이 꾸벅꾸벅 졸고 딴청을 피우는 아이들을 데리고 자신의 망가진 모습을 보여서라도 결코 졸게 내버려두지 않으며 적당한 긴장감을 유지하면서 적극적으로 수업에 참여시킨다. 아무리 아이들이 수동적이고 딴짓을 하려고 해도 그는 절대 포기하는 법이 없다. 그는 아이들의 상태와 수업 참여도에 따라 한 시간 내에도 몇 번이나 수업 방식을 바꾸고 개그맨을 자처하기도 한다.

교사가 먼저 변하지 않으면 학생들은 결코 변하지 않는다. 그러고 보면 이 소설은 학생과 학부모뿐만 아니라 교사도 유심히 살펴보면 좋은 책임에 분명하다. 이 책을 읽고 새삼 느낌 중요한 사실은 역시 공부는 많은 시간 투자도 중요하지만 공부하는 요령과 방식이 더 중요하다는 점이다. 남다르게 공부를 잘하는 학생은 모두 자신만의 공부법을 보유한다.

권일영

주로 일본 미스터리 소설을 번역하는데, 일본은 물론 국내에서 많이 읽히는 히가시노 게이고東野圭吾. 1958~의 《환야》와 《호숫가 살인 사건》을 번역했다. 히가시노 게이고는 그 인기만큼이나 다작을 하는 왕성한 작가이니 앞으로도 많은 활동이 기대된다. 권일영의 또 다른 화제작은 《바티스타 수술 팀의 영광》이다.

이와사키 나쓰미 지음, 권일영 옮김
동아일보사, 2011년

📖 **만약 고교야구 여자 매니저가 피터드러커를 읽는다면**

기업 경영의 신이라고 추앙받는 피터 드러커Peter Ferdinand Drucker, 1909~2005의 매니지먼트 이론을 야구에 접목한 특이한 청춘 소설이다. 이런 책을 보면 일본인의 출판문화가 부러워지는데 그들은 어려운 이론이라든지 난해한 고전을 만화나 다른 경로를 통해서 쉽게 제공해주는 좋은 장점을 발휘한다.

여고생 미나미가 아픈 친구를 대신해서 만년 하위권에서 맴도는 고교 야구팀의 매니저가 되었고, 《매니지먼트》를 야구팀을 관리하는 책으로 착각하고 구입한다. 그녀는 피터 드러커의 경영 이론을 야구팀에 일일이 적용해보고 마침내 만년 하위 팀을 꿈의 대회인 고시엔 대회의 결승전까지 진출시키고야 만다.

그녀가 접목한 피터 드러커의 경영 이론은 재능보다는 진지함을 강조하고, 기본을 중시하며, 각자 구성원의 장점을 최대한 살려서 조직을 움직이게 해야 한다는 주장으로 요약된다. 이런 충고는 훌륭한 야구팀이 되기 위해서 반드시 갖추어야 할 요건에 모두 해당된다. 아무리 재능이 뛰어나더라도 자기 관리를 못 하고 노력하지 않아서 도태되는 야구 천재는 허다하며, 큰 경기일수록 기본기가 튼튼한 팀이 승리하고, 각 선수의 장점을 최대한 발휘하게 하는 야구 감독이 명장으로 손꼽힌다. 어찌 됐든 어렵고 일반인들이 쉽게 접근하지 못하는 딱딱한 경영 이론을 일본인들의 국민 스포츠인 야구를 통해 전달하겠다는 의도는 바람직하며 독자로서는 행복한 일이다. 이 책의 영향은 무척 대단해서, 1973년 일본에서 피터 드러커의 책 《매니지먼트》가 출간된 이후 26년에 걸쳐 10만 권이 판매되었는데 《만약 고교야구 여자 매니저가 피터드러커를 읽는다면》이 나온 이후 6개월 동안의 판매량은 30만 권이나 되었다고 한다.

시오노 나나미가《로마인 이야기》로 국내에서 선풍적인 인기를 끌었는데, 번역가 김석희도 그에 못지않은 유명한 번역가다. 아마도 지명도가 가장 높은 번역가인데 그의 번역의 목록을 살펴보면 수긍이 된다. 시오노 나나미의 대부분의 저서뿐만 아니라 많은 유명작을 번역했다. 작년에만 해도 열림원 출판사를 통해《위대한 개츠비》를 번역했는데 문학동네에서 나온 김영하 번역본과 함께 시장의 주도권을 다툰다.

번역가로서 그의 역량의 정점은 아마도 포경에 관한 백과사전식의 지식이 총망라되어서 읽기에도 난해하다는《모비 딕》을 무려 '번역'에 성공했다는 사실이다. 그 밖에 한때 희귀본 수집가들의 수집 목록에 올랐던《추운 나라에서 돌아온 스파이》와 독자들로부터 감탄을 자아내는《프랑스 중위의 여자》를 번역했는데,《프랑스 중위의 여자》는 국내에서 김석희가 최초로 번역한 작품이다. 국내 번역가가 쓴 번역에 관한 에세이 중에서 지명도가 높은《번역가의 서재》도 자랑할 만하지만 김석희 자신이 책 마니아임을 알게 해주는《북마니아를 위한 에필로그 60》도 눈여겨볼 만하다.

주로 인문학이라든지 진지한 문학만을 번역한다고 알려진 번역가 김석희가 뜻깊은 작업에 매진한다는 느낌이다. 〈그레이트 피플〉 시리즈는 주로 초등학교 저학년을 대상으로 하는 위인전 시리즈이며 김석희가 도맡아 번역한다. 출판사 측에서 이 시리즈를 광고하면서 김석희 번역이라는 점을 강조하는데, 독자들에게 신뢰감을 주는 전략이라고 본다. 그만큼 번역가 김석희는 독자들 모두에게 신뢰받는 위치를 점한다. 만약 내 딸아이가 초등학생이라면 꼭 권하고 싶은 시리즈인데, 몇 가지 이유를 들면 다음과 같다.

우선 딸아이가 초등학교 시절 즐겨 보았던 과학 관련 전집을 보고 깜짝 놀란 적이 있다. 제목과 그림만 아동들을 대상으로 한 책이라는 힌트를 줄 뿐 글의 내용이나 어휘 또는 표현 방식이 완전히 성인을 대상으로 한 책이었다. 한자어도 가득했는데, 아이들과 부모들의 눈길에 쉽게 띄도록 표지와 그림을 편집했을 뿐 독자가 어린이라는 점은 거의 배려하지 않았던 것이다. 그러나 〈그레이트 피플〉 시리즈는 일단 그림이 예쁘고 보기에 좋다. 아동용 책이란 단연 그림이 많고 예뻐야 한다는 게 내 생각이다. 그 밖에 이 시리즈에서 감탄한 부분은 쉽게 쓴 본문과, 그래도 못 미더워서 어휘 사전을 별도로 배치했다는 점이다. 더구나 해당 위인과 관련된 역사, 문화, 과학에 관한 배경지식을 잊지 않았다.

사실 이러한 장점보다 가장 크게 칭찬하고 싶은 이 책의 미덕은 위인이 몹시 위대해서 감히 근접하지 못하는 딴 나라 사람이라는 인식을 주지 않는 배려다. 시리즈에 수록된《쿡 선장의 부메랑》, 《빅토리아 여왕의 다이아몬드》, 《간디의 안경》, 《율리우스 카이사르의 샌들》 등을 보면 충분히 알게 되듯이 위인과 관련된 친근한 물건으로 이야기를 풀어가는 방식을 채택해서 어린이들이 친근하게 위인의 삶에 접근토록 하는 세심함을 칭찬하고 싶다.

김재남

내가 대학원 논문 주제로 셰익스피어William Shakespeare, 1564~1616의 《햄릿》을 선택하는 철없는 객기를 부렸을 때 지도 교수님은 '선행 연구의 부족'을 이유로 만류하셨다. 단지 50쪽 분량의 논문을 쓰기에도 무척 어려운 셰익스피어 전집을 무려 일곱 차례나 완역을 했다는 사실이 경이롭다.

셰익스피어 지음, 김재남 옮김
휘문출판사, 1986년

📖 **셰익스피어전집**

이 전집은 1986년에 출간되었지만 지금은 절판이 되었고 구하기 쉽지 않다. 그러나 김재남 번역의 다른 시리즈는 구매가 가능하다. 셰익스피어의 작품을 원서로 읽을 실력이 되는 이조차도 우리말의 수려함과 아름다움이 살아 있다는 이유로 김재남 번역의 셰익스피어를 읽는다는 일화까지 있을 정도니 이 책의 가치는 충분히 증명된다.

사실 우리나라 독자들이 셰익스피어의 작품을 읽고 영국인이 느끼는 깊은 공감과 감동을 단박에 느끼기란 힘들다. 그러나 여전히 셰익스피어는 읽을 값어치가 충분하다. 세월을 초월하는 명대사와 교훈은 나라와 국적을 초월하기 때문이다. 좀 더 욕심을 낸다면 원문과 대조해가면서 읽는 방법이 좋겠다. 셰익스피어 특유의 현란한 표현과 풍부한 영어 어휘를 즐길 수 있기 때문이다.

셰익스피어의 수많은 작품 중에서 가장 많은 찬사와 지지를 받는 김재남의 번역은 《햄릿》이다. 모든 고전이 대부분 그러하지만 《햄릿》은 독자들의 생각과 시각에 따라서 다양하게 해석되는 작품이다. 우유부단한 인물의 대명사처럼 여겨지는 햄릿은 신하를 무참히 살해하는 장면을 이유로 의외로 행동이 앞서는 적극적인 인물이라는 평가가 가능하고, 그의 복수 지연에 대한 매우 다양한 이유를 생각해보는 재미도 뛰어나다. 세계에서 가장 많이 공연된 연극이 〈햄릿〉인데, 이는 결코 우연이 아니다. 영문학을 공부하기 위해서는 《성경》과 《그리스 로마 신화》를 꼭 읽어야 하는데, 서양 학문을 전공한다면 《성경》과 《그리스 로마 신화》뿐만 아니라 셰익스피어도 읽어야 한다. 셰익스피어는 서양의 사상과 사고의 원류이기 때문이다.

김종건

세계적으로 난해하기로 유명한 제임스 조이스James Augustine Aloysius Joyce, 1882~1941의 최고 권위자다. 50년간 제임스 조이스를 연구했고, 읽기 불가능한 책의 대명사로 알려졌으며 읽겠다는 도전을 선언하면 무모한 객기가 되기 십상인 《피네간의 경야》를 세계에서 프랑스, 독일, 일본에 이어서 네 번째 완역했다. 이 일이 얼마나 대단한 성과인지는 그가 번역한 《피네간의 경야》 1장 첫 쪽만 봐도 누구나 인정하지 않을 수 없다. 김종건은 이 책의 번역본에 무려 11,700개의 주석을 남겼는데 이 일을 해내기 위해서 원서 한 쪽당 사전을 100회 이상 들추었다고 한다. 번역의 질을 떠나서 초인적인 노력과 끈기를 발휘한 것이다. 특이할 만한 것은 이 난해한 책을 우리말로 옮기기 위해서 김종건 자신이 한자 신조어를 상당수 만들고 사용했다는 것이다. 번역본의 1/3이 이 한자 신조어로 채워졌는데 원서의 의미를 좀 더 정확하게 전달하기 위한 고육지책이기는 하지만 한자에 대한 지식이 부족한 사람은 번역본마저 읽어나가기가 어렵다.

김종건 지음
고려대학교출판부, 2012년

📖 **피네간의 경야 주해**

아마도 평생 동안 가까이 보면서 지내는 지인에게서 느낀 가장 큰 지적인 열등감은 제임스 조이스를 무척 좋아하고, 그의 작품마다 빠짐없이 감동을 느끼면서 읽었다는 이야기를 들었던 때였다. 그 충격은 《사랑의 기술》을 재미나게 읽었다는 한 신부님의 말과는 차원이 달랐다. 《사랑의 기술》은 어찌하면 나도 재미나게 읽겠다 싶었지만 《피네간의 경야》는 그야말로 나에겐 난공불락의 책이니까 말이다.

《피네간의 경야 주해》는 물론 번역서가 아니라 번역가 김종건의 저작인데, 그는 《피네간의 경야》를 '읽을 수 없는 책'에서 '읽을 수 있는 책'으로 탈바꿈시켰다. 《피네간의 경야》는 제임스 조이스의 난해한 언어유희, 신조어가 독자들을 좌절시키는데, 김종건은 자그마치 1만 7,000개의 주석을 달아 독서가 가능토록 만들었다. 서양에서는 고전에 대한 주석도 그 학자의 연구 성과로 인정하는데, 1만 7,000개의 주석은 그 자체가 엄청난 대작이라고 봐야 한다. 이는 일생을 걸고 한 분야에 몰입하지 않으면 도저히 불가능한 업적이다.

- 제임스 조이스는 아일랜드 더블린 출신의 소설가이며 시인, 극작가다.

그는 성인이 되어서는 대개 아일랜드 밖에서 시간을 보냈지만 마음은 아일랜드를 떠나지 않았다. 아일랜드에는 블룸즈데이라는 기념일이 있는데, 이는 제임스 조이스의 소설 《율리시스》의 배경이 되는 날인 1904년 6월 16일을 기념하기 위한 행사다. 매해 6월 16일에는 더블린 사람은 물론 전 세계의 문학 애호가들이 이 행사에 참여하기 위해 더블린으로 몰린다. 사람들은 이 위대한 소설을 기리기 위해 소설 속 주인공처럼 온종일 더블린 시내를 돌아다니며 콩팥 요리도 먹는 등 주인공의 행동을 재연한다. 덧붙여 6월 16일은 제임스 조이스가 아내와 첫 데이트를 한 날이다.

명실공히 국내에서 최고의 불문학 번역가 중 한 명이다. 번역가로도 소위 톱클래스에 속하는데 알베르 카뮈Albert Camus, 1913~1960와 미셸 투르니에Michel Tournier, 1924~의 전문 번역가로도 유명하다. 스무 권으로 이루어진 카뮈의 전집 완역뿐만 아니라 장 그르니에Jean Grenier, 1898~1971의 《섬》, 투르니에의 《외면일기》, 《뒷모습》, 《짧은 글 긴 침묵》과 같은 대중적으로 인기가 높은 저작물도 많이 번역했다. 그뿐만 아니라 '세상의 모든 소설을 읽겠다는 포부로' 아마도 우리나라에서 소설을 가장 많이 읽는 사람 중 한 명이며, 뛰어난 평론가로서도 압도적인 지위를 점한다. 그의 유명세와 명성은 그 번역 때문이 아니라 유려한 문체의 평론 덕택이라고 말하는 사람도 많다. 그러나 그가 번역한 《마담 보바리》는 원전보다 더 뛰어난 문학적 감동과 맛을 선사한다는 평을 받을 정도로 최고의 불문학 번역자로서의 자질은 의심할 바 없다.

장 그르니에 지음, 김화영 옮김   **섬**
민음사, 1997년

장 그르니에의 《섬》의 추천서(번역서에는 '섬에 부쳐서'라고 표기했다)

를 그의 제자 알베르 카뮈가 썼고, 한국어 번역은 불문학 최고의 번역가 김화영이 했으니 가히 드림팀이라고 해야겠다. 《섬》은 철학적이고 인생을 성찰하는 계기를 주는 어렵지 않은 에세이다. 고양이 이야기, 무덤 이야기 등등 일상적인 사물과 대상을 소재로 점차 철학적인 성찰로 이끌어가는 모양이 좋다.

장 그르니에가 본문에서 단순한 무덤이 좋다는 내용을 썼는데, 개인적으로 크게 공감한다. 언젠가 가족들과 여행하면서 비석도 그 어떠한 석물도 없는 단순하고 조촐한 무덤을 보았다. 마침 벌초를 할 시기라서 말끔하게 벌초가 되었는데, 그 무덤을 카메라에 담지 못한 것을 오랫동안 후회했다. 묘지와 주변을 깔끔하게 벌초하고서는 묘지의 한중간에 자란 꽃 한 송이를 잘라내지 않고 그대로 살려두었는데, 그 자손들의 마음 씀씀이가 큰 감동을 주었다. 해질녘에 묘지 한중간에 자리한 꽃 한 송이의 모습에서 조상을 마치 살아 숨 쉬는 사람처럼 애틋하게 여기는 자손들의 마음이 그대로 전해졌다. 장 그르니에가 무서워하는, 해가 저물 때, 잠들려 할 때, 확실하다고 굳게 믿었던 것이 믿음을 저버릴 때 그를 위로해주는 고양이 물루가 있었듯이 《섬》은 우리가 두려울 때 위안이 되는 그런 에세이가 아닐까 싶다. 사람들을 평온하고 따뜻하게 만들어주는 기운이 좋다.

요즘이야 뜸하지만 한때 〈도전 지구탐험대〉, 〈TV는 사랑을 싣고〉, 〈TV쇼 진품명품〉 등 소위 예능 프로그램에 연예인 못지않게 많이 출연해서 시청자의 머릿속에 '스페인 문학＝민용태'의 등식이 성립할 때가 있었다. 대표작은 창비에서 출간한 《돈 끼호떼》다. 스페인어로 시를 써서 시집을 내기도 했는데 이 공으로 우리나라 최초로 스페인 한림원의 종신 위원이 되었다.

미겔 데 세르반떼스 지음, 민용태 옮김　　　　　　📖 **돈 끼호떼**
창비, 2012년

이 책을 단순히 풍차를 향해 돌진한 미친 노인 이야기라는 인식에서 그나마 진지한 고전으로 인식하게 된 시기가 '돈키호테'라고 붙여서 읽지 않고 '돈 키호테'라고 뛰어서 읽을 정도의 지식이 생긴 20대 이후였다. 상대적으로 스페인어를 해독 가능한 독자가 적다 보니 무엇보다 번역의 질이 중요한 고전인데 스페인 문학, 특히 미겔 데 세르반테스Miguel de Cervantes, 1547~1616 번역에 대해서는 정상급의 수준인 민용태가 작업한 책이니 신뢰가 간다. 번역가 민용태는 과거에 비해 텔레비전 출연만 뜸했을 뿐 본업인 연구와 번역에서는 여전히 왕성한 활동과 정열을 불태우고 있어서 독자로서는 행복한 일이다.

《성경》과 버금가는 비중으로 이 책을 높게 평가하는 학자가 존재한다는 사실이 그다지 놀랍지 않은데, 그만큼 이 소설은 현대에 이르기까지 많은 소설가에게 큰 영향을 주었고 다른 장르의 예술가에게까지 많은 영감을 주었다. 한 고전이 얼마나 위대하냐는 그 고전이 얼마나 다양한 예술의 형태로 재해석되는가로 평가할 수 있다고 생각한다. 그런 시각에서 보면 발레, 연극, 오페라, 음악의 형태로 다양하게 재해석 및 공연이 되고, 20세기에 들어서는 텔레비전이나 영화의 애니메이션으로도 제작이 되는 이 작품은 실로 엄청난 대작임이 분명하다. 어느 시대의 독자든, 어떤 언어로 읽든, 어느 나이에 읽든 모든 시공간을 초월한 감동적인 여행의 여권이 되어주는 소설이다.

박형규

러시아 문학, 특히 톨스토이 번역에서는 국내 최고 권위와 실력을 자랑한다. 50년을 톨스토이 연구에 매진해왔으니 거의 톨스토이와 인생을 함께한 셈이다. 톨스토이의 전집을 완역했는데, 2013년에 개봉한 영화 〈안나 카레니나〉가 기품이 넘치는 여자의 사랑을 너무 간통에 초점을 두었다며 아쉬움을 표할 정도로 톨스토이에 대한 애정이 깊다. 번역가로서 톨스토이 번역의 성과는 그의 번역서가 톨스토이의 생가에 전시되어 있는 것으로 입증된다.

레프 톨스토이 지음, 박형규 옮김   📖 **부활**
민음사, 2003년

《부활》은 《안나 카레니나》, 《전쟁과 평화》와 함께 톨스토이를 대표하는 3대 명작이지만 다른 두 작품에 비해 차별성을 갖는다. 우선 톨스토이가 일흔이 넘는 나이에 완성한 작품인데 이 시기는 그의 사상과 예술이 정점으로 치닫는 시기였다. 말하자면 다른 두 명작보다는 그의 최종적인 정치, 경제, 법률, 종교관이 고스란히 반영된 작품이란 이야기다. 다시 말해서 톨스토이를 가장 잘 말해주는 작품이며 그의 작가 및 사상가로서의 역량이 집약된 소설이다.

톨스토이가 투영한 그의 주요한 신념과 개혁 정신은 범죄자를 교화하기보다는 처벌 위주로 처리하는 당시 러시아 법정과, 하층민을 착취하고 그들을 더욱더 깊은 가난 속으로 내쫓는 토지 제도, 인간 위주의 참종교의 모습보다는 형식과 불합리한 제도에 사로잡힌 러시아 정교에 대한 비판으로 요약된다. 《부활》은 톨스토이가 평생 동안 품었던 사랑과 정열 그리고 죽음에 대한 의문이 맺은 결실이다. 몇몇 비평가와 독자들은 《안나 카레니나》에 비해 《부활》에

후하지 않은 점수를 주기도 했지만 나는 정반대다. 《부활》은 톨스토이의 인간이 중심이 되는 더 깊은 사상적, 사회적 통찰이 반영되었다. 《부활》은 더욱 성숙한 열매이지 노쇠한 낙과落果가 아니다.

석영중

러시아 문학 번역으로 유명하다. 대표작은 단연코 6년을 걸려 완성한, 알렉산드르 푸시킨Aleksandr Sergeyevich Pushkin, 1799~1837 탄생 200주년을 기념해서 무려 1,794페이지를 단권으로 묶어 출간한 《뿌쉬낀》이다. 이 책은 러시아 문학에서 독보적인 위치를 점하는 열린책들 출판사에서 나왔는데 금방 절판이 되었고, 이 책을 구하기 위해 애쓰는 수집가들이 많다.

아르까지 스뜨루가츠끼 · 보리스 스뜨루가츠끼
지음, 석영중 옮김, 열린책들, 2009년

📖 **세상이 끝날 때까지
아직 10억년**

번역가 석영중의 대표작은 아무래도 《뿌쉬낀》이라고 봐야 한다. 지금은 사고 싶어도 손에 넣지 못하는 절판본이라 읽어보라고 추천하기 힘들다. 대신 그의 또 다른 책 《세상이 끝날 때까지 아직 10

억년》을 소개한다. 이 책은 SF라고는 하지만 조금 독특하다. 우선 저자가 한 명이 아니라 아르카디 스트루가츠키Arkady Strugatsky, 1925~1991, 보리스 스트루가츠키Boris Strugatsky, 1933~2012 형제가 함께 썼다. 게다가 흔히 SF라고 하면 금방 떠오르는 소재들, 이를테면 우주선, 시간 여행, 로봇이 일절 등장하지 않는다.

구소련의 과학자가 중요한 연구를 하려고만 하면 계속 잘못 걸린 전화가 와서 연구에 집중하지 못하고, 뜬금없이 다른 연구소에서 스카우트 제의가 들어오고, 아내의 친구라는 미모의 여성이 찾아오기도 하는 등 기묘한 일이 계속해서 생긴다. 결국 과학자는 이런 일상적이지만 일련의 사소한 일들이 자신의 연구를 방해하려는 거대한 음모임을 깨닫는다. 낯익은 일상 속에서도 거대한 삶의 공포가 도사리고 있다는 이 소설의 내용은 베스트셀러의 작가로 잘나가다가 급격하게 판매 부수가 줄고, 1970년대에 소련 정부에 의해 침묵을 강요당하는 등 저자 자신들의 삶과도 비슷하다. 1988년에 이미 출간되었던 이 책은 여느 SF가 그러하듯이 절판되었다. 그러나 이 책을 구하려는 독자들이 많았기에 마침내 재출간되었다. 이 사실만으로도 이 책의 읽을 가치는 부족하지 않은데, 중역이 아닌 러시아를 한국어로 완역한 데다 치밀하고 정확한 번역 그리고 친절한 각주는 이 책의 완성도를 높인다. 2007년 서울대 '사회대 연극당'이 연극으로 재조명해서 공연했는데 인류의 발전을 위한 거창한 연구보다는 소박한 인간적인 일상의 행복을 택한 과학자들의 솔직한 모습에 공감을 얻기도 했다.

안정효

《하얀 전쟁》을 썼고 문학사상사에서 출간된 《백년 동안의 고독》을 번역했다. 독자들로부터 번역에 관한 신뢰가 매우 두터우며 영어의 정확성에도 남다른 관심을 기울이는데, 그의 저서 《안정효의 오역 사전》은 문장을 올바르게 번역하고자 하는 그의 마음이 충분히 감지된다. 안정효는 《안정효의 글쓰기 만보》를 통해서 바르고 군더더기 없는 글쓰기를, 《안정효의 오역 사전》을 통해서 정확한 영어 어휘의 사용을, 《번역의 공격과 수비》를 통해서 기본이 탄탄한 번역을, 《헐리우드 키드의 생애》를 통해서 영화에 관한 마니아틱한 해박한 지식을 쏟아냈다.

알렉스 헤일리 지음, 안정효 옮김   📖 뿌리
열린책들, 2009년

번역가 안정효의 명성에 가장 큰 기여를 한 책은 아무래도 《백년 동안의 고독》이라고 해야겠다. 《백년 동안의 고독》은 노벨 문학상 수상작답지 않게 많은 판매고를 기록했는데, 그럼에도 불구하고 나에게는 안정효의 번역 작품으로는 소설 《뿌리》가 더 친숙하다. 어린 시절 텔레비전 드라마로 제작된 〈뿌리〉를 보고 흑인들의 고난에 얼마나 많은 눈물을 흘렸던가? 사실 그때는 그 드라마의 원작이 소설인 줄도 몰랐다. 자신의 뿌리에 대한 호기심과 애착은 거의 인간의 본능에 가깝지 않을까? 이 드라마가 선풍적으로 인기를 누릴 때쯤 미국인들의 족보에 관한 관심이 폭발적으로 증가했다. 구시대의 봉건적 제도에 강하게 거부하는 조총련의 한 구성원조차 YANG BAN이라고 쓰인 자동차 번호판을 미국에서 사용하기도 했으니, 자신의 부모에 대한 기억이 거의 없는 한국의 해외 입양자들이 어른이 되어 부모를 찾아 모국을 방문하는 일은 그리 놀랍지 않다.

열일곱 살 난 소년 쿤타 킨테가 아프리카에서 미국으로 끌려오면서 시작되는 이 소설은 흑인들이 비극적인 노예 생활을 하고 마침내 자유와 자신의 뿌리를 찾아가는 과정을 그렸는데, 궁극적으로는 가족의 소중함을 말하지 않나 싶다. 가족의 소중함과 뿌리에 대한 궁금증은 인간 사회를 관통하는 이슈이고, 이는 이 책이 당시 미국 사회뿐만 아니라 전 세계의 사람들에게 큰 울림을 준 이유다.

양윤옥

일본 문학을 전문으로 하는 번역가인데 무라카미 하루키의 엄청난 베스트셀러 《1Q84》를 번역해서 더욱 유명해졌다. 《1Q84》는 최고의 베스트셀러라는 명성답게 천문학적인 선인세가 지급되었는데, 정작 많은 독자가 책 제목을 '아이큐84'로 읽는 실수를 하곤 한다.

카노 유이치 지음, 양윤옥 옮김
오 라이팅하우스, 2013년

📖 **페코로스, 어머니 만나러 갑니다**

번역가 양윤옥은 《철도원》, 《도쿄타워》, 《남쪽으로 튀어!》, 《1Q84》, 《나미야 잡화점의 기적》 등 화제를 모았고 베스트셀러가 된 많은 일본 책을 번역했는데, 나에게 유독 인상 깊고 소중한 책이 바로 《페코로스, 어머니 만나러 갑니다》란 만화다. 제목의 '페코로스'는 작은 양파라는 의미이며 이 책의 저자가 체형이 동글동글하고 대머리인 관계로 붙여진 별명이다. 작은 출판사에서 일하던 저자는 치매 증상을 보이기 시작한 어머니를 모시기 위해서 낙향하게 되는데 어머니를 모시며 생긴 재미난 에피소드를 네 컷의 흑백 만화로 그리기 시작했고, 자비로 출판한 이 만화가 선풍적인 인기를 누린다.

개인적으로 일본 만화라고 하면 연애, 스포츠, SF 등의 내용을 떠올려서 크게 관심을 두지 않았는데 이 만화를 계기로 일본 만화의 다양성과 독특함 그리고 따뜻함과 유머에 관심을 두고서 다른 일본 만화를 적극적으로 찾아 읽기 시작했다. 가장 쉽게 찾은 결과물이 《백성귀족》이란 만화인데, 고되고 무던한 인내심이 요구되는 일로만 알았던 농업과 축산에 관한 내용이다. 기대한 대로 소재도 참신하고 그 힘든 농사일을 무척이나 유머 넘치고 유쾌하게 그려내서 농업에 대한 매력과 중요성을 새삼 깨닫는 계기가 되었음은 물론이다.

다시 《페코로스, 어머니 만나러 갑니다》 이야기로 돌아가자면, 환갑이 지난 아들이 치매에 걸린 노모를 보살피는 상황은 우리가 보기에는 참 곤란하고, 힘겨운 처지이지만 이 만화에서는 그런 기색은 보이지 않고 대신 폭소와 유머가 가득하다. 그러면서도 감동을 잃지 않는다. 이런 주제로 한국인이 만화를 그렸다면 다분히 진지하고 오로지 감동을 주려고만 시도하기가 쉬운데 어려운 상황을 유머로 승화하는 일본인의 이런 면은 참 부럽다. 10년이 넘게 중풍으로 고생하신 어머니를 모시고 열한 곳의 병원과 요양원 그리고 거처를 옮겨 다닌 나는 왜 항상 애처로움과 슬픔만으로 시간을 보냈는지 참 의아스럽기까지 하다. 이 만화를 읽고 과연 10년이 넘는 세월 동안 아픈 어머니를 모시면서 우습고 재미난 순간이 없었는지 되새겨보았는데 도무지 떠오르지 않는다. 과연 새가 노래하지 않고 운다고 여기는 한국인다운 특성이다. 이 책을 읽고, 우리가 힘들다고 생각하는 상황에서 단지 자신의 시각과 생각만 고친다면 그 속에서도 얼마든지 즐거움을 찾는 게 가능하다는 교훈을 얻는다. 슬픔과 기쁨은 다른 곳에서 나오지 않는다. 모두 우리 마음속에서 나온다.

우리나라를 대표하는 번역가다. 김우창, 안삼환, 정명환과 함께 민음사의 〈세계문학전집〉 시리즈의 편집 위원이 되어 왕성하게 번역활동 중이다. 누구나 알 만한 대표작으로는 《파리대왕》과 《제인 에어》를 꼽는다. 많은 저작이 있지만 그중에서도 내가 꽤 재미나게 읽은 책은 해방 전후의 국내 상황과 자신의 어린 시절의 추억에 의존해서 쓴 《나의 해방 전후》다.

이솝 지음, 유종호 옮김
민음사, 2003년

📖 **이솝 우화집**

《이솝 우화집》은 어른이 읽어도 충분히 좋은 책이지만, 어린 시절에 읽으면 더욱 좋을 듯하다. 뻔한 동화 같은 뜬구름 잡는 이야기가 아닌 시대를 초월해서 현실 세계에 적용 가능한 교훈을 얻는다는 점에서 자기 계발서의 테두리에 넣어도 무리가 없다.

아이들에게 이 책을 권해야 하는 이유는 여러 가지다. 우선 아이들은 동물을 친근하게 여기기 때문에 어른이나 교사가 하는 충고는 잔소리로 들릴 가능성이 크지만 동물이 주인공인 이 책의 이야기는 거부감 없이 받아들여 바른 인성을 기르는 데 큰 도움을 준다. 둘째, 《초한지》를 재미있게 읽은 사람이라면 나이가 어리다 하더라도 '사면초가四面楚歌'라는 말의 의미와 그 말이 어디에서 유래했는지 배경지식까지 훤하게 알게 되듯이 이솝 우화를 읽은 아이들은 '신 포도sour grape'라는 말의 의미와 어원을 잘 안다. 단순히 생활 속에서 자주 쓰이고 앞뒤 문맥으로 그 의미를 짐작하는 사람과는 매우 큰 인식의 차이가 존재한다.

이솝 우화가 인류의 큰 자산이라고 말하는 근거는 만화, 애니메이션, 연극, 영화 등으로 다양하게 재생산되며 경제, 경영, 정치, 철학 등의 여러 학문에 응용되고 있다는 점이다. 다시 말하면 이솝 우화라는 원석은 다양한 형태의 보석으로 재가공된다. 아울러 서양뿐만 아니라 전체 인간 세상의 사상적인 중요한 한 원류임에 분명하다.

이세욱

열린책들 출판사의 대표 홍지욱이 쓴 《통의동에서 책을 짓다》를 무척 재미있게 읽었다. 물론 열린책들과 관련된 인사들이 자주 등장해서 더욱 흥미로웠는데, '이세욱'이란 이름도 심심찮게 등장해서 번역가 이세욱이 열린책들에서 차지하는 위상을 간접적으로나마 실감했다.

이세욱은 베르나르 베르베르의 전문 번역가라고 해도 크게 틀리지 않을 만큼 《개미》를 비롯한 베르나르의 저작을 훌륭하게 번역했다. 요즘 화제작인 베르나르의 《제3인류》도 그의 작품이다. 번역 문제에 대해서는 남달리 깐깐한 열린책들에서 이처럼 오랫동안 번역 작업을 한다는 자체가 이세욱의 번역 능력이 우수하다는 증거다. 덧붙여 이세욱은 전 세계적인 지성인 움베르토 에코Umberto Eco, 1932~의 《세상의 바보들에게 웃으면서 화내는 방법》을 번역하기도 한 우리 시대의 가장 신뢰할 만한 번역가 중 한 명이다. 대학 때 사회과학 서적을 읽기 위해 일본어를 배웠고, 프랑스어는 전공, 영어는 기본이며, 움베르토 에코의 책을 읽기 위해 이탈리어를 공부했으니 이세욱의 번역가로서의 역량은 더 이상 설명이 필요하지 않다.

베르나르 베르베르 지음, 이세욱 옮김
열린책들, 2001년

📖 **개미**

《개미》는 작가의 상상력과 펜으로만 쓴 책이 아니고 무려 20년간 개미들의 세상을 관찰하고 연구한 결과다. 이 소설에 대한 칭찬은 아마도 이 책을 읽고 차라리 개미가 되고 싶다는 독자들의 탄성으로 요약 가능하다. 이 책만큼 개미의 종류와 전쟁 그리고 사회생활을 잘 묘사한 책은 찾기 힘들다. 한편으로는 저자가 개미의 이야기만으로 이 책을 가득 채웠으면 좋았겠고, 초반에 비해 4, 5권은 다소 지루하다는 불만도 들린다. 베르나르가 한국에서만 유독 인기가 많다는 평가와 《개미》도 호불호가 심하게 갈리는 소설이라는 의

견도 존재하지만 누가 뭐래도 《개미》는 대작이며 오늘의 베르나르를 가능케 한 그의 대표작임이 분명하다.

《개미》를 읽고 개미에 대한 호기심이 증폭된 독자라면 최재천의 《개미제국의 발견》을 추천한다. 전 세계에 서식하는 온갖 종류의 개미의 생태와 특징을 상세히 기술했고, 이해를 돕는 사진이 많은데 더구나 모두 컬러 사진이다. 무엇보다 그는 개미에 관한 한 최고의 전문가 중 한 명이 아닌가?

또한 《개미》가 다소 지루하게 느껴지는 독자라면 《상대적이며 절대적인 지식의 백과사전》을 추천한다. 개인적으로 베르나르의 책 중에서 가장 자주 들춰 보는데 베르나르의 온갖 잡다한 지식과 상상력이 총출동했다. '꿈을 자신이 원하는 대로 꾸는 방법'에 관한 내용을 읽고 실제로 베르나르가 알려준 대로 몇 번 시도해본 기억이 새롭다. 이 책의 내용은 잡다하지만, 다른 책에서는 결코 다루지 않았던 색다르고 기상천외한 지식과 생각이 가득하다. 그러나 베르나르의 SF는 저자의 엄청난 상상력에 비해 과학적인 지식이 다소 뒤처지지 않았는지에 대한 의문은 많다. 아마도 베르나르가 《개미》 이후 내리막길을 걷는다는 평가는 그 이후 작품이 《개미》만큼의 연구와 관찰에는 미치지 못했기 때문인 듯하다.

이윤기

우리나라에서 가장 왕성하게 활동한 번역가 중 한 명이다. 번역가로서 이윤기를 유명하게 만든 8할의 공은 움베르토 에코의《장미의 이름》에 있다. 그 명성과는 다소 의외로 이윤기는 이탈리아 원서를 번역하지 않았고 영어판을 중역했다. 따라서 당연하겠지만 그 유명세만큼이나 오역에 대한 적잖은 비판을 받았다. 특히 강유원은 오역을 하나하나 지적한 편지를 직접 이윤기에게 보내기에 이른다. 이에 학자 특유의 아집이 없는 이윤기는 강유원의 지적에 자신의 실수를 기꺼이 인정했을 뿐만 아니라 비판에 대한 진심 어린 감사를 표했다.

비록 원전을 번역하지는 않았지만 자신의 실수를 끊임없이 찾아내서 수정 작업을 무려 20년간 계속한다. 그 결과 최근 개정판은 번역에서 크게 시비가 일지 않는 좋은 작품으로 인정한다. 오역에 대한 크고 작은 시비가 일었지만 이윤기만 한 번역가를 찾기란 쉬운 일이 아니다.

애초에 완벽한 번역이란 이 세상이 끝날 때까지 불가능하다. '파르라니 깎은 머리'를 어떻게 외국어로 완벽하게 번역하며, 스코틀랜드 영어 사투리를 표준 영어와 다른 뉘앙스를 주면서 어떻게 우리말로 완벽하게 옮길 터인가? 고심 끝에 우리말의 사투리로 옮긴다 해도 불만의 여지는 많다. 경상도 사투리를 쓰는 스코틀랜드 사람은 오히려 독자들의 몰입과 공감을 방해하지 않을까?

애초부터 불가능한 일을 두고 고민해야 하는 번역가의 고충을 일반인들은 가늠하기 어렵다. 번역가 이윤기는 'Let there be nothing in excess', 즉 '만사에 지나침이 없게 하라'는 서양 속담을 '과유불급'이라는 그나마 더 친숙한 표현으로 번역하는 데서 상당 부분 번역의 정확성에 대한 비판을 받지 않았나 싶다. 그럼에도 불구하고 번역 문학계의 개척자로서의 그의 위치는 빛난다. 이윤기가 그리스 로마 신화를 대중화한 공은 높게 평가해야 한다.

도나 타트 지음, 이윤기 옮김
문학동네, 2007년

📖 **비밀의 계절**

번역가 이윤기의 많은 번역서 중에서 유독 이 작품을 선택했는데, 이유는 이 책이 한때 많은 수집가의 애간장을 타게 했던 희귀본이었기 때문이다. 1992년 까치글방에서 이 책을 냈고 금방 절판되는 바람에 많은 독자의 수집 표적이 됐었다. 다행히 문학동네에서 재출간했는데 이 책에 등장하는 라틴어, 그리스어의 번역을 서양 고전을 전공한 이다희가 교정했다. 이다희는 이윤기의 딸이다. 그야말로 부녀간의 노력과 역량이 동원된 좋은 번역서다. 영어를 쓰는 서양에서도 라틴어와 그리스어 때문에 이 책을 난해한 책으로 인식하는 독자가 많은데 어떻게 보면 영어뿐만 아니라 라틴어, 그리스어 부분까지 꼼꼼하게 번역된 이 책은 우리 독자들만 갖는 행운이다.

《비밀의 계절》은 절대 진리를 추구하는 고전학파의 학생 여섯 명과 그들의 지도 교수가 두 개의 살인 사건을 둘러싸고 벌이는 스릴 넘치는 서스펜스 소설이다. 이 책이 발간될 당시 단일 책으로는 무려 40만 달러라는 최고의 금액이 지급되었는데, 지적이고 철학적인 지식, 촘촘히 엮인 플롯, 작가 특유의 스토리텔링 기법은 다른 작가들이 감히 흉내 내기 힘든 성과다. 읽기에 결코 만만한 책은 아니지만 타민족의 종교에 관대하기로 소문난 로마인들이 왜 유독 기독교인들에게만 그렇게 가혹한 탄압을 했는지에 대한 이유를 명쾌하게 설명하는 부분 등은 이 책이 지닌 거대한 지식의 일부에 지나지 않는다. 그래서 과연 이 책을 픽션으로 분류해야 하는지에 의문을 제기하는 독자들도 많다. 소설이지만 인문학 고전의 범주에 넣어도 무방하다는 이야기다.

장영희

《문학의 숲을 거닐다》, 화가 김점선이 그림을 그려서 시각적인 즐거움을 주는 〈장영희의 영미시산책〉 시리즈로 유명한 장영희는 한국 영문학의 거목 '장왕록'의 딸로 태어났다. 돌이 채 되기 전에 소아마비가 닥쳐서 평생을 장애인으로 살았던 그녀는 미국에서 서강대 영문과 출신으로는 처음으로 영문학 박사 학위를 받고 귀국해지만 교수에 임용되기까지 무려 10년을 기다려야 하는 아픔을 겪었다. 소아마비와 암으로 고통 받으면서도 항상 밝은 표정과 희망적인 메시지가 가득한 저서로 수많은 젊은이에게 희망과 용기를 주었다.

부친 장왕록과 함께 펄 벅Pearl Buck, 1892~1973의《대지》를 번역했다.

펄 벅 지음, 장왕록 · 장영희 옮김   📖 **대지**
소담출판사, 2010년

서양인이 쓴 일본을 잘 알려주는 책이 루스 베네딕트Ruth Benedict, 1887~1948가 쓴《국화와 칼》이라면 중국에 관한 유명한 저서는 에드거 스노Edgar Parks Snow, 1905~1972의《중국의 붉은 별》과 펄 벅의《대지》라고 본다. 루스 베네딕트는 단 한 번도 일본 땅을 밟지 않고서 책을 썼지만《중국의 붉은 별》과《대지》는 몸소 중국을 체험하면서 발로 쓴 책이다. 특히 펄 벅은 선교사인 부모님 때문에 중국에 오래 살았고 영어와 중국어를 동시에 공부했으며 특히 평생 동안 중국을 서양에 알리기 위해 노력했다.

소담출판사에서 출간한《대지》는 장영희와 부친 장왕록이 함께 번역했다는 점에서 무척 뜻깊다. 더구나 장왕록의 집안이 펄 벅의 집안과 각별했고 매우 돈독한 관계를 유지했는데, 따라서 장왕록과 장영희가 번역한《대지》는 기념비적인 번역서임이 분명하다. 당연하겠지만 번역은 가독성이 뛰어나고 유려하다. 당장의 끼니도 해결하기 어려웠던 농부로 출발해서 우여곡절 끝에 성공해가는 왕룽 일가의 일대기를 다룬 《대지》는 1932년 퓰리처상을 받았고 노벨문학상의 영광까지 얻게 되는데, 중국인보다 더 중국인다웠던 펄벅의 중국에 대한 애정과 작가적 역량을 감안하면 당연한 결과다. 수많은 등장인물과 담담하게 사건 전개를 기술하면서도 강력한 흡입력을 가진 펄 벅 특유의 필체가 빛나는 《대지》는 재미있고 쉬우면서도 많은 생각을 하게 해주는 명저다.

정영목

정영목이라는 번역가의 이름은 이윤기나 김석희만큼의 유명세는 없다. 그러나 번역의 질과 다양성 그리고 번역 목록의 알찬 정도는 절대 뒤지지 않는다. 한마디로 국내에서 다섯 손가락 안에 꼽히는 번역가다. 번역가는 배우와 같아서 한 가지 캐릭터를 고집해서는 안 되고 배역(책)에 따라 그에 맞는 연기(번역)를 해야 한다는 주장에 적극 동감하며, 그의 다양한 번역을 보면 그가 얼마나 배역에 맞는 연기를 잘해왔는지 충분히 공감한다. 우선 그는 알랭 드 보통 Alain de Botton, 1969~의 《왜 나는 너를 사랑하는가》, 《불안》, 《여행의 기술》,《행복의 건축》을 번역함으로써 알랭 드 보통 전문 번역가로 이름을 떨친다. 한편 조지 오웰George Orwell, 1903~1950의 《카탈로니아 찬가》, 주제 사마라구José Saramago, 1922~의 《눈먼 자들의 도시》를 번역하는 한편, 장르 문학에도 손길을 뻗쳐 한때 마니아들의 수집 목록에 이름을 올렸던 《유년기의 끝》의 번역도 맡았다. 그는 여기에 그치지 않고 법정 스릴러의 대명사 존 그리샴John Grisham, 1955~의 저작 대부분을 번역했는데 《레인메이커》,《의뢰인》이 포함되었음은 물론이다. 인문학 서적으로는 그레이엄 핸콕Graham Hancock, 1950~의 《신의 암호》가 그의 번역 목록에 포함된다. 눈에 띄는 그의 업적으로는 재미 동포 작가로서 주목받는 신인 이창래의 《제스처 라이프》 번역이 있다. 개인적으로 정영목이라는 번역가를 주목하게 된 계기는 책에 대한 책, 즉 독서 에세이 중에서 가장 매력적이고 지적인 앤 패디먼Anne Fadiman, 1953~의 《서재 결혼 시키기》가 역시 그의 손끝에서 나왔다는 사실이다. 정영목이라는 번역가는 참으로 다양한 배역을 그 특성에 맞게 잘 연기한 명배우임에 틀림없다.

아서 C. 클라크 지음, 정영목 옮김
시공사, 2002년

📖 **유년기의 끝**

아이작 아시모프Isaac Asimov, 1920~1992와 로버트 A. 하인라인Robert Anson Heinlein, 1907~1988과 함께 SF의 삼두마차 중 한 명이자 SF의 교과

서라고 불리는 아서 C. 클라크Arthur Charles Clarke, 1917~2008의 대표작 중 하나인《유년기의 끝》은 SF 팬이라면 반드시 읽어야 할 필독서로 통한다. 그러나 SF라면 운명처럼 따라다니는 '절판'이라는 악령을, 이 책도 피하지 못했다. 물론 절판되더라도 독자들의 강한 수요가 있으면 재출간되는데 이 책 역시 재출간되었다.

이 책의 자랑할 만한 장점은 이 책이 단지 저자의 상상력에 바탕을 둔 결과물이 아니고 영국 왕립천문학회 회원이자 영국 행성간 협회의 회장을 지냈고 심지어 NASA의 자문 위원을 맡았을 정도로 과학적 지식이 풍부한 저자의 지식이 바탕이 되었다는 점이다. 더구나 이 책이 발간된 1953년은 냉전이 극에 치달았고, 처음으로 진지하게 외계 생명체에 대한 호기심과 기대를 품은 시기였다. 느닷없이 외계에 의해 지구가 전쟁, 가난, 인종 차별, 정치적 대립이 없는 유토피아가 되지만 그것은 기술적으로 우월한 외계의 힘에 의한 계획이었고, 결국 거대한 외계의 힘에 의해서 인류의 '유년기'는 종말을 맞이한다는 내용을 다룬다.

SF의 경우 작가의 상상력이 아무리 뛰어나더라도 과학적 사실관계가 담보되지 않는다면 독자들의 깊은 공감과 지지를 받기 힘들다. 과학적 지식이 풍부한 원서를 정영목이라는 걸출한 번역가가 훌륭하게 번역했지만, 전에도 그렇고 새로 나온 책 역시 표지가 세련된 것은 아니다.

천병희는 번역가로서, 특히 그리스 고전 번역에서 큰 획을 그었다. 그는 우리가 서양 공부를 시작할 때 가장 먼저 배우고 읽는《일리아스》와《오뒷세이아》를 '원전 번역'으로 읽게 해주었다. 즉 영어나 독일어 또는 일본어로 옮겨진 그리스 고전을 다시 우리말로 중역하지 않고 희랍어 원전을 우리말로 옮기는 원전 번역을 해냈다. 번역, 특히 고전 번역에서 중역이 아닌 원전 번역은 무척 중요하다. 또 국내에 전공자가 극소수인 희랍어로 된 고전 번역 분야에서 천병희가 그나마 왕성한 활동을 해주는 덕택에 우리는 좀 더 정확한 번역으로 그리스 고전을 즐긴다. 가독성보다는 번역의 정확성에 치중한다는 방침 때문에 종종 독자들로부터 비판을 받지만, 중역이 아닌 원전 번역이고 독자들이 어려운 고전을 읽는 데 큰 도움이 되는 친절한 주와 해석, 그리고 독자의 이해를 도와주는 번역이라는 이유만으로도 크게 칭찬받아야 한다. 다만 천병희 번역의 책들이 턱없이 비싸다는 비판은 이해가 된다.

아리스토텔레스 지음, 천병희 옮김
문예출판사, 2002년

📖 **시학**

　　서구 문예 비평의 초석이라는 명성보다는 중학교 시절 국어 선생님이 누차 강조한 '카타르시스'라는 용어의 원전으로 이 책을 기억한다. 좋은 드라마의 조건으로 플롯에 있어서 사건 전후의 인과 관계를 강조했는데 이는 현대까지 진리로 통하며 현대의 어떤 저술보다도 자주 언급되고 인용되며 강조된다. 아리스토텔레스 Aristoteles, B.C.384~322의 저작 중에서 아마 가장 유명한 책이며, '플롯과 성격 가운데 어느 것을 더 우위에 놓아야 하는가', '비극은 어떻게 결말짓는 게 좋은가' 등으로 대표되는 이 책의 주요 내용은 결코 어렵지 않고 또 매우 실제적이어서 문학가를 지망하는 사람뿐만 아니라 문예 비평에 뜻이 있는 이에게 반드시 일독을 권한다.

워낙 걸출한 대작이고 인류의 위대한 자산이기도 한 이 책은 당연히 많은 번역본이 존재하는데 천병희 번역본을 높게 평가하는 이유는 정확한 번역도 번역이지만 그 방대한 주석 때문이다. 오히려 본문보다 훨씬 긴 주석을 보다 보면 번역가로서의 장인 정신을 느낀다.

중학교 시절 국어 시간에 카타르시스라는 용어가 아리스토텔레스의 《시학》에 나오는 말이라고 배웠지만 실제로 《시학》을 들춰 보기까지는 아주 오랜 세월이 걸렸다.

예전부터 했던 생각인데 가장 좋은 학교 공부 방법이자 인생 공부 방법은 교과서에 나오는 글의 원전을 모조리 찾아서 읽는 방법이다. 발췌되어 교과서에 실린 극히 일부분의 내용과 책 제목만 많이 아는 사람이 아예 그 책의 존재를 모르는 사람보다 결코 낫다고 보지 않는다. 책의 제목을 알면 마치 그 책을 읽었다고 은연중에 생각하게 되어, 아예 그 책을 보지 않거나, 아주 늦게야 그 책을 읽지 않았다는 자각과 함께 책을 들춰 볼 가능성이 크다.

Chapter.2

독서의 단계가 궁금한 당신에게

베스트셀러도
보석은 있다

베스트셀러란 무엇일까?

독서의 단계가 따로 정해져 있지는 않지만 보통 베스트셀러에서 스테디셀러로, 최종적으로 고전에 정착하곤 한다. 그렇다면 이번에 다룰 베스트셀러라는 것은 정확히 무엇을 일컫는 말일까?

베스트셀러라는 용어는 1895년에 창간된 미국의 《북맨》이라는 문예 잡지에서 처음 쓰였는데, 애초에는 이 용어를 픽션에만 적용했다. 그러다가 1912년에 미국 서평지 《퍼블리셔스 위클리》에서 논픽션을 베스트셀러에 추가하기 시작했고, 더욱 발전해 미국 일간 신문 《유에스에이 투데이》, 마찬가지로 미국의 일간 신문 《뉴욕타임스》를 비롯한 주요 언론에서 본격적으로 베스트셀러 목록을 게재하기 시작했다. 이후 베스트셀러라는 말이 전 세계에 널리 퍼졌고, 우리나라에서는 광복 이후부터 쓰이기 시작했다.

요즘의 독자들은 베스트셀러를 '궁금하지만 사고 싶지는 않은 책'으로 생각한다. 몇십 년 전의 상황과 비교해보면 격세지감을 느낀다. 아무래도 요즘과 비교했을 때 정보 공유가 현격히 부족하고, 뭔가에 반대하고 비판하는 것이 자연스럽지 못한 상황이었던 수십 년 전에는 언론에서 발표하는 베스트셀러가 비판 의식으로 바라보기 힘든, 독서의 절대적인 가이드라인으로서 권력을 행사했다. 그래서 당시의 일반 독자는 베스트셀러를 '좋은 책', '시간이 없어도 꼭 읽어야 할 책'쯤으로 인식했다. 이에 비해 요즘 일반 독자들이 베스트셀러에 혹하지 않는 것은 바람직하고 매우 진보된 지식 소비자의 모습이라고 생각한다.

다만 최근 베스트셀러를 만들기 위한 일부 출판사의 잘못된 관행이 언론의 주목을 받고 집중 조명되면서 열악한 환경 속에서 좋은 책을 펴내기 위해 노력하는 대다수의 출판인까지 폄하되는 상황이 안타깝기도 하다. 아울러 베스트셀러는 무조건 영악한 상술의 소산이자 대대적인 광고 덕택이라며 과잉 반응할 필요는 없다. 우리가 그토록 경외하며 진정한 독서가가 되기 위해서 꼭 읽어야 할 많은 고전이 당대에는 베스트셀러였다는 엄연한 사실을 무시해서는 안 된다.

두말하면 잔소리지만 베스트셀러 목록은 출판 산업에 꼭 필요한 요소다. 출판사의 입장에서는 독자가 어떤 책을 좋아하는지 확인 가능하고, 독자 입장에서도 어떤 책이 돈을 쓸 만한지 그리고 다른 사람은 어떤 책을 선택했는지를 가늠하게 된다. 나쁜 베스트셀러는 잘 걸러내고 보석과도 같은 좋은 베스트셀러를 골라내는 안목을 기르는 능력이야말로 요즘 독서가에게 가장 중요한 덕목이라고 확신한다.

베스트셀러라고 함부로 무시할 필요는 없다

좋은 베스트셀러는 진정한 독서가가 되려면 어쩔 수 없이 거쳐야 할 통과 의례인데 어찌 보면 독서하는 습관을 들이기 위한 필연적인 '견습' 과정이기는 하다. 진정한 독서가가 되는 과정에서 테니스의 고수가 되는 과정과 일맥상통하는 면을 발견한다. 테니스에 입문하는 남성이 게임을 처음 시작할 때 가장 좋은 파트너는 남성고수가 아니고 숙련된 여성이다. 테니스에 막 입문한 남성이 노련한 여성 테니스 고수와 게임을 하면 얻을 수 있는 장점이 한두 가지가 아니다.

우선 숙련된 여성과 경기를 하면 테니스 초보자에게 가장 중요한 '안정된 랠리'를 배우게 된다. 여성은 공을 힘차게 치기보다는 안정적이고 적당한 속도의 볼을 구사하므로 시합에서의 랠리를 연습하기에 적합하다. 한마디로 남성 고수에게서 배울 수 없는 '게임을 하는 재미'를 느끼기에 좋다. 숙련된 남성 고수와 게임을 하면 그야말로 꿔다 논 보릿자루 신세가 되기 십상이며 어쩌다 실수라도 하면 고수의 따가운 시선 때문에 테니스에 대한 흥미를 일찌감치 접게 되는 상황이 온다. 이처럼 테니스 초보자에게 너무 과하지 않은 적당한 훈련 파트너가 필요하듯이 초보 독서가에게도 너무 어렵지 않으면서 대중적이고, 또 책을 읽고서 다른 사람과 쉽게 공감을 나눌 수 있는 베스트셀러는 나쁘지 않은 선택이다.

가만히 보면 장비가 필요한 거의 모든 취미 생활에는 소위 말해서 입문용 또는 초보용 장비가 따로 잘 구분되어 있다. 예술 분야도 그렇고 스포츠 분야도 그렇다. 가격이 상대적으로 저렴하고, 초보라도 쉽게 적응하고 어느 정도 흉내 낼 수 있는 목록이 어느 분야나 존재하기 마련이다.

베스트셀러라고 해서 반드시 출판사의 인위적인 손길에 의해 만들어지거나 단순히 유명 작가의 이름값 덕택에 그 자리에 오른 것만은 아니다. 일례로 1992년에 이경훈이 쓴 《인맥만들기》가 베스트셀러가 되었는데, 물론 다른 이유도 많겠지만 이 책이 우리나라 독자들의 큰 호응을 받은 것은 '인맥'이라는 주제 덕분이었다. 인맥과 학맥으로 출세가 결정되는 부조리한 사회에서 살아남기 위해 책으로나마 인맥 형성 방법을 공부하고자 했던 당시 우리나라 독자들의 욕망이 그만큼 컸기 때문이다.

순수하게 베스트셀러에 오른 책은 그 당시 사회 구성원들의 정확한 자기표현 또는 욕망 또는 염원이라고 해도 무방하다. 당대 사회 구성원들의 욕망을 저급하다고 치부할 수 있는 권한을 가진 사람은 이 세상에 아무도 없다. '난쏘공'이라는 애칭으로 불리면서 18년간 무려 40만 부가 팔린 《난장이가 쏘아올린 작은 공》이 산업화의 속도전에서 소외받고 희생을 강요당한 이들이 사회를 향해 쏘아 올린 외침의 소산이듯이 제대로 된 베스트셀러는 당대 사회 구성원들의 상황을 가장 잘 표현해주는 시금석이다.

　이런 의미에서 읽을 만한 베스트셀러를 정리해보았다. 이 책들은 현재 절판되기도, 혹은 개정판이 나오기도 했는데 이러한 변화 또한 시대 흐름을 드러낸다.

김홍신 지음
행림출판, 1981년

📖 인간시장

　내가 기억하는 김홍신은 한국 출판사에 불후의 획을 그은 작가다. 그는 내가 당대에 겪은 작가로는 전국 서점의 출입구에 '《인간시장》 5권 출간!'이라고 다급하게 손 글씨로 쓴, 책을 홍보하는 것이 아닌 '사는 것을 허락하는' 대자보를 붙이게 한 몇 안 되는 작가 중한 명이다. 정치에 관심이 많은 사람이라면 그를 15대와 16대에 걸쳐 국회 의원을 지낸 정치인으로 기억할 수도 있겠다. 어찌 됐든 그는 내 독서의 암흑기라고 불릴 중학교 시절, 소설 《인간시장》의 시리즈가 나올 때마다 서점에 붙어 있는 '출간 선언문'만으로 큰 호기심과 충격을 준 작가이다.

　《인간시장》은 당시 사회에서 군림하는 이른바 을사오적과 같은 부패한 각종 기득권층을 주인공이 마치 슈퍼맨처럼 종횡무진 활약하면서 일망타진함과 동시에 모든 사건을 해결하는 내용이 대부분이다. 비판 의식이 전혀 없던 중학생인 내가 보기에도 그 소설은 국어 선생님께서 말씀하신 위대한 문학의 결정체는 아닌 것처럼 보였다. 나는 주인공이 부패한 권력과 치열한 결투를 하는 부분보다는 요즘으로 치면 시크하지만 사랑스러운 여주인공과의 사랑 이야기에 솔깃했던 기억이 난다. 전 세대를 아우를 문학적인 힘은 없지만 당시 사회의 부조리한 면과 권력의 어두운 면을 잘 조명한 소설이다.

요즘 이 책을 서점에서 찾기는 어렵지만 한 시대를 풍미했던 베스트셀러인 만큼 도서관에서라도 읽어봄 직하다.

가르시아 마르케스 지음
문학사상사, 1998년

📖 **백년 동안의 고독**

얼핏 주위들은 이야기로는 노벨 문학상을 받은 작품이 국내 출판계에서 베스트셀러가 되는 일은 의외로 흔치 않다고 한다. 노벨 문학상은 문학적인 가치나 업적이 뛰어난 작가에 수여되는 것이 당연하겠지만 아무래도 해당 작가가 속한 사회의 특수성이 반영된 경우도 많아서 상업적으로 성공하기는 힘들리라는 생각을 해본다. 솔직히 가장 한국적인 것이 가장 세계적인 것이 되는 경우가 흔하지는 않다. 매년 노벨 문학상이 발표되면 해당 작가의 작품이 여러 권 출간되는데, 내 기억에도 국내에서 중·장기적으로 선풍적인 대중성을 확보한 경우는 드물었다.

그런데 저자가 1982년에 노벨 문학상을 수상한 것을 계기로 국내에서 엄청난 인기와 판매 부수를 자랑하는 이 소설은 현재까지도 독자에게 널리 회자되고 팔리며 베스트셀러를 넘어서 확고부동한 스테디셀러로 정착했다.

나는 SF를 참 읽기 힘들어한다. 현실에서 도저히 일어날 수 없는 이야기에는 별다른 흥미를 느끼지 못하는 유형인데, 환상적인 요소가 가득한 이 책은 예외적으로 무척 재미나게 읽은 기억이 몹시 강렬하다. 환상적 사실주의에 기초했고 이야기를 풀어나가는 서사적인 재미가 압권인 이 소설은 재미와 문학성, 그리고 라틴 아메리카의 지역적 특징이 잘 어우러져 고전의 반열에 오른다.

또한 내가 사랑하는 천명관 작가의 《고래》를 재미있게 읽고 오랜 기억에 담아둘 수 있었던 것은 오로지 환상적인 사실주의에 기초한 이 책을 읽은 덕분이다. 개인적으로는 제목이 참 멋져서 제목만으로 집어 든 흔치 않은 책 중 하나다.

이문열 지음
민음사, 1979년

📖 **사람의 아들**

대학 시절 교회에 열심히 다니는 친구가 이 책을 끼고 있는 모습을 보았다. 표지 디자인이 칙칙하고 워낙 교회를 열심히 다니는 친구가 보는 책이니 종교적인 색채가 강한 책이려니 생각하고 지나쳤다. 한참 뒤에 이 책을 읽고 나서, 이문열의 정치적인 성향 때문에 그를 호되게 비난하는 사람들조차 이 책만큼은 호평하는 이유를 알게 되었다. 적어도 우리나라에서 글쓰기 능력에 관한 한 이문열을 폄하할 수 없다는 사실을 드러낸 책 중 하나가 아닐까 생각한다. 소위 7080세대 중에 이 책을 '밤을 새워가면서' 읽은 사람이 많다. 이문열을 비판하는 사람은 많지만 이 책의 작품성과 재미에 이의를 제기하는 사람은 찾기 어렵다. 이제 젊은이조차 '정의'를 이야기하지 않는 시대에 '신'을 이야기한 소설이 어울리기는 어렵다. 그러나 이 불후의 명작을 쓴 당시의 이문열은 서른 즈음에 불과했다. 한 젊은이의 고뇌를 들어줄 귀는 열려 있어야 한다.

조정래 지음
한길사, 1986년

📖 **태백산맥**

《태백산맥》의 열풍이 몰아쳤을 때, 부끄럽지만 나는 당시 이 책을 읽는 대열에 끼지 않았다. 더 부끄러웠던 것은 이 책을 읽고 나서야 '빨갱이'가 무조건 나쁜 사람이 아니라는 사실을 알게 되었다는 점이다.

지방에 살았던 한 지인은 내게 이렇게 말한 적이 있다. 《태백산맥》 6권을 읽을 차례가 되었는데 마침 6권을 두고 서울에 가게 되었단다. 서울에서 지내는 단 며칠 동안 《태백산맥》을 무척 읽고 싶은데 시골에 두고 와서 못 읽게 되자 고민 끝에 결국 서울에서 6권을 새로 사 읽었다고 했다. 나도 비슷한 경험을 겪었는데, 《태백산맥》을 읽어나가는 도중에 친구들이 멋진 휴가 계획을 세웠으니 함께 가자는 제의를 해왔다. 친구들과 보내는 바닷가에서의 휴가와 《태백산맥》을 읽는 재미 사이에 한참을 고민하다가 결국 《태백산맥》을 미리 읽은 선배의 권유대로 후자를 택했고 지금도 그 선택이 참 옳았다는 생각을 한다.

이 책이 사상과 이념의 논란을 일으키는 무거운 주제일지언정 이야기 자체가 무거운 것은 절대 아니다. 오히려 따뜻한 휴머니즘이 깔려 있음을 곳곳에서 느낀다. 염상구가 빨갱이를 증오해서 형 염상진과 내내 대립했지만 끝내 이념보다는 피가 우선하다는 사실을 증명하지 않았던가? 이 책이 1980년대와 1990년대의 책으로 낙인찍힐 이유가 없다. 새는 한쪽 날개로 날지 않고 양 날개로 날듯이 이념에서도 균형 잡힌 시각이 필요하다고 본다면 이 책은 영원한 필독서임이 분명하다.

유홍준 지음
창비, 1993년

📖 **나의 문화유산답사기**

심리학에서는 소비자가 물건을 사고 나서 다시 그 물건의 광고를 보는 이유를 자신의 구매가 옳았음을 확인하고 싶기 때문이라고 설명한다. 책을 읽는 독자들도 비슷한 행동 양식을 보인다. 독자가 이미 구입한 책의 소개 기사를 다시 읽어본다든지, 다른 독자의 서평을 본다든지, 또는 좀 더 적극적으로 자신이 직접 감상문이나 서평을 남기는 행동은 다른 이유도 있겠지만 책을 보는 자신의 안목이 옳았다는 사실을 직·간접적으로 확인하고 싶은 욕구 때문이기도 하겠다. 나는 일단 구매한 책을 다시 살펴보면서 잘 산 책인지 잘못 산 책인지 금방 판단하는 편인데 후자의 경우에는 과감히 버리거나 다른 사람에게는 취향이 맞는 책일 수도 있으니 기증하거나 한다.

독서를 하다 보면 자기도취에 빠져서 자신의 소장 목록이 최고라고 생각하다가 때때로 소장 목록에 대한 비판이라도 받게 되면 큰 혼돈에 빠져들고는 한다. 사실은 나도 그런 경우가 많았는데 간혹 누군가 내 서재 목록의 면면을 칭찬하고 탐을 내면 괜히 우쭐해한다. 내 서재 목록의 가장 큰 비평가는 바로 아내다. 나는 아내가 내 서재에 들어와서 읽을 만한 책이 있나 없나를 살필 때 마치 살벌한 군대 시절 내무반을 검열하는 사열관을 맞이하는 것만큼이나 긴장된다. 대부분의 경우 아내는 대체 읽을 만한 책이 없다는 혹평을 가하기 일쑤였다. 간혹 아내가 한 권을 쓱 뽑아서 읽기 시작하면 그때의 뿌듯함은 말로 표현하기 힘들다.

아내가 공감해주는 책이 최선의 구매였다는 공인서와 같기 때문에 《나의 문화유산답사기》는 도무지 물건에 대한 욕심이 없는 아내가 '집착'을 보인 책이라 더욱 값지다. 미혼 시절, 나와 마찬가지로 교사인 아내는《나의 문화유산답사기》제2권을 학생에게 빌려줬었는데 그 학생이 책에 조그마한 흠집을 내고 더욱이 책을 접어가면서 읽었다고 속상해하는 표정을 지었다. 그 모습이 적잖이 놀랍고 신기해서 아직도 생생히 기억한다.

아내와 딸과 함께 그 자체가 박물관이라는 경주 남산을 오른 적이 있었다. 역시 명성대로 곳곳에 온갖 문화 유적이 산재해 있어서 야외 박물관이라는 애칭이 괜히 생긴 것이 아니구나 싶어 감탄스러웠다. 우리 가족 근처에 한 노부부가 석탑이며 유적을 유심히 관찰하면서 거닐고 있었다. 남편분이 전문 해설사 못지않은 해박한 지식으로 아내에게 자상히 설명해주는 모습이 그렇게 존경스러워 보일 수가 없었다. 한편으로는 '무식한 것이 이렇게 답답하고 서러운 것이었구나'라는 생각도 들었다. 그때 문득 이런 생각이 들었다. 진작 책을 천천히 읽고 꼼꼼하게 메모해가면서 공부하는 습관을 들였다면 나도 아내와 딸아이에게 자랑스럽게 문화유산을 설명할 수 있었을 것이 아니겠는가?《나의 문화유산답사기》를 좀 더 음미해가면서 읽지 못한 것이 후회막급이었다.

《나의 문화유산답사기》는 산에 있는 '오래되고 조각이 된 돌덩어리'를 '소중한 문화유산'으로 인식하게 해주고 그 문화유산을 다른 사람에게 자상히 설명하게 해주는 소중한 책이다. 관광 가이드처럼 단순히 안내서도 아니고 그렇다고 학자들이 주고받은 암호로 쓰인 어려운 책도 아니다. 언젠가는 이 책을 품에 안고 전국의 문화유산을 찾아보고 싶다.

의사소통 능력이 최우선으로 강조되는 현대의 영어 교육에서 어휘력의 중요성은 아무리 강조해도 지나치지 않다. 영어 단어를 많이 외우는 것이 매우 중요한 사안인 것은 분명하지만, 학생들이 영어 단어를 아주 오래전 별 뜻 없이 만들어진 기호에 불과한 것처럼 기계적으로 연습장에 써가면서 외우는 모습만큼 안타까운 장면도 없다.

언어는 사회의 문화적 소산이기 때문에, 단어도 그 문화에서부터 세상에 나왔고 때로는 자라고 성숙하다가 끝내 소멸되는 생명체라는 사실을 인식했으면 좋겠다. 이를테면 단어를 문화의 소산물이라고 인식해서 어원을 이용해 공부하는 영어 단어 학습법이 있다. 'discover'의 경우 '제거하다, 없애다'의 의미를 가진 'dis'와 '덮개'라는 의미를 가진 'cover'가 합쳐져서 '덮개를 벗긴다. 즉, 발견하다'는 의미를 가진 단어라고 설명하는 방식이다.

이렇듯 어원을 이용한 영어 학습의 바이블이 노먼 루이스Norman Lewis, 1912~2006가 쓴 《WORD POWER made easy 워드 파워 메이드 이지》인데 내가 아끼는 책이다. 많은 장점을 가진 이 책의 단점 중 하나가 실생활에 자주 쓰이는 실용 영어 단어가 미비하다는 점이다. 물론 이 책을 통해서 공부하는 단어들을 이해함으로써 어원의 원리를 깨닫게 되긴 하지만 그래도 기왕이면 실생활에서 자주 쓰이는 단어를 대상으로 어원을 분석하고 공부했으면 학생들이 좀 더 흥미를 느끼지 않겠냐는 생각을 하게 된다.

이러한 욕구를 거의 100퍼센트 충족해주는 것이 바로 《꼬리에 꼬리를 무는 영어》다. 저자 한호림이 그래픽을 전공했다는 사실이 이 책의 큰 장점으로 작용하는데, 실생활에 쓰이는 단어를 단순히 활자로만 제시하지 않고 실제 영미권에서 촬영한 간판, 표지, 팸플릿 등의 사진 자료를 이용해서 생생하게 학습하도록 도와준다. 영어를 굳이 딱딱하고 지루한 방법으로 공부할 필요는 없다.

홍세화 지음
창비, 1995년

📖 **나는 빠리의 택시운전사**

이 책은 국내에 최초로 '톨레랑스', 즉 관용이란 개념을 부각한 공이 크다. 저자 자신이 나와 다른 타인을 인정하지 못하는 한국 사회의 흑백 논리에 희생당했고, 십수 년간을 해외에서 택시 운전사로 생활하면서 느낀 소회를 담백하고 재미있게 기술했지만 사실은 나와 다른 타인을 인정하지 않는 한국 사회에 큰 화두를 던진 셈이다.

책을 읽고 나서 사고방식의 변화가 생긴 몇 권 되지 않는 책이라 나에게는 귀중한 책이다. 사회생활을 하면서 나와 다른 생각을 가진 사람을 존중해주는 일이 얼마나 가치 있는 일이며, 왜 그것이 꼭 필요한가를 잘 말해주는 책이다.

이 책의 가치는 여기에 그치지 않는다. 웬만한 기행 작가나 소

설가를 뛰어넘는 필력으로 파리의 일상을 재미있게 들려주는 전반
부분은 파리 여행 안내서라고 해도 전혀 손색이 없다.

황대권 지음
도솔, 2002년

📖 **야생초 편지**

《야생초 편지》가 MBC의 〈느낌표〉 선정 도서로 채택되는 모습을
보면서, 바보상자라고 불리는 텔레비전이 이런 좋은 순기능을 가
졌다는 사실을 새삼 깨달았다. 이 책이 많은 사람에게 읽히길 간절
히 바랐기 때문이다.

농촌에서 태어나 자란 나에게 야생초는 농작물의 적이며 제거해
야 할 대상이어서 여름철 무성하게 자란 야생초를 보고 있노라면
저 녀석들은 왜 쓸데없이 생명력이 강한 것인지 모르겠다는 둥 바
보 같은 생각을 자주 했다. 논두렁과 밭두렁에 무성하게 자란 야생
초를 낫으로 사정없이 베고 땀에 범벅이 되어서는 쓰러진 야생초
를 바라보며 이제 더 이상 자라지 않아 이런 수고를 하지 않았으면
좋겠다는 생각을 자주 했다. 그렇게 거추장스러운 방해물이었던
야생초가 무려 13년 2개월 동안 억울하게 옥살이를 한 저자에게는
교도소 생활의 동지로 여겨졌다니 신기하고 또 신기할 따름이다.

이 책은 여러모로 《신영복의 엽서》와 비교될 만하다. 신영복 선
생이 교도소 생활을 하면서 지인과 가족에게 보낸 편지를 엮은 이

책에는 저자가 그린 아름답고 소박한 삽화가 곳곳에 담겨 있어서 독자들의 눈을 풍요롭게 한다. 《야생초 편지》 역시 저자가 교도소 생활을 하면서 지인들에게 보낸 편지를 책으로 묶은 것인데 주로 야생초와 생태 그리고 교도소 동료 간의 일상생활을 다뤘다. 그중에서도 상당 부분이 야생초 이야기로 채워졌는데, 면면을 보면 우리나라 야생초에 대한 해박한 지식이 가득 담겨 있어서 독자들의 탄성을 자아낸다. 야생초의 이름에 얽힌 재미있는 유래가 오래도록 기억에 남는다.

저자는 아마도 우리나라 야생초에 '민중적인'이란 수식어를 부여한 최초의 인물이 아닐까 싶다. 저자가 선정한 가장 민중적인 야생초 네 가지는 쇠비름, 참비름, 질경이, 명아주인데 이들은 모두 식용과 약욕으로 널리 쓰이기 때문이란다. 안타깝게도 가장 민중적인 야생초 네 가지를 그저 귀한 곡식을 헤치는 못된 풀로 여겼다.

마이클 샌델 지음, 이창신 옮김
김영사, 2010년

📖 **정의란 무엇인가**

평소 EBS 방송 프로그램을 좋아한다. 흥미로운 정보와 지식을 많이 전달해주기 때문이다. 마이클 샌델Michael Sandel, 1953~이 훌륭한 저자 이전에 훌륭한 교수라고 확신하게 된 계기는 EBS 방송에서 방영해준 하버드 강의를 며칠을 두고 계속 시청하고 나서였다. 사실

이런 종류의 책들은 관념적이고 이상적인 가치를 논하므로 실생활과는 별 연관이 없다는 생각을 흔히 하게 된다. 마이클 샌델이 돈으로 살 수 없는 것들 중 하나라고 말한 '새치기'를 구매해본 입장으로서 이 책은 그저 책에서만 존재하는 이상적인 논리를 말한다고는 절대 생각지 않는다. 새치기 구매가 무어냐면, 언젠가 가족과 함께 싱가포르의 '유니버설 스튜디오'라는 놀이공원에 갔을 때 날씨가 덥고 오래 기다리기 힘들다는 이유로 보통 티켓보다 훨씬 비싼 익스프레스 티켓을 구매했다. 익스프레스 티켓을 구매하면 보통 티켓을 구매한 고객과는 별도로 모든 놀이 기구마다 줄 서는 데가 따로 있어서 우리 가족은 보통 티켓을 구매한 고객보다 훨씬 빨리 많은 놀이 기구를 즐겼다. 이 특권을 그리 마음 편하게 즐기지는 못했다. 우리보다 훨씬 긴 줄에 서야 하는 세계 각지의 다양한 사람에게서 따가운 시선을 받았기 때문이다. 합법적으로 새치기를 구매해서 더 빠른 서비스를 즐기는 나를 향한 여러 인종의 따가운 시선을 평생 잊지 못할 것 같다.

천년의 베스트셀러, 삼국지

영문과 신입생이 가장 먼저 정독해야 할 책을 꼽는다면 흔히 《성경》과 《그리스 로마 신화》를 먼저 떠올린다. 언어라는 것이 그 언어를 사용하는 사용자의 문화적 배경 속에서 만들어지고 발전하니까 영어를 사용하는 영미인들의 사고방식의 원천인 《성경》과 《그리스 로마 신화》를 먼저 봐야 한다는 것이 그 이유다. 영미인들이 흔히 사용하는 격언의 다수가 《성경》과 《그리스 로마 신화》에서 나왔다는 사실도 이런 생각을 뒷받침한다.

마찬가지로 동양에 살거나 동양의 문화를 이해하고 싶은 사람에게 권할 만한 책으로는 《삼국지》가 빠지지 않는다. 또한 중국의 경제 규모가 커지고 정치적인 입지가 점차 넓어지면서 《삼국지》에 대한 관심은 더욱 커질 것이 분명하다. 이러한 문화적인 중요성을 차치하더라도 《삼국지》는 그 뛰어난 재미만으로도 많은 사람이 좋아할 만하다. 이문열이 엮은 《삼국지》 1권의 경우 100쇄를 돌파하는 출판 사상 전무후무한 기록을 수립한 것만 봐도 《삼국지》의 대중성을 실감할 수 있다. 만화, 영화, 오페라, 책뿐만 아니라 심지어 PC

게임까지 다양한 장르로 재생되는 《삼국지》는 나오기만 하면 일정 이상의 판매를 보장하는 인기 아이템으로 군림한다. 그래서 '천년의 베스트셀러'라고 하지 않는가.

《삼국지》가 순기능만을 가진 것은 아니다. 수단과 방법을 가리지 않고 얼마나 남을 잘 속이느냐가 주된 내용이라는 비판과, 권모술수가 난무하는 《삼국지》를 자라나는 청소년이 읽게 해서는 안 된다는 주장은 다소 극단적이긴 하지만 나름의 일리가 있다. 이미 나의 전작 《오래된 새 책》에서 말했지만 아직도 나는 아이들이 《삼국지》보다는 따뜻한 동화를 많이 읽었으면 좋겠다.

현실적으로 우리나라 독자에게 《삼국지》는 중요한 키워드임과 동시에, 이문열이 엮은 《삼국지》의 누적 판매 권수가 1,000만 권을 훌쩍 넘었다는 사실에서 알 수 있듯이 이미 《삼국지》는 주요 독서 문화라고 인정해야 한다. 이런 독자들의 반응을 출판사들은 적극적으로 좇아서 1920년 이후 현대어로 출간된 《삼국지》가 무려 350종이 넘는다. 급기야 《삼국지》를 읽지 않은 사람들은 '《삼국지》를 읽은 척하는 방법'을 연구하다가 끝내 삼국지를 읽지 못했다는 '커밍아웃'을 해야 한다는 압박에 시달리기도 한다. 어찌 됐든 《삼국지》라는 거대한 트렌드를 우리의 문화로 소화하고 순기능을 극대화해 자생적인 좋은 효과를 내기를 기대한다. 여러 굵직한 작가들이 마치 산악인들이 에베레스트를 정복하는 것처럼 삼국지 평역을 시도한다.

《삼국지》의 순기능적 측면을 생각하면 각 나라의 문화에 따라,

번역가의 취향과 소신에 따라 다양한 재해석이 가능하다. 심지어 주요 등장인물도 번역가에 따라 조명을 받기도 하고 다소 소외되기도 한다. 그러고 보니《삼국지》라는 책은 그 제목만 같을 뿐 중국, 일본, 한국 등의 다양한 버전이 존재한다. 각 나라의《삼국지》는 별개의 삼국지고, 우리의《삼국지》는 우리 고유의 자산이 아닐까 생각한다. 피자 또한 이탈리아에서 시작되었지만 세계 각국이 저마다의 식습관과 문화를 반영해 피자를 만들어 먹지 않는가? 실례로 우리에게는 '불고기 피자'라는 메뉴가 있는데 피자가 우리만의 음식 문화로 정착한 경우다. 우리 작가가 엮고 우리의 시각이 반영된《삼국지》는 우리의 문화 자산이지 중국의 재산이 아니다.

천년 동안 이어진 베스트셀러의 지위에 못지않게 국내 독자들에게 중요한 화두는 바로 '번역과 완성도, 원문에 대한 충실성 여부, 재미 등을 기준으로 어떤 삼국지가 제일 좋은가?'에 관한 문제다. 나는 이미《오래된 새 책》에서《삼국지》의 여러 버전에 대한 간단한 평을 남겼지만 좀 더 자세한 삼국지 이야기를 해보자.

나관중 지음, 이문열 평역   📖 **이문열의 삼국지**
민음사, 1988년

이문열이 엮은《삼국지》는 출간 이후로 1,200만 부 이상 팔린 전대미문의 베스트셀러다. 조금 과장하면 우리나라 모든 가정에 이 책이 꽂혀 있다는 것인데, 아마도 무료로 배포했다고 해도 이 정도 판매고를 달성하기는 어려울 것 같다. 이 사실 하나만으로도 이문열《삼국지》의 위엄을 인정할 수밖에 없다. 6년간 이어진 신문 연재물을 '이문열 평전'이라는 제목을 달고 "처음부터 팔려는 작정하고(1999년 12월 23일《중앙일보》인터뷰)" 출간했는데 기대대로 초대형 베스트셀러가 된 케이스다. 이문열의《삼국지》가 출간되면서 그전까지 최고의 인기를 구가하던 박종화의《삼국지》는 슬며시 뒤로 밀려나게 된다.

세간에서 말하는 이문열의《삼국지》가 지닌 매력은 무엇보다 책의 중간중간에 '이건 내 생각에 이렇다'라는 평가가 들어 있다는 점이다. 평역을 했다는 책 소개에서 충분히 힌트를 얻을 수 있듯이 이문열 작가 개인의 주관적인 견해가 많이 가미되었고, 작가의 타고난 글솜씨가 발휘되어 무엇보다 '재미있는' 책이라는 평가를 받는다. 즉 독자들의 구미에 맞는《삼국지》라는 이야기다. 그러나 이문열 작가의 역량이 발휘된 '재미'가 오히려 그의 책을 비판하는 이에게는 좋은 공격거리를 제공해주기도 하는데 너무 주관적이고 임의적인 내용이라는 비판이 그것이다. 한마디로 작가 개인의 생각이 너무 많다는 지적이다. 그럼에도 불구하고 이문열 삼국지는 작가 사진의 뛰어난 필력도 대단하지만 평역 삼국지 중에서 처음으로《삼국지 연의》를 정사와 확인하여 연의의 오류를 밝히려고 했다는 점에서 독자들의 칭찬을 받았고 이문열 삼국지 인기의 중요한 원인이기도 하다.

만약 전국의 헌책방들이 모여 단체를 만들었는데 그 단체의 로

고가 필요하다면 이문열의 《삼국지》 표지를 마땅히 모티프로 삼아야 할 터다. 전국 각 가정에 이 책이 비치되어 있기도 하지만 이문열의 《삼국지》를 재고 목록에 등록하지 않은 헌책방 역시 드물 것이기 때문이다. 그만큼 헌책방에서 가장 흔하게 볼 수 있는 책이라는 말이다. 그래서 이문열의 《삼국지》는 시중에 출간된 모든 《삼국지》 중에서 '가장 소장욕을 자극하지 않는 책'이 아닐까? 이처럼 이 책이 많이 팔린 요인 중 하나는 아마도 한 서울대 합격생이 소감에서 이 책이 논술 공부에 많은 도움이 되었다고 말했고, 이것을 적극적으로 마케팅한 출판사의 지략도 한몫했을 것이다.

나관중 지음, 박종화 옮김
삼성, 1967년

📖 **박종화의 삼국지**

월탄 박종화의 《삼국지》는 《금삼의 피》, 《다정불심》, 《여인천하》, 《세종대왕》 등 인기 드라마로 제작된 원작을 많이 쓴 작가답게 극적인 재미를 느낄 수 있는 《삼국지》라는 평을 받는다. 마치 할아버지가 손자에게 옛이야기를 들려주는 듯한 역사 소설 특유의 재미를 살려서 대중적인 인기 또한 좋다. 더구나 이문열의 《삼국지》가 심심치 않게 번역 오류의 지적을 받지만 박종화의 《삼국지》는 재미를 갖추면서도 번역에 대한 시비가 드물다.

재미와 번역의 질 모두 갖춘 이 책에 대한 명성이 입소문을 타면서 이미 절판된 '어문각'판 박종화의 《삼국지》를 구하기 위해 《삼국지》 마니아들이 노력을 많이 한 것으로도 유명하다. 어문각판 박종화의 《삼국지》가 더욱 인기를 구가하게 된 이유 중 하나는 세로쓰기에서 가로쓰기로 전환된 판형 때문이기도 하다. 아무래도 한글세대에게 세로쓰기는 악몽과도 같은 편집 아니겠는가? 아마도 모든 《삼국지》 중에서 헌책으로 가장 인기가 높았고 웃돈을 줘야 간신히 수중에 넣을 수 있었다. 여러 출판사를 거쳐 2009년 달궁 출판사에서 새로이 출간되었으나 이 또한 쉽게 구할 수는 없다.

나관중 지음, 김구용 옮김
일조각, 1974년

📖 김구용의 삼국지

이 책은 완벽에 가까운 번역을 자랑한다. 번역의 질이 좋다고 말하는 근거는 1974년에 이 책이 처음 나왔을 때 작가 자신이 번역하는 데 20년이나 걸렸다고 밝힌 사실만으로 충분히 미루어 짐작할 수 있다. 용돈이나 벌겠다는 생각, 또는 노후 대책으로 삼국지를 번역하는 데 20년이나 걸릴 리 없다. 번역하는 데 20년이나 걸려서 초판을 냈는데 여기에 26년을 더 투자해서 손을 본 개정판이 2000년에 출간되었으니 그 정성이 놀라울 따름이다.

김구용 《삼국지》의 매력은 번역의 질뿐만이 아니다. 애초에 시집을 네 권이나 낸 시인답게 《삼국지》의 백미 중 하나인 한시漢詩를 맛깔나게 잘 번역했다는 평을 받는다. 이 부분이야말로 다른《삼국지》 번역본이 흉내 낼 수 없는 최고의 장점이다.

다만 번역의 완성도를 높이다 보니 너무 원문에 충실해서 소설의 '읽는 재미'가 충분하지 않다는 점이 아쉽기는 하다. 숨 막힐 정도로 원전에 충실한 것이 오히려 재미를 반감해 좀 더 극적이고 구수한 박종화의《삼국지》에 밀렸다는 평이 많다. 작가의 기교가 가미되지 않은 원전의 분위기를 맛보고 싶다거나 예스러운 분위기를 좋아한다면 권할 만하다.

특기할 만한 점은 2005년 9월 13일《교수신문》이 번역의 질을 토대로 열 명의 전문가에게 '가장 추천할 만한《삼국지》를 꼽아달라'고 설문한 적이 있는데, 전문가 중 네 명이 김구용의《삼국지》와 황석영의《삼국지》를 최고의 번역본으로 꼽았다.

나관중 지음, 황석영 편역
창비, 2003년

📖 **황석영의 삼국지**

김구용의《삼국지》를 잇는 정역을 표방한《삼국지》다. 정역을 표방한《삼국지》답게 번역이 잘되었고 박진감 넘치는 묘사와 글의 이해를 도와주는 삽화가 매력적이다. 일부 독자들은, '황구라'라는 별명이 붙을 만큼 이야기를 재미있게 풀어가는 능력이 탁월한 황석영이 굳이 정역을 선택했는가에 대한 아쉬움을 가지기도 한다. 소설 《장길산》을 읽다가 대하大河의 사이사이 깨알 같은 이야깃거리에 반해서 그의 팬이 된 나의 입장도 다르지 않다. 차라리 황석영이 김구용이 아닌 이문열의 뒤를 잇는 《삼국지》를 썼다면 독자들은 더욱 행복해지지 않았을까 하는 안타까움도 자아낸다.

결론적으로 논란의 여지가 없다고 말하기는 어렵지만 정역을 표방한 《삼국지》답게 비교적 원본을 잘 살리면서도 소설을 읽는 재미도 놓치지 않은 좋은 번역본이다. 다른 《삼국지》와 비교해 황석영의 《삼국지》가 가진 차별성은 역시 멋진 삽화라고 할 수 있다. 다만 이문열 《삼국지》처럼 색깔이 분명하지도 않고 여타 다른 삼국지처럼 번역 문장이 화려하지도 않다는 지적을 받는다.

장정일 지음
김영사, 2004년

📖 **장정일 삼국지**

장정일이 《삼국지》를 낸다고 했을 때 내가 가장 먼저 한 생각이 그에게 실례가 될지 모르겠다. "장정일! 당신마저?" 노후 대책으로 삼국지를 낼 만큼 그는 늙지 않은 데다 그가 당시까지 해왔던 작품들의 면면과 《삼국지》는 도무지 연관성을 발견하기 어려웠던 것이다. 이쯤 되면 국내 유명 작가에게 《삼국지》란 한 번쯤은 통과해야 할 의례쯤으로 여겨진다고 봐도 좋을 것 같다. 그런 측면에서 그의 《장정일 삼국지》 출간이 이해될 만하다.

여하튼 그는 중화적이며 남성 중심적인 기존의 《삼국지》를 정면 비판하면서 여성 차별적 관점을 조명한다는 기치 아래 책을 냈다. 비교적 최근에 출간된 《삼국지》로서 인기가 만만찮고 전문가들로부터 '객관성'과 '차별성'을 갖추었다는 칭찬과 함께, 한편으로는 중화주의에서 탈피한 《삼국지》를 표방했지만 주요 사건 전개는 여전히 기존의 《삼국지》와 별반 다를 바가 없다는 혹독한 비판도 받았다.

고우영 지음
애니북스, 2007년

📖 **고우영 삼국지**

《고우영 삼국지》는 만화의 형태를 빌린 《삼국지》이며, 내가 생각하기에 작가의 자주적인 관점이 잘 반영된 책이다. 《삼국지》를 읽은 사람이라면 누구나 느꼈고 말하고 싶었지만 차마 말하지 못했던 말, "유비는 쪼다고 장비야말로 진짜 사나이다"라고 과감히 내지른 《삼국지》다. 1978년 《일간스포츠》에 연재되면서 고우영 작가 특유의 유머와 풍자 그리고 에로티시즘으로 사랑을 받다가 군사 정권 당시에는 금기시되었던 부분들이 칼질당하고 삭제되는 아픔을 겪었다.

2007년에 〈딴지일보〉의 홈페이지에서 우연히, 20년 만에 군사 정권에 의해 삭제당한 100여 페이지를 저자가 직접 복원한 《고우영 삼국지》의 광고를 보자마자 대뜸 주문한 추억이 담긴 책이기도 하다.

《고우영 삼국지》의 가장 큰 장점이자 매력은 천년간 이어온 주인공들에 대한 틀에 박힌 이미지와 평가를 한순간에 저자 자신의 관점으로 뒤집어버렸다는 점이다. 통쾌했던 《삼국지》라는 평을 주고 싶다.

나관중 지음, 김광주 옮김
창조사, 1965년

📖 김광주의 삼국지

소설가 김훈이 군 복무 시절 휴가를 나와서 병환으로 몸져누운 부친의 병간호를 도맡아 했다고 한다. 당시 그의 부친은 김훈에게 이렇게 말했다. "이 녀석아, 너도 나가서 놀아야지." 그 부친이 바로 무협지 작가 김광주다.

사실 김훈이 기자 시절만 해도 '무협지 작가 김광주의 아들'로 유명했다. 김광주는 중국을 떠돌다가 무협지 마니아들에게는 유명한 《정협지》라는 번안물을 출간했는데 원전보다 훨씬 재미있다는 호평을 받기도 했다. 유명세나 책의 인기와는 별개로 가난한 생활을 면치 못했는데 당시에는 저작권이라는 개념이 희박해서 책이 아무리 많이 팔려도 저자에게 돌아오는 수입은 얼마 되지 않았기 때문이다.

김광주의 《삼국지》는 일본 작가 요시카와 에이지吉川英治, 1892~1962의 영향을 많이 받았다고 해서 흔히 '에이지류' 《삼국지》로 분류되며, 에이지류 《삼국지》 중에서도 가장 많이 팔린 책이다. 도입부가 독창적이며 재미있는 번역을 추구했고, 무엇보다 매회 독자들에게 줄거리를 선사한 점이 특이하다.

요코야마 미쓰테루 지음, 박영 옮김
대현출판사, 1993년

📖 **전략 삼국지**

뭐든지 '만화'로 읽어야 직성이 풀리는 사람, 책을 읽다 보면 바로 앞의 줄거리마저 금방 잊어버리는 사람, 시력이 좋지 않아서 글을 읽기 힘든 사람 등에게 권할 만한 만화 《삼국지》다. 일본이 만화 대국이라는 점이 참 부러워지는 때가 이런 경우인데 독자들이 읽기 부담스러워하는 장편의 고전을 원전의 내용을 크게 손상하지 않으면서도 줄거리를 잘 이해하게끔 만화로 펴내는 능력이 매우 뛰어나다.

《고우영 삼국지》와 더불어 쌍벽을 이루는 좋은 책이다. 청소년기의 자녀에게 굳이 《삼국지》를 읽혀야 한다고 믿는 부모에게는 나쁘지 않은 선택이다. 아무래도 《고우영 삼국지》의 적나라한 에로티시즘적인 요소가 청소년들에게 읽히기에는 부담스럽기 때문에 좋은 대안이 될 수 있다.

당시에는 60권짜리 만화책으로 나왔으나, 지금은 에이케이 커뮤니케이션즈에서 《만화 삼국지》란 제목의 30권 시리즈로 출간되고 있다.

나관중 지음, 정비석 옮김
고려원, 1985년

📖 **정비석의 삼국지**

요즘 세대들이야 《삼국지》 하면 자연스럽게 이문열의 《삼국지》를 떠올리지만 50대 이상의 세대로 넘어가면 정비석의 《삼국지》를 연상하는 독자가 많다. 아마도 정비석의 《삼국지》가 1970년대 중·고등학생을 위한 잡지 《학원》의 연재물로 출발했기 때문이라고 생각한다. 학생을 상대로 한 잡지에 연재했으니 당연하겠지만 일단 편하게 읽힌다는 장점이 있다.

정비석의 《삼국지》가 지닌 가장 큰 매력으로는 '재미'를 꼽아야 한다. 정비석이 누구인가? 친일파라는 원죄가 있지만 그는 《소설 손자병법》을 무려 300만 부 팔아치운 초대형 베스트셀러 작가이기도 하다. '재미'가 있지 않고서는 300만 부를 팔기 힘들다. 글을 재미있게 쓰는 방법에서는 누구에게도 뒤지지 않는 정비석의 필력이 《삼국지》에 고스란히 녹아들었다고 봐야 한다.

열 권짜리의 대작을 읽기 힘들어하는 독자에게는 다른 삼국지에 비해 짧은 여섯 권짜리 정비석의 《삼국지》는 매력적인 대안이다. 여섯 권이라고 해서 축약본이라는 생각은 금물이다. 애초에 삼국지가 열 권 분량이라는 근거는 없다. 다만 열 권짜리 이문열의 《삼국지》가 워낙 많이 팔려서 《삼국지》라면 으레 열 권짜리 책이라는 선입견이 생겼다. 아무래도 여섯 권이다 보니 다른 《삼국지》에 비해 전개가 빠르고 재미있지만 삽화가 전혀 없다는 단점도 존재한다. 그래도 재미있고 분량이 적은 정비석의《삼국지》는 입문자용으로 적당하겠다.

나관중 지음, 리동혁 옮김, 예숭 그림   📖 **본삼국지**
금토, 2005년

리동혁은 중국 동포 작가로서 연변 출신이다. 따라서 중국어와 한국어 모두에 능통하다는 장점을 가졌다. 그는 이문열《삼국지》의 수많은 오역을 지적하고 한탄하는 책《삼국지가 울고 있네》를 집필하기도 했는데, 그 원고를 거의 마칠 때쯤 황석영이라는 유명 작가가 '원본에 충실한《삼국지》'라는 기치를 내걸고《삼국지》를 펴낸다는 소식을 접하고서 많이 기대했다고 한다. 그러나 황석영의《삼국지》번역 또한 수많은 오역 때문에 만족스럽지 못해 "하마터면 눈물을 흘릴 뻔했다"고 말했다.《삼국지가 울고 있네》를 통해 만약 제대로 번역된《삼국지》가 나오지 않으면 자신이 직접 완역해보겠다는 뜻을 슬쩍 비쳤고, 결국 제대로 된 번역을 표방한《본삼국지》를 출간했다.

당연한 말이겠지만《본삼국지》의 가장 큰 미덕은 정확한 번역이다. 애초에 국내《삼국지》의 번역 문제를 제기했고, 또 중국어에 능통한 중국 동포 작가이니 번역의 질에 대해서는 최적의 조건과 열의를 갖추었다.《본삼국지》의 번역을 비판하는 학자와 독자는 거의 없다. 더구나 지도와 해설이 풍부하고, 제11권은 〈관직사전 인명사전〉으로 되어 있는데 독자 입장에서는 엄청난 배려다. 다만 정확한 번역에 치중해서 '재미'가 상대적으로 떨어진다는 평을 받는다. 《본삼국지》는 재미를 넘어서 본격적으로 《삼국지》를 제대로 공부해보겠다는 상급자, 즉 《삼국지》 마니아에게 추천할 만한 판본이다.

원래는 열한 권으로 이루어졌지만 2014년 전 네 권 세트로 재출간되었다.

스테디셀러를 읽자

스테디셀러steady seller는 '꾸준한'이라는 뜻을 지닌 steady라는 단어에서도 볼 수 있듯이 오랜 시간에 걸쳐 꾸준하게 많이 팔리는 책을 말한다. 오래도록 사랑받는 작품들이기 때문에 베스트셀러보다 더 인정하고 신뢰할 만한 책들이다. 출판사 입장에서도 가능한 한 스테디셀러를 많이 갖추는 게 출판사의 경영과 평판을 향상하는 데 도움이 되는데, 이는 독자 입장에서도 마찬가지여서 좀 더 오랫동안 독자들의 검증을 받은 스테디셀러를 고를 때면 지갑을 열어도 후회할 확률이 적다.

베스트셀러와 스테디셀러의 경계는 매우 모호해서 《난장이가 쏘아올린 작은 공》이나 《태백산맥》, 《사람의 아들》, 《나의 문화유산답사기》 등은 베스트셀러이기도 하지만 계속 독자들의 관심과 사랑을 받은 스테디셀러이기도 하다.

최인훈 지음

문학과지성사, 1976년

〈광장〉은 소위 이데올로기 싸움에 반기를 든 분단 문학이라고 부른다. 결국 사람보다 더 중요한 이념은 없다고 외치는 이 책을 이상의 〈날개〉와 함께 한국 문학을 대표하는 소설로 보는 사람이 많다. 안타깝게도 대개는 이 소설을 고등학교 시절 국어 교과서에서 처음 만나곤 한다. 고백하기 부끄럽지만, 《광장/구운몽》이라는 제목을 보고 서포 김만중金萬重, 1637~1692의 《구운몽》을 아주 오랫동안 떠올리곤 했었다.

《광장/구운몽》이 아닌 발간 40주년 기념 한정판 《광장》을 운 좋게 구해서 소중하게 소장할 만큼 이 작가의 글을 아낀다. 저자 최인훈은 기회가 될 때마다 〈광장〉의 원고를 수정했고 급기야 그의 문학 인생 50년을 맞은 지난 2008년에도 손을 봤다고 한다. 정말 대단한 일이다. 국내외 문학사에서 이렇게 오랫동안 자신의 원고를 끊임없이 수정해가며 가장 좋은 모습으로 후대에 남기고 싶다는 뜻을 가진 작가는 그리 많지 않다. 〈광장〉을 읽고 나서 감탄한 부분은 이 소설이 1960대에 쓰인 소설이라고 도저히 믿기지 않을 만큼 세련된 플롯과 어투를 구사했다는 점이다.

저자 자신이 그렇게 밝힌 적은 없지만, 독자들 사이에서 '마빈 해리스 문화 인류학 3부작'이라는 목록이 존재한다. 그 3부작은《문화의 수수께끼》를 비롯해《식인과 제왕》,《음식문화의 수수께끼》를 가리킨다. 저자 자신이 명명하지 않고 독자들이 애칭으로 부르는 격인데, 이 사실 자체가 마빈 해리스의 책이 독자들에게 얼마나 사랑받는지를 잘 알려준다.

사실 문화인류학이라는 학문 자체가 애당초 대중과는 거리가 먼 학자들만의 영역으로 인식되기가 쉬운데, 마빈 해리스의 문화인류학 3부작은 어렵고 거리가 멀게만 느껴졌던 문화인류학이라는 학문이 실제로는 실생활과 무척 친근한 학문임을 인식시켜주었다. 일반인들이 어렵고 난해한 학문이라고 느낄수록 전문가들은 대중에게 더 쉽게 다가가야 하는데, 그런 경우 대중은 딱딱한 암호를 내던지고 생활 언어로 다가오는 전문가들에게 환호한다. 마빈 해리스의 저작은 어렵지 않고 쉬우면서도 인류학에 대한 새로운 시각을 제시하기 때문에 독자들이 사랑하는 것이다.

일본과 일본인들을 이해하는 데 가장 뛰어난 책이라는 평을 받는 《국화와 칼》의 작가 루스 베네딕트는 사실 일본을 한 번도 방문한 적이 없다. 어느 메이저 리그 스카우터는 선수를 서류와 기록으로만 평가하지, 절대 직접 만나지 않는다고 한다. 직접 만나서 얼굴을 맞대면 주관적인 의견이 개입될 확률이 높기 때문이라는데 아마도 루스 베네딕트도 그런 게 아니었을까? 마빈 해리스는 다루는 영역이 달라서인지, 현장의 경험을 무엇보다 중요하게 생각해서 일찍이 남아메리카와 인도 및 아프리카를 몸소 방문하고 또 원주민들과 부대끼면서 생활한 경험을 토대로 인류학 저서를 집필했다.

인류학이 무엇을 공부하는 학문인지 모른다 해도 마빈 해리스의 책을 슬쩍만 펼쳐 보면 어느 순간 그가 말하는 재미있는 인류학 이야기 속으로 빠져들게 된다. 우리는 중 · 고등학교 시절 힌두교도들이 소를 숭배하고 이슬람인들은 돼지를 혐오한다고만 배웠지, 왜 그들이 그런 문화를 가지게 되었는지에 대해서는 전혀 배우지 않았고 궁금해하지도 않았다. 마빈 해리스는 이런 질문에 친절하고 자상하게 설명해준다.

돼지 숭배자와 돼지 혐오자에 대해 알고 싶은가? 궁금하다면 마빈 해리스의 책을 펼쳐 보기 바란다.

시오노 나나미 지음, 김석희 옮김   📖 **로마인 이야기**
한길사, 1995년

독자들이 서점에서 책을 고를 때 약 50퍼센트가량이 저자의 지명도를 최우선적으로 고려한다고 한다. 신빙성이 있는 통계인지는 증명하기 어렵지만 저자의 지명도 다음으로 고려하는 항목이 표지

- 마빈 해리스가 《문화의 수수께끼》에서 흥미롭게 다룬 주제 중 하나가 바로 마녀사냥 혹은 마녀재판이나. 마녀사냥은 14세기에서 17세기의 유럽에서 비일비재하게 일어났는데, 주로 부유한 과부들을 마녀로 몰았다. 마녀 혐의자로 몰린 이는 자신이 받은 고문에 대한 비용, 고문 기술자 급여, 재판 판사 인건비 등 자신을 체포하고 고문하는 데 든 모든 비용을 내야만 했는데, 심지어 화형 비용과 관값까지 내야 했으며 화형에 처한 이후에는 전 재산 몰수형을 선고받았다. 결국 마녀 혐의자들은 자신을 죽인 이들에게 전 재산을 상속해야만 했던 것이다. 과부들은 자신이 마녀가 아님을 증명해줄 사람이 없었고 돈도 많았기에 마녀사냥의 좋은 먹잇감이었다. 마빈 해리스에 의하면 50만 명에 달하는 사람들이 마녀 혹은 마법사라는 죄목으로 처형되었다.

디자인과 책의 제목이라고 하는데, 개인적인 경험에 의하면 이 통계가 아주 엉터리는 아니다. 1995년 《로마인 이야기》를 서점에서 처음 보았을 때 전혀 지갑을 열고 싶은 마음이 생기지 않았다. 이유는 첫째, 무식하게도 시오노 나나미塩野七生, 1937-라는 이름을 들어본 적이 없었고 둘째, 내가 느끼기에 표지 디자인이 마음에 들지 않았기 때문이다.

어떤 일을 계기로 내가 이 책을 읽게 되었는지 기억이 나지 않는다. 다만 내가 지금껏 살아오면서 가장 오랜 시간에 걸쳐 구매해온 책이라는 사실은 확실히 기억한다. 총 열다섯 권으로 구성된 이 책은 1995년 1권이 나오기 시작해서 2007년에 마지막 15권이 출간되었으니 나는 이 책을 무려 12년에 걸쳐 구매해왔던 것이다. 이처럼 이 책이 내게 각별한 이유는 책을 읽고 나면 선생님의 숙제가 아니더라도 자발적으로 서평을 쓰고 싶은 욕구가 충만해졌기 때문이다. 개인적으로 '책의 긴 여운'이란 용어를 사용하고 싶은데, 적어도 어떤 책을 읽고 나서 10년 이상이 지났는데도 그 책의 내용 일부가 생생히 기억나고 다른 사람에게 그 책의 핵심 내용이나 자신이 느낀 감상을 구체적으로 설명이 가능하다면, 나는 그 책에서 '긴 여운'을 얻었다고 말한다.

이 책을 읽은 지가 오래되었지만 공공시설과 사회 인프라 구축에 슬기로웠던 로마의 정책은 물론, 지중해의 패권을 놓고 로마와 카르타고의 치열했던 전쟁 및 율리우스 카이사르Julius Caesar, B.C.100~44의 영민한 처세술과 병법이 생생하게 떠오른다. 안타깝게도《로마인 이야기》와 시오노 나나미는 그 유명세에 비할 바는 못되지만 적지 않은 비판을 받아왔다. 지나치게 제국주의를 옹호하지 않았느냐는 의견이다.

이러한 비판에 대한 시오노 나나미의 답변을 내가 겪은 일화로 대신 답할 수 있을 것 같다. 언젠가 대전에 소재하는 모 대학의 교수가 내 서재에 우연히 방문한 적이 있다. 그는 내 서재의 면면을 찬찬히 살피더니 시오노 나나미 코너(나는 당시 시오노 나나미의 모든 책을 소장했다)에 눈길을 고정했다. 그러면서 그 교수는 자신의 딸아이가 결혼할 때 아버지로서 조건을 단다면 남편 될 이가《로마인 이야기》를 다 읽었는지 확인하겠다는 거다. 당시 그 못지않은 시오노 나나미빠였던 나로서는 그의 말이 반갑기도 했지만, 한편으로 당시 제기되던 시오노 나나미에 대한 비판을 넌지시 들려주었더니 그의 답변은 이랬다.

"그래도 그 옛날에 로마인들이 그런 생각과 정책을 가졌다고 알려준 게 어딥니까?"

내 생각도 그 교수님과 크게 다르지 않다. 에드워드 기번Edward Gibbon, 1737~1794은 로마의 쇠퇴기만으로도《로마제국 쇠망사》라는 엄청난 불멸의 저서를 만들어냈는데, 시오노 나나미는 로마의 태동에서부터 쇠망까지의 전 역사를 다뤘다는 점에서 자기 역량을 초과한 과한 욕심을 부린 게 아니었냐는 비판을 받는다. 나 역시 그 비판에 무척 공감하고 일면으로는 고맙게까지 생각한다. 그 덕분에 축약본《로마제국 쇠망사》를 넘어서 2010년에 완역된 민음사판

《로마제국 쇠망사》까지 읽는 계기가 되었기 때문이다. 《로마인 이야기》를 읽고 나서 좀 더 전문적이고 학문적인 책을 읽고 싶다는 욕구가 생겼다면 주저하지 말고 《로마제국 쇠망사》를 읽길 권한다. 기실 《로마제국 쇠망사》가 뒤늦게 완간이 되고 다시 조명받은 계기 중 하나는 《로마인 이야기》가 로마에 대한 대중들의 관심을 이끌어 주었기 때문이라고 생각한다.

권정생 지음, 정승각 그림
길벗어린이, 1996년

📖 강아지똥

결혼을 하고 분가를 하면서 전통 가옥에 살던 나는 아파트로 옮겨 살게 되었다. 아파트에 살게 되면서 시골집에서 누리지 못한 문명의 혜택을 누렸는데 그중 하나가 '변소'를 벗어나 '화장실'을 사용하는 호사를 누리게 된 점이다. 결혼 전까지 살았던 시골 본가는 지금 생각해보니 100년 전에 지어진 시골집으로서는 보기 드물게 변소를 두 개나 갖춘 나름 규모가 큰 집이었다. 태생이 촌놈이다 보니 결혼 전까지 살던 시골집이 딱히 불편하다는 생각은 해본 적이 없었는데 딱 하나, 변소는 많이 불편했다.

결혼을 하고 아이를 키우면서 아이와 함께 동네 서점을 방문하는 일을 낙으로 삼았을 때가 있었는데, 아이들의 동화를 보다 보니 왜 그렇게 '똥' 이야기가 많은지 의아했더랬다. 시골 변소의 트라

우마가 재현될 것 같은 거북함까지 느꼈을 정도였다. 한참 후에야 아이들의 동화에 왜 그렇게 똥 이야기가 많은지 학술적인 이유를 알게 되었다. 어른들은 불편해하는 똥 이야기에 아이들은 왜 그렇게 웃겨 쓰러지는지는 프로이트Sigmund Freud, 1856~1939의 심리학 학설로 설명이 된다. 무엇이든 입으로 집어넣어 부모를 기함하게 만드는 구강기를 지나면 항문기가 오는데 이 항문기의 아이들은 항문과 관계된 배설과 배설물, 즉 똥에 쾌감을 얻는다는 설명이다.

우리나라에서 흔히 읽히는 '똥' 이야기책은 권정생 선생이 쓴 《강아지똥》과 베르너 홀츠바르트Werner Holzwarth, 1947~가 쓴 《누가 내 머리에 똥쌌어?》다. 그중에서 나는 《강아지똥》을 훨씬 더 좋아한다. 《강아지똥》은 자신이 더럽고 쓸모없는 존재라고 자책하던 강아지똥이 마침내 아름다운 민들레꽃을 키워내는 데 소중한 밑거름이 된다는 내용의 책이다. 재미있는 이야기를 따라가다 보면 어느새 생태 공부까지 하게 되는 좋은 책이다. 더욱이 《강아지똥》은 표지 그림만 봐도 한국적인 느낌이 물씬 풍기는데, 돌담 밑에 똥을 누는 흰둥이 그림을 보노라면 그림의 선과 푸근한 색채가 무척 정감 어리다. 반면 《누가 내 머리에 똥쌌어?》는 누군가 두더지의 머리에 똥을 쌌고, 화가 난 두더지가 똥의 주인을 찾는 과정 속에서 다양한 동물의 똥을 관찰하며 자연 공부를 하는 책이다. 어쩐지 두더지가 불만을 내뱉고 추궁하는 모습에서 불편함을 느낀다. 공부를 하기에는 참 좋은 책인데 아무래도 조그마한 아이들이 예쁜 마음씨를 갖게 하는 사려 깊은 맛은 부족하다.

헬레나 노르베리 호지 지음, 양희승 옮김
중앙북스, 2007년

📖 **오래된 미래**

이 책의 전반부는 당신을 즐겁고 감탄하게 만들 것이다. 이 책의 후반부는 당신을 가슴 아프게 만들 것이다. 물론 이 책의 전반부는 이 책의 소재가 된 라다크 마을이 전통적인 공동 사회였던 시절의 이야기이고 후반부는 전통 사회가 무너지고 산업화된 라다크 마을의 이야기다.

중·고등학생에게 흔한 논술 주제가 '사형 제도'라면 빈번한 독후감 숙제는 바로 이 책이 아닐까 싶다. 국내의 주요 포털 사이트에서 이 책을 검색하면 '오래된 미래 독후감'이란 제목의 글 목록이 약방의 감초처럼 빠지지 않는다. 이 책이 왜 이토록 독후감 숙제로 사랑받는지 짐작하기 힘들지만, 생태나 인류의 미래에 조금이라도 관심이 있다면 읽어볼 만한 가치가 있다. 아니, 꼭 읽어보아야 한다.

이 책은 언어학자이자 사회 운동가인 헬레나 노르베르 호지Helena Norberg-Hodge, 1946~가 언어 연구를 위해서 작은 티베트라고 불리는 라다크를 방문하게 되고, 그들과 함께 생활하고 마을의 변화 과정을 지켜보면서 느끼고 본 바를 쓴 책이다. 라다크 마을은 고립되어 전통주의적인 공동체 생활을 할 때는 스스로 가난하다고 생각하지 않았고, 이웃과 교환과 협동을 했으며 노인을 공경하고 어린아이와 여성을 배려하는 삶을 영위했다. 개발이 시작되면서 산업화의 물결이 들이닥치고 경쟁과 성공 그리고 부의 축적이 주요한 사회 가치로 자리 잡게 되었다. 가난과 실업 문제가 제기되었으며 스트레스성 질환과 여성 차별이 사회적인 문제로 대두되었다. 더구나 과거의 전통주의적인 공동체 생활을 할 때는 서로 기꺼이 일손을 도와주었는데 이제는 이웃의 손을 빌리기 위해서 돈을 지불해야 하는 사회로 바뀌었다.

협동과 배려가 기초였던 지역 공동체 사회가 산업화가 진행되면서 경쟁과 사회적 성공이 삶의 목표가 되고 낙오자를 양산하는 개발 사회로 진행된 사례를 찾기 위해서 굳이 라다크를 방문할 필요는 없다. 당장 우리만 해도 정확하게 그런 과정을 겪었다. 이 책 《오래된 미래》에서 '라다크'라는 단어를 '한국'으로만 바꿔주면 아마도 이 책이 우리나라 책인 줄 아는 사람이 태반이지 않을까? 이 책은 라다크라는 먼 동네의 이야기가 아니다. 바로 우리 자신의 이야기다.

이청준 지음
문학과지성사, 2012년

📖 **당신들의 천국**

이청준은 문학사에서 최인훈, 김승옥과 함께 4·19 세대의 대표 주자로 꼽히는데 4·19 세대란 대학 시절 4·19 혁명을 겪은, 해방 이후에 태어나서 우리말로 사유하고 그 사유를 자유자재로 한국어로 기록한 최초의 한글세대를 말한다. 4·19 세대를 대표하는 세 작가들은 각각 〈광장〉, 〈무진기행〉, 《당신들의 천국》이라는 우리나라의 문학을 대표할 만한, 우리 시대의 고전을 남겼다.

1976년 문학과지성사에서 처음 출간된 이 소설은 나병 환자가 모여 사는 소록도에 조백헌이 원장으로 부임하면서 일어나는 이야기를 다루는데 소록도를 천국으로 만들겠다는 조백헌의 원대한 꿈은 결국 '우리들의 천국'이 아닌 '당신들의 천국'이 됨으로써 좌절되고 만다. 나병 환자와 일반인과의 통합과 화합은 끝내 결렬되었지만 조백헌은 그의 주례사에서 '우리들의' 천국에 대한 미련과 희망을 제시한다. 절망과 포기가 이 소설의 결말이 아닌지라 조백헌의 주례사를 이 소설의 백미라고 생각한다. 조백헌의 주례사를 읽으면서 나는 이윤기의 《하늘의 문》에 나오는 하우스만 신부의 주례사를 떠올렸다.

내가 생각하는 이청준의 매력은 뛰어난 이야기꾼이라는 점이다. 독자의 입장에서 소설을 읽는 재미를 가장 잘 충족시켜주는 그의 능력은 출중하다. 스토리텔러로서의 그의 뛰어난 능력은 그가 대학 시절 독일 산문 문학의 최고봉인 토마스 만Thomas Mann, 1875~1955의 애독자였다는 사실로 납득이 된다. 이청준은 토마스 만을 읽고 스토리텔러로서의 그의 자질을 키운 게 아닌가 싶다. 《마의 산》으로 유명한 토마스 만은 세계 문학사에서 전설적인 스토리텔러로 유명한데, 그의 소설 《파우스트 박사》는 오래전 학원사에서 펴냈다가 절판되어 한동안 헌책 수집가의 표적이 되기도 했다.

천명관 지음
문학동네, 2004년

📖 **고래**

이 책을 이렇게 평하고 싶다. "남미에 《백년 동안의 고독》이 있다면 한국에는 《고래》가 있다." 이렇듯 《고래》는 그 문학적인 울림에서 《백년 동안의 고독》에 비견할 만하며 환상적인 요소와 뛰어난 스토리텔링으로서의 역량이 잘 조합되었다는 점에서도 여러모로 동일 선상에 둘 만하다. 《고래》가 가진 실험적이고 생소한 표현 방식은 문학동네 소설상 수상 소감에서 밝힌 그의 한마디로 충분히 알게 된다. "그분들은 나의 생각을 너그럽게 용인해주셨다."

《고래》를 두고 혹자는 2000년대를 대표하는 소설이라고 칭찬하기도 하는데, 만약 이 칭찬이 비판에서 자유롭지 못하다면 이렇게 말하면 어떨까? 《고래》는 2000년대 한국에서 꾸준히 칭찬받고 독자들 입에서 회자된 화제의 책이라고. 나는 《고래》를 읽고 나서 당장 그의 추종자가 되었고, 심심찮게 인터넷 서점에서 그의 새로운 저작을 확인해보곤 했다.

김현 지음
문학과지성사, 2002년

📖 **행복한 책읽기**

김현은 김승옥, 김화영과 함께 서울대학교 불문과가 배출한 걸출한 문인 중 한 명이다.《행복한 책읽기》는 1990년 6월 쉰이 채 되지 않은 젊은 나이로 유명을 달리한 김현이 1985년 12월 30일부터 1989년 12월 12일까지 기록한 일기를 묶었다. 주로 시, 소설, 평론, 영화에 관한 짧은 글이다. 당시 사회 현안이나 동료 문인들의 주목할 만한 주장 등도 실려 눈길을 끈다. 이를테면 자살 문제에 대해 김현은 자살은 정당화하기 어려운데 그 이유는 싸움을 포기했기 때문이며 죽기보다는 살아서 별별 추한 꼴을 다 봐야 한다고 강변한다. 또 중세에서는 도로 사정 때문에 보행자가 말 탄 사람보다 이동 속도가 빨랐다는 사실에 흥미를 느끼기도 했다.

하루의 대부분을 보내는 직장의 좁아터진 책꽂이에 늘 김현의 저작을 둔다. 김훈이 감정이 절제되고 간결한 이순신의 문체를 닮고 싶어 했다고 하던데, 내 입장에서는 김현의 문체가 그렇다. 김현의 문체와 어휘 구사 방식과 다양성을 존경하기 때문에 감히 흉내조차 내기 어렵지만 늘 가까이 두면서 감상하고 싶다. 김현의 저서는 이런 매력이 있다. 가령 내가 오늘 이 글을 쓰기 위해서 잠시 살펴볼 생각으로《행복한 책읽기》를 펼쳐들었는데 이 책을 다시 완독할 때까지 손에서 놓지 못했다. 그뿐만 아니다. 김현의 책을 수십 쪽만 넘겨도 내 메모장은 그의 주옥같은 문장으로 빼곡히 메워지기 마련이다.

문학 평론가로서의 그의 글은 담백하고 솔직하고 명쾌하다. 좋은 글은 '읽을 만하다' 또는 '재미있게 읽었다'는 식이고 그렇지 않은 글에 대해서는 '별 재미가 없다', '충격이 없다'는 식이다. 김현의 영역이 단지 문학에만 국한되지 않는다. 우연히 김현의 글을 읽다가 내 오랜 궁금증을 해소하고 무릎을 탁 쳤는데, 이유는 이랬다. 이덕일의 《사도세자의 고백》을 여러 지인에게 선물할 정도로 무척 아끼는데, 왜 그토록 《사도세자의 고백》이 끌리는지 김현을 글을 읽고 깨달았다. 김현은 패한 자의 기록일수록 희귀하고 호기심을 자아내며, 이긴 자의 기록은 워낙 선전이 많이 되는 탓에 하나의 '지식'으로 고착된다고 했다. 즉 승리자의 기록은 재미가 없고 패배한 자의 기록은 호기심과 흥미를 유발한다고 말했다. 이렇듯 내가 10년 동안 좋아했던 책의 매력을 그는 단 몇 줄로 명쾌하게 정리해주었다.

E. H. 곰브리치 지음
예경, 백승길 · 이종숭 옮김, 2002년

📖 **서양미술사**

본인이 지니지 못한 재능을 가진 사람은 모두 부럽기 마련인데, 나는 그림을 잘 그리는 사람을 많이 부러워한다. 만약 그림이나 사진 없이 어떤 사람의 외모를 말로 자세히 설명하려면 얼마나 어려운가? 반면 눈으로 확연히 들어오게끔 서술하는 그림이나 사진은 단순하고 분명하다. 개인적으로 그림의 매력에 빠져서 그림을 잘 그리는 사람을 동경하고, 그림 관련 책을 흥미롭게 보는 편이다.

이 책은 애초부터 '이제 막 미술에 흥미를 가지기 시작한' 사람을 대상으로 쓰인 책이기 때문에 무엇보다 어렵지 않다. 더구나 이 책의 원제인 'The Story of Art' 자체가 이 책이 전공자를 대상으로 쓰인 게 아니고 미술 이야기를 들려주기 위해 집필되었음을 잘 보여준다.

이 책이 1950년에 출간되었으니 벌써 나온 지 반세기가 지났다. 소설이 아닌 인문서가 50년 이상 사랑받는 것 자체만으로 이 책이 지니는 장점이 분명히 드러나지만, 반대로 최근의 미술 사조가 반영되지 않아 급변하는 미술 사조에 대한 관점이 누락된 점은 아쉽다. 그럼에도 불구하고 미술 분야의 바이블로 여전히 군림한다는 점이 더욱더 이 책의 가치를 말해주는 것이 아닐까? 선사 시대에서 20세기 초반까지의 미술의 흐름을 잘 알려주는 이 책은 미술뿐만 아니라 미술과 인간의 연관 관계 등 문화사적인 측면에 많은 노력을 기울였다. 더구나 벌써 열여섯 번째로 개정했는데 이 사실만으로도 충분히 믿고 읽을 만한 책이다.

이 책이 애초 미술에 막 관심을 두기 시작한 사람을 위해 쓰인 탓인지, 원래 미술에 전혀 관심이 없는 사람이 재미있게 읽기에도 손색이 없어서, 미술 공부를 위해서가 아니고 단지 책을 읽는 재미를 위해서도 충분히 읽을 만한 훌륭한 교양서다. 꼭 기독교 신자가 아니더라도 《성경》은 한 번쯤 읽어봐도 좋은 책인데, 마찬가지로 굳이 미술 전공자가 아니더라도 미술사의 바이블이라 일컬어지는 곰브리치Ernst H. J. Gombrich, 1909~2001의 《서양미술사》는 한 번쯤 읽어보면 좋다. 이 책이 그림을 잘 그리게 만들어주는 않지만 그림을 즐기도록 해주기 때문이다. 《나의 문화유산답사기》의 유홍준은 우리나라에도 곰브리치가 쓴 것처럼 제대로 된 '한국 미술사'가 있으면 국민들의 의식 수준이 크게 달라진다고 말했다.

조지수 지음
지혜정원, 2011년

📖 **나스타샤**

2008년 베아르피 출판사에서 《나스타샤》란 책이 출간되었다. 유명 철학자이자 저술가인 저자가 익명으로 출간한 이 소설을 두고 나는 부끄러운 탐욕을 보였다. 다소 통속적인 소설이라는 선입견을 간신히 누르고 이 책을 읽은 후의 상황은 사뭇 극적이었다. 이 책을 무척 재미나게 읽었는데 절판될 조짐이 보이는 거다. 그래서 그나마 재고가 몇 권 남았을 때 이 책을 열 권 정도 구매해버렸다. 여유 있게 소장하면서 주위 분들께 선물하려는 속셈이긴 했지만 스스로 보기에도 참 부끄러운 짓이었다. 2011년 개정판이 출간되었을 때 무척이나 나행스럽고 반가운 마음에 구판을 열 권이나 샀으면서 새로운 디자인과 새로운 판형이라는 핑계로 개정판마저 새로 한 권을 덜컥 주문해버렸다.

이 소설의 무엇이 선량한 독자를 이토록 탐욕스러운 수집가로 만들었을까? 이 책의 미덕은 한두 가지로 요약되지 않는다. 우선 이 책은 이미 철학 관련 서적을 수십 권 저작한 철학자의 글이라서 그런지, 멋지고 수려할 뿐 아니라 밑줄을 긋고 외우고 싶게 만드는 철학적인 구절이 곳곳에서 살아 숨 쉰다.

　이 소설의 다른 매력은 무엇일까? 많은 소설을 읽었고 또 도스토옙스키의 《카라마조프 가의 형제들》과 같이 언제나 곁에 두고서 틈만 나면 다시 읽고 싶은 소설도 많았지만, 700쪽이 넘는 이 소설을 읽을 때는 다른 볼일을 보다가도 빨리 집에 가서 이 소설의 주인공 '조지'와 '나스타샤'를 만나 그들의 이야기를 듣고 싶다는 생각이 들었다. 책을 읽고 싶다는 생각이 아니라 그들과 만나고 싶은 마음 말이다.

　이 책은 캐나다의 문화 풍습 안내서라고 단언해도 무리가 없을 정도로 아직까지 낯선 북미 대륙의 다양하고 재미있는 문화에 대한 이야기가 가득하다. 이 책을 읽은 후 캐나다에 가보고 싶다는 호기심과 열망이 넘치다 못해 이 소설의 배경이 된 캐나다의 소도시 '웰드릭'이 실제로 존재하는 곳인지 인터넷이며 지도를 뒤적거린 기억도 생생하다.

　먼저 세상을 떠난 연인 나스타샤가 자신의 늙은 모습을 알아보지 못할까 걱정해 늙기 전에 빨리 죽어야 한다며 자신의 죽음을 재촉하는 조지의 모습에서 느끼는 감동은 그 어떤 불후의 명작에도 결코 뒤지지 않는다.

　책의 유통 기한이 요구르트와 비슷할 만큼 출간되자마자 소리 소문 없이 사라지는 책이 대다수인 우리나라 출판 환경에서 2008년에 처음 나왔다가 2011년에 개정판이 나왔다는 사실 자체가 이 책을 아끼고 격찬하는 독자들이 많다는 증거다.

홍명희 지음
사계절, 2008년

📖 **임꺽정**

좋은 책이란 모름지기 여러 갈래의 좋은 인연과 더욱더 깊은 독서의 세계로 이끌어준다. 그런 면에서 홍명희 선생의 《임꺽정》은 내게 각별하다. 우선 내가 존경하는 《사도세자의 고백》의 저자 이덕일 선생께 저자 서명본을 증정받고 그 인연으로 이메일을 몇 번 주고받은 적이 있었는데, 당시 선생께서 "홍명희 선생님 같은 분은 교도소에서 역사를 암기해서 소설 《임꺽정》을 쓰셨고"라고 말씀하셔서 부끄럽지만 이 책의 존재를 처음 알게 되었다.

그러니까 《임꺽정》은 내가 존경하는 분에게서 소개받고 읽기 시작했는데, 이 책의 남다른 매력은 어린 시절 손자들에게 옛날이야기를 구수하게 들려주듯 '머리말씀'으로 시작하는 목차만 봐도 느낄 수 있다. 조선의 3대 천재 중 한 명인 홍명희 선생의 글이지만 소박하고 따뜻하며, 무엇보다 소설 《장길산》 못지않게 순우리말의 보물 창고라고 할 수 있을 만큼 아름다운 우리말이 가득하다. 순우리말과 예스러운 말투가 종종 이해 안 될 때도 있겠지만 문맥으로 충분히 파악 가능하며, 또 낯선 옛 말투의 뜻을 추측해가면서 읽어나가는 것도 이 책을 읽는 또 다른 묘미라고 생각한다.

독서의 단계가 궁금한 당신에게　　　　　161

《임꺽정》이 익히 들은 바가 많은 책이라서 그저 그런 내용이겠거니 하며 읽기를 주저하는 독자들도 일단 이 책을 들기만 하면 '똥줄이 타는 느낌으로 아껴가면서' 읽게 되리라. 어디 그뿐이겠는가? 책 말미의 '임꺽정 낱말 풀이'와 '임꺽정 속담 용례'는 독자들의 궁금증을 풀어주고 학술적인 가치도 크다.

이 책을 읽는 많은 독자가 아쉬워하고 또 아쉬워하는 부분은 물론 이 책이 미완성이라는 점인데, 미완성 작품임에도 불구하고 왜 그토록 많은 독자가 열광했고, 또 우리 문학사에서 왜 그토록 홍명희 선생이 존경받는지 책을 읽는 순간 자연스럽게 수긍되리라.

《임꺽정》은 1928년부터 10여 년에 걸쳐 《조선일보》에 연재되었고 1939년 처음 책으로 엮었다. 그 후 홍명희 선생이 월북해 오랫동안 금서였다가 비교적 근래에 다시 출간되었다. 나는 2003년판을 소장 중인데, 본격적인 개정 작업을 거쳤고 게다가 무려 김재동 선생의 삽화에 별책 부록까지 있는 2008년판 《임꺽정》이 탐난다.

헬렌 한프 지음, 이민아 옮김
궁리, 2004년

📖 **채링크로스 84번지**

1949년 뉴욕에 사는 가난한 작가 헬렌 한프Helene Hanff, 1916~1997는 용기를 내서 바다 건너 영국의 채링크로스 84번지의 고서점인 마크스 서점에 '자신은 가난한 작가이며 구하기 힘든 책을 비싸지 않게 사고 싶다'는 편지를 보낸다. 책을 좋아하는 사람이라면 이런 절박한 편지까지는 아니더라도 아무에게나 이런 부탁을 하고 싶을 때가 많다. 장사하는 사람 입장에서는 그리 반가울 리 없는 요청이건만 마크스 서점은 요청한 책 모두를 발송했다는 편지를 보내온다. 더욱이 어떻게 구했는지는 묻지 말라며, 그저 마크스 서점의 서비스라고만 생각해달라는 위트 넘치는 글귀와 함께. 읽고 싶은 책을 구하지 못한 경험이 있는 독자들은 충분히 공감하리라. 헬렌이 이 편지를 받고 얼마나 기뻤는지를.

어찌 보면 이 책은 뉴욕의 열혈 독자와 영국 고서점의 20년에 걸친 거래 내역에 불과하다. 그러나 이 책을 읽다 보면 고객과 서점과의 거래는 이 책의 사소한 부분에 지나지 않으며, 오히려 책을 팔았다기보다는 20년 동안 책을 사랑하는 고객과 따뜻한 배려가 넘치는 서점과의 우정을 그린 책이라는 사실을 금방 알아차릴 수 있다.

마크스 서점은 헬렌이 요청하는 희귀본을 최선을 다해서 구해주고 헬렌은 전쟁 직후 물자가 부족한 영국의 마크스 서점 직원을 위해서 식료품을 선물한다. 마크스 서점 직원들이 그 식료품을 아주 소중하게 나눠 먹는 '평범한' 장면에서 깊은 감동을 느끼는데, 단지 어려운 시절에 대한 회한 때문만은 아니다. 생각을 해보면 좋은 책이란 그 책을 읽고 나서 뭔가 부가적인 활동을 하게 해야 한다. 가령 그 책과 관련된 역사 공부를 한다든지 관련 책을 더 읽어본다든지 등. 본디 영화 보는 것을 그다지 좋아하지 않는 내가 이 책을 원작으로 한 영화 〈84번가의 연인〉을 보고 싶어서 안달했다고 하면, 이 책의 매력을 조금 짐작하게 되리라. 게다가 마크스 서점이 아직 존재하는지 한동안 열심히 인터넷을 뒤적거리기도 했다. 또 내가 헌책을 좋아하는 이유 중 하나가 헌책에 남겨진 먼젓번 주인의 흔적을 볼 수 있기 때문인데, 이 책에서도 '헌책의 흔적이 동지애를 불러일으키며 자신의 마음을 사로잡는다'는 내용이 있어 어찌나 반가웠는지 모르겠다.

미셸 깽 지음, 이인숙 옮김
문학세계사, 2005년

📖 **처절한 정원**

100쪽 남짓한 이 짧은 소설을 이야기할 때 빼놓을 수 없는 점이 이 소설의 제목이다. 왜 이토록 감동스러운 소설의 제목을 '처절'하게 정한 것인지 이 소설을 아끼는 독자로서 불만이었고, 제목을 좀 더 멋있게 지었더라면 아마도 이 책은 2001년의 프랑스에서뿐만 아니라 이 책이 국내에 처음 번역된 2002년에 한일 월드컵 못지않은 선풍적인 인기를 누렸으리라 확신한다. 자신이 선수로 활약한 축구팀이 프랑스 헌병들이 응원하는 팀을 이겼다는 사실이 빌미가 되어 총살당할 수도 있었던 프랑스 현대사의 아픈 부분을 시대적 배경으로 하는 이 소설을 마냥 아름답게 감상하지만은 못한다. 그렇기에 제목을 '처절하게' 뽑지 않았을까.

이 책을 잘 모르는 독자들은 제목 탓에 선뜻 읽기 어려운 책이라고 생각할 수 있다. 처절한 시대의 처절한 비극을 모티프로 삼긴 했지만 이 소설이 '용서'와 '화해'라는 따뜻한 인간미를 바탕에 둔 책이라는 사실을 깨닫는 데는 30분이면 충분하다. 이 책을 일단 '닥치고' 읽어보라고 주위에 강권한다. 30분 뒤에는 어떤 반응이 돌아올까? 아마 백이면 백, "제목처럼 처절하지 않고 감동적이네요"라고 평하리라.

초등학교 교사인 주인공의 아버지가 항상 어릿광대의 복장을 하고 어디든 달려가서 우스꽝스러운 몸짓으로 무료 공연하는 것을 주인공은 못내 수치스럽게만 생각한다. 찢어지게 가난하고 소박한 가스똥 삼촌 부부의 존재도 아버지의 무료 공연을 더욱 수치스럽게 생각하도록 하는 요인이 되었으리라. 이 소설은 피에로 복장을 하고 마냥 소박하기만 한 가스똥 삼촌 부부가 '죽고 사는 일을 타인의 손에 맡기거나 다른 사람의 목숨을 빼앗는 대가로 자신이 살아난' 오래전 사연을 이야기하기 시작하면서 반전과 감동을 선사한다. 또한 이 소설의 주인공이 어린 시절 근엄한 교사인 아버지가 광대 공연을 하는 데서 느꼈던 불만을 이야기하며 마음껏 발휘한 위트와 유머에서도 숨은 재미를 찾을 수 있다.

윤광준 지음

을유문화사, 2008년

윤광준이라는 이름을 2002년《잘 찍은 사진 한 장》이란 책을 통해 처음 접했다. 그때는 사진에 관심이 없었고, 카메라라고는 언제 샀는지 알 수도 없는 구닥다리 소형 카메라가 전부였다. 이처럼 사진에 관심도 없고 문외한인 내가 보기에도《잘 찍은 사진 한 장》은 참 글을 맛깔스럽게 잘 써서 오랫동안 기억에 남았다.

명품이라는 것이 애초에 사치스러운 물건이기 때문에 일반인들에게 거부감이 생기는 것은 당연지사지만 '생활' 명품이라면 이야기는 조금 달라진다. 이 책에 소개되는 60개의 생활 명품의 면면을 살펴보면 수첩, 칼, 엔진 오일, 전기장판, 휴대용 주전자 등 명품의 카테고리에 넣기가 민망한, 어찌 보면 소박한 물건들이 많다. 살면서 이런 소박한 한두 가지의 명품을 사용하고 아끼는 것조차 '사치'라고 치부할 필요는 없기 때문에 이 책은 재미있고 많이 공감되며 흥미롭다.

달리 말해서 수백만 원짜리 가방이나 수억 원을 호가하는 승용차로 사치를 부리는 것이 아니라 2만 원짜리 페라리 디자인 학용품, 전설적인 테니스 영웅 피트 샘프러스Pete Sampras, 1971~가 사용한 제품으로 유명한 20만 원이 넘는 윌슨 프로스태프 6.0 테니스 라켓, 2,000원 남짓하는 블랙윙 연필로 사치를 누린다면 이 정도는 애교로 봐줄 만한 소소한 즐거움이 아닐까?

그러고 보면 '누구나'까지는 아니더라도 우리들 중 대다수가 명품을 소장할 만한 여건은 된다고 본다(이 책에 소개된 생활 명품 중에는 '장수 막걸리'도 포함되어 있으니……). 다만 명품을 소장하고 그렇지 않고는 바쁜 일상 속에서 잠시나마 삶의 여유를 누릴 수 있는 마음가짐에 달렸다. 이 책의 또 다른 장점은 흔히 이런 종류의 책들은 괜히 마음만 솔깃하게 만들어놓고 정작 구하고 싶어도 구하지 못하는 물건을 소개하는 경우가 많은데 이 책은 생활 명품을 소개하는 책답게, 책의 말미에 친절하게도 〈생활명품 60 구입 가이드〉를 독자들에게 덤으로 선물한다.

구스타브 플로베르 지음, 이민정 옮김 　　📖 **애서광 이야기**
범우사, 2004년

헌책에 관심을 두기 시작하면서 종종 책을 사기만 하고 읽지 않는 버릇이 생겼다. 예전에는 주로 책을 싸게 사려고 헌책방에 갔지만, 최근에는 서점에서 구하기 힘든 책을 구하러 가는 경우가 많다. 즉 희귀본을 구하기 위해서 헌책방을 다닌다는 말인데, 희귀본을 쫓다 보면 그 책을 읽으려는 욕심보다는 그 책을 소유하고 싶은 욕구가 더 앞서는 경우가 태반이다. 헌책 수집가는 책을 사냥만 하지, 절대 읽지 않는다는 비아냥거림을 듣기 쉽다.

　이 책은 독서가를 다룬 책이 아니고 수집가를 다룬 책이다. 독서를 사랑한다기보다 남들에게 없는 희귀본을 독점하고 싶어 하는 사람들의 이야기다. 수단과 방법을 가리지 않고 희귀본을 소장하고야 말겠다는 투지를 가진 사람의 말로가 아름다울 리 없다. 집을 불태우고 살인을 하고 사형 선고를 받게 된다. 하지만 그는 자신이 사형 선고를 받았다는 사실보다 자신을 그 지경까지 몰아세운 희귀본이 사실은 이 세상에 한 권이 아니라 두 권이었다는 사실에 더욱 절망한다.

이 책을 서너 번은 읽었다. 여간해서 재독도 하지 않는 나로서는 아주 예외적인 경우인데, 부피가 작은 문고판이고 내용이 우스꽝스러워서 혼자 키득키득하며 읽다 보니 그렇게 됐다. 이 책이 포함된 범우문고 시리즈는 가격이 저렴한 문고판이지만 그 목록의 면면을 살펴보면 충실함과 견고함에 놀라게 된다. 문고판은 싼 맛에 가볍게 읽고 버리는 책이라는 인식을 깨뜨린 소중한 시리즈다.

이식 · 전원경 지음
리수, 2007년

📖 **영국, 바꾸지 않아도 행복한 나라**

최근 해외여행이 대중화되면서 해외여행 에세이가 봇물처럼 나오고 있다. 그중에서도 너무 가볍지도, 그렇다고 너무 딱딱하지도 않은 이 책은 외국의 풍물이나 여행에 관한 책 중에서 단연 돋보인다. 한 나라를 정치, 경제적인 시각으로 보기 쉬운 정부 관리도 아니고, 그렇다고 순전히 관광으로 간 여행객이 쓴 책도 아니라서 적절한 수준으로 일반 독자의 눈높이에 맞는 책이다. 영국의 현실적인 생활을 잘 보여주면서 한편으로 재미까지 포기하지 않았다.

누구인지는 정확히 기억나지 않는데 한 여류 작가가 100년도 훨씬 전에 영국을 소재로 쓴 소설 속에 등장하는 버스 정류장의 명칭과 위치가 오늘날의 그것과 똑같다는 사실을 발견하고 몹시 신기해서 영국 사람에게 말했더니 "그게 뭐가 그렇게 신기한가"라는 대답을 들었다고 한다. 영국은 '바꾸지 않아도 행복한 나라'이지만 '바꾸지 않아서 행복한 나라'이기도 하겠다는 생각을 한다. 인습이 아닌 전통을 바꾸지 않음으로써 오히려 빛이 나고 다른 나라의 부러움을 사며 하나의 훌륭한 관광 자원이 되기도 하니까 말이다.

테니스 그랜드 슬램 대회 중 하나인 윔블던 테니스 대회만 봐도 무엇이든 쉽게 바꾸지 않는 영국의 문화가 보인다. 호주나 미국은 여러모로 편리한 하드 코트를 채택했고, 프랑스는 붉은 벽돌을 갈아서 만든 클레이 코트를 채택했는데 역사가 가장 오래된 윔블던은 양들이 뛰어다니기에 적당한(?) 잔디 코트를 고집한다. 문제는 대회가 진행될수록 잔디의 특성상 선수들의 발길이 자주 닿는 부분은 잔디가 없어져 8강 정도만 진행되어도 붉은 흙을 드러낸다는 점이다. 오로지 윔블던 대회만을 위해서 1년 동안 잔디를 관리하는데, 대회가 끝나기도 전에 붉은 속살이 드러나 보기에 개운치 않은 잔디 코트만을 고집하는 영국 사람들이 재미나다.

영국 사람들의 바꾸지 않는 태도는 여기에서 그치지 않는다. 세계 정상급 테니스 선수들이 코트로 입장하는 문을 자세히 보면 초라하기 그지없는 나무로 만든 문인데 영국이 과연 폼 나는 비싼 문을 만들 돈이 없어서 저 문을 그대로 둘까? 대회 중 수시로 내리는 비 때문에 경기가 자주 늦추어지지만 관리자들은 지휘자의 구령에 맞춰 방수포로 코트를 덮을 뿐이며 관중들은 느긋이 비가 그치기를 기다린다. 영국이 코트 지붕을 만들 기술이 없어서 그 불편함을 감수할까? 그뿐만이 아니다. 우리나라만 해도 오래전부터 테니스를 즐긴 동호인들은 하얀색 유니폼과 운동화만을 고집하는데, 이는 전적으로 윔블던의 영향이다. 흰색 유니폼만을 고집하는 윔블던 주최 측은 심지어 운동화 바닥이 오렌지색이라고 해서 해당 선수에게 주의를 주기도 했다. 그들은 전통을 사랑하고 굳이 바꾸지 않아도 느긋하게 행복하다. 마누라 빼고 다 바꿔야 살아남는다는 한국 사람은 도저히 이해하지 못할 영국 사람들이다.

고전은 독서가의
종착역

고전이란 어떤 책을 말하는가

사람들은 흔히 고전을 '오래된', '재미없는', '잘 읽히지 않는' 책이라고 생각한다. 이러한 오해를 극복하려면 도대체 고전이란 어떤 책을 말하는지에 대한 정의가 필요한데, 분명하게 한 가지로 정의하기가 쉽지 않은 것이 현실이다. 그나마 안전한 정의는 '오랜 세월 동안 검증을 거쳐 문학적인 의미를 지녔으며 출간된 지 오래되었지만 여전히 대중적으로 읽히는 책'이라는 것이다. 여러 사람이 많이 읽는 것도 중요하지만, 이탈로 칼비노Italo Calvino, 1923~1985의 고전에 대한 정의처럼 같은 사람이 여러 번 읽게 하는 매력도 고전이 갖춰야 할 중요한 덕목 중 하나다. 또 고전은 세월이 지나도 여전히 공감받는 주제를 가지고 있어서 특정 지역이 아닌 모든 나라와 다양한 계층에 의해 읽히는 힘을 가진다. 물론 여기에는 작가 개인의 독특한 문체와 빛나는 문학적인 능력이 동반되어야 하겠다.

오랜 세월 동안 독자의 선택을 받아온 책이 고전이라면 '오랜'

세월이란 대체 얼마간의 기간을 의미할까? 서양에서는 고전Classic 이라고 하면 전통적으로 고대 그리스어 및 라틴어로 쓰인 책을 의미했다. 우리나라의 기준은 어떻게 될까? 내가 생각하기에 대략 1910~1950년 이전이 고전에 대한 시간적인 기준이 되지 않을까 싶다. 고전과 고서에 대한 개념이 별개이긴 하지만 우리나라에서는 국권 피탈(1910년) 또는 이승만 집권기(1959년)를 고서의 기준으로, 중국은 신해혁명(1911년), 일본은 메이지 유신(1868년)을 그 기준으로 삼고 있는 듯하다. 동양에서 고전의 시간적인 기준은 고서의 그것과 크게 다르지 않고 연관성을 지니고 있어서 참고할 만하다. 고전이란 칭호를 고대 그리스인이나 로마인만 독점할 필요는 없기에 고전의 시간적인 기준은 끊임없이 후대로 내려와야 함이 마땅하고 실제로 그러하다.

그렇다 하더라도 수년 전에 데뷔한 작가의 뛰어난 책을 고전이라고 하는 것은 무리다. 무릇 고전이라 함은 최소한 출간된 지 '수십 년'은 되고, 광범위하게 읽혀야 그 자격이 충족된다. 따라서 출간된 지 얼마 안 된 명저를 우리는 '현대의 고전' 정도로 부른다.

고전을 결정하는 가장 중요한 요소는 무엇보다 오랫동안 감동을 주고, 그 책을 읽음으로써 뚜렷한 인생관이나 세계관이 없던 이에게 그것을 정립할 기회를 주며, 고수해왔던 인생관이나 세계관을 수정하게 하거나, 모르고 스쳐왔던 소중한 가치 등을 일깨워주는 것이라고 할 수 있다.

왜 고전을 읽어야 하는가

칼비노는 고전을 "사람들이 보통 '나는 ○○을 다시 읽고 있어'라고 말하지, '나는 지금 ○○을 읽고 있어'라고는 결코 말하지 않는 책이다"라고 정의한다. 칼비노의 말처럼 책을 좀 읽는 사람이라면 고전은 진즉에 읽었어야 할 책처럼 보인다. 대부분의 고전은 얼핏 보아도 읽기 어려워 보이므로 좀처럼 손이 가지는 않는다. 이는 우리가 고전에 편견을 갖고 있기 때문이다. 사실 고전은 재미있다. '고전'이라는 다소 딱딱한 이름을 달고 있지만 한번 잡으면 책장이 얼마나 술술 넘어가는지 모를 만큼 재미있다. 미리부터 고전에 겁을 먹는다면, 즐길 거리가 아니라 공부해야 할 무엇으로 본다면, 아마 고전의 진정한 가치를 느끼지 못할 것이다. 영문학을 전공하는 학생이 에밀리 브론테Emily Jane Bronte, 1818~1848의 《폭풍의 언덕》을 '읽지' 않고 '배운다'면, '즐기지' 않고 중요 부분을 '암기'한다면, '음미'하지 않고 '분석'한다면 그는 《폭풍의 언덕》에서 문학적인 감흥을 얻기는커녕 감당하기 어려운 과제를 남긴 에밀리 브론테를 원망하게 될지도 모르겠다.

그건 마치 죽은 자와 일면식도 없으면서 얼굴 도장을 찍기 위해 마지못해 장례식에 참석해 애도를 표하는 조문객의 입장과 크게 다르지 않다. 잠시 슬픈 표정을 연출하겠지만 깊은 슬픔은 느끼지 못한다. 교과서로 고전을 배우고 암기하고 마치 해부하는 양 산산이 조각내고 살피고 미시적인 의미를 분석하는 일은 고전에 대한 흥미를 쫓아버리며 삶의 의미를 다시 정립케 하는 고전의 순기능마저 퇴색시킨다.

대학에 가기 위해서 수업 시간에 교과서에 실린 고전을 공부하는 일이 우리나라 사람들에게 고전은 '읽는 책'이 아닌 '배우는 책'으로 인식토록 하는 원인이 되었다. 굳이 학교에서 배우고 교사가 가르쳐야 할 필요성을 느낀다면 '고전의 분석'이 아니라 '왜 고전을 읽어야 하는가'에 대해서 가르쳐야 한다.

고전을 읽어야 하는 좀 더 현실적인 이유로, 고전은 안전하다는 점을 들 수 있다. 독서를 즐기다 보면 '읽을 만하고', '평생 곁에 둘 만한 반려자' 같은 책에 목마르기 마련이다. 소모품에 불과한 물건을 사기 위해서도 인터넷에서 정보를 검색하고 여러 사람에게 자문을 구하는 등 주의를 기울이며 사전 조사를 하니, 평생의 인생관과 사고방식을 결정해주는 책을 고르는 일을 허투루 해서는 안 된다. 또 세상에 온갖 종류의 애물단지가 있지만 자신이 잘못 샀다고 생각하는 책만큼 눈에 거슬리는 물건도 드물다. 그런 책까지 별 고민 없이 꽂아둘 만한 넓은 서재를 보유한 애서가는 더욱 드물다. 고전은 수백 년 동안 또는 1,000년 이상 온 세상의 사람들로부터 검증받은 책이니 처음에는 맘에 들지 않고 취향에 맞지 않다 싶어도 구석에라도 꽂아두면 언젠가는 그 책을 다시 펼 날이 오기 마련이다.

고전이 가진 또 다른 중요한 매력은 '싸다'는 점이다. 고전은 일반적으로 최근에 출간된 책들보다 저렴하다. 시대 흐름을 타지 않아 책을 대량으로 찍어내다 보니 애초부터 가격이 싸고 또 다양한 보급판이 존재한다. 그뿐만 아니라 고전은 전자책으로도 발간되는 경우가 많아서 종이책에 비하면 월등하게 값이 싸고 선택의 폭이 넓다. 이렇듯 비용이 적게 든다는 면에서 고전은 독서 인구가 주로 젊은 층에 포진한 우리나라 독서계에 더욱 매력적이라고 봐야 한다. 우리나라의 독서가치고 경제적으로 풍요한 이는 상대적으로 소수가 아닐까 싶기 때문이다.

고전은 과거의 책이지만 현재의 문제를 해결하는 데 해답을 준다. 가령 《논어》라고 하면 '공자 왈'과 함께 '고리타분함의 대명사'로 생각하기가 쉬운데 사실 《논어》는 관념적이고 이론적이기보다는 현실 생활과 관련된 실천적인 내용이 많다. 현대의 삶을 살아가면서 만나는 문제를 해결하는 매뉴얼이라고 해도 크게 틀리지 않다. 특히 21세기 교육에서 강조되는 자기 주도적인 삶과 학습 그리고 리더십에 대한 교육관을 자세히 설명한 책이 바로 우리가 고리타분하다고 생각하는 《논어》다.

"내가 바라지 않는 것을 타인에게 시키지 말라"라든지 "예는 사치스럽기보다는 차라리 검소해야 하고, 상喪은 형식적 질서를 따르기보다는 차라리 슬퍼야 한다"라는 구절만 봐도 《논어》가 얼마나 생활 실천적인 책인지 가늠하게 한다. 《논어》는 고리타분하지 않다. 오히려 《논어》를 고리타분하다고 생각하는 사람이 고리타분하다.

또한 고전은 독자를 창의적인 사람으로 만들어준다. 고전은 대개 인류 역사상 손꼽히는 천재들이 쓴 책이자, 그 천재들이 자신의 온 역량을 짜내어 만든 책이다. 그들의 역량을 간접 경험하고 느낄 수 있는 방법은 그들이 쓴 고전을 읽는 방법 이외에는 특별히 없다. 스티브 잡스가 '아이패드'를 개발할 때 그 운영 체제와 프로그램에 대한 힌트를 인문학에서 얻었다는 사실을 주목해야 한다. 인류의 역사를 통틀어 찬란히 빛났던 지혜가 고스란히 담긴 고전을 읽노라면 많은 생각을 하게 되고, 그럼으로써 창의적인 생각과 아이디어가 샘솟는다. 책상에 가만히 앉아서 고전을 뒤적거리는 사람은 은둔하는 사람이 아닌, 인류의 혁신을 이끌어 나가는 인재가 될 것이다.

고전은 역사 교재이기도 하다. 우리가 교과서로 역사 공부를 할 때는 역사적인 사실 관계만 암기할 뿐 그 시대를 살아가던 사람들의 생활에 대해서는 전혀 관심을 갖지 않는다. 임진왜란은 일본의 정국 불안을 해소하기 위해 시작된 전쟁이며 7년 동안 지속되었고 이순신李舜臣, 1545~1598을 비롯한 명장과 자발적으로 의거를 일으킨 의병의 활약이 컸다는 등 시험을 대비한 몇몇 항목만을 공부한다. 우리는 이순신 장군이 몇 번의 해전에서 몇 척의 왜선을 침몰시켰는지만 헤아리고 암기했지, 그가 어떤 인간적인 고뇌를 했고, 어떻게 부하를 다뤘고, 또 백성은 어떻게 대했으며, 전쟁터의 백성이 어떤 생활을 했는지는 관심이 없다. 이순신의 《난중일기》를 읽어보라. 《난중일기》를 읽으면 당시 생활이 어떠했는지 눈으로 보듯 선하게 잡힌다. 그가 침몰시킨 배의 수도 중요하지만 더욱더 중요한 것은 당시의 삶이다. 그런 의미에서 《난중일기》는 어느 것보다도 훌륭한 역사 교재다.

고전은 그 자체로 매우 훌륭한 글쓰기 공부다. 고전은 인류 역사상 가장 위대한 책들이며 가장 뛰어난 문장으로 이루어져 있다. 하늘 아래 새로운 것은 없다는 말을 굳이 강조하지 않더라도 글쓰기나 논술은 뛰어난 문장을 모방하면서 시작된다.

뛰어난 문장과 어휘로 가득한 고전을 읽다 보면 그 속에 녹아들어 그들의 문체를 흉내 내다 급기야 자신만의 독특함을 터득하게된다. 현대 고전의 반열에 올랐다고 볼 수 있는 《장길산》을 읽노라면 수없이 등장하는 아름다운 우리말을 언젠가는 꼭 내 글에서 써보고 싶다고 되뇌게 된다. 김훈의 《칼의 노래》를 비롯한 그의 뛰어난 명작들은 이순신의 《난중일기》를 읽고 감동받고 본받으면서부터 시작되었다.

고전은 읽을 때마다 새로운 감동이 일고 새로운 해석이 떠오른다. 가령 국내 독자들이 좋아하는 제인 오스틴Jane Austen, 1775~1817의 사랑과 결혼에 관한 소설 《오만과 편견》을 10대에 읽는 느낌과 결혼 적령기에 읽는 느낌 그리고 자식이 결혼 적령기일 때 읽는 느낌은 각각 다르고 평가도 다르고 감동도 다르다. 이처럼 고전은 읽을 때마다 새로운 감동이 일며, 이는 고전의 가장 큰 덕목이라 해도무방하다.

고전은 그 자체로 훌륭한 자기 계발서다. 고전은 단순히 오래된책이 아니다. 고전은 오래된 책이지만 그 내용이 오늘에 그대로 적용되고 오늘을 사는 현대인이 복잡한 세상을 슬기롭게 살아가는 방향을 제시해주는 나침반이다. 한 권의 고전에는 심리, 역사, 철학, 자연과학 등 수많은 지혜가 담겨 있어서 실생활에서 만나는 실제적인 문제의 해결책을 제시하기 때문이다. 극단적인 예로 범죄 수사관이 갖춰야 할 중요한 덕목이 '인간에 대한 깊은 이해'라는 데 이의를 제기할 사람은 별로 없다. 그렇다면 우리가 단지 러시아의 고전 소설이라고 알고 있는 《죄와 벌》은 훌륭한 범죄심리학 교재라는 명제가 성립된다. 이 소설은 인간의 심리, 범죄에 대한 성찰 등을 상세히 전달함으로써 범죄 이면을 고찰하게 만들기 때문이다. 마찬가지로 만약 누군가 해양학이나 해양 생물에 흥미를 느끼고 진로를 그쪽으로 삼고자 한다면 나는 그에게 《해양학 개론》이 아닌 허먼 멜빌Herman Melville, 1819~1891의 《모비 딕》을 먼저 권하겠다. 외국의 최첨단 산업체에서 고전을 많이 읽은 사람을 채용하는 이유가 여기에 있다. 고전에는 장르가 없다. 고전의 영향력과 효과는 한 분야에 국한되지 않는다.

고전을 어떻게 읽어야 할까?

영어 공부를 할 때 영어 단어 암기보다 더 중요한 요소는 배경지식 넓히기다. 독서를 통해 배경지식을 쌓지 않는다면 외국인을 만났을 때 "한국에 온 지 몇 년 됐느냐?"를 묻거나 날씨 이야기를 하고 나면 딱히 할 말이 생각나지 않는다. 아무리 표현력이 좋다고 해도 대화거리가 없으면 아무 소용이 없다. 시험을 대비할 때도 마찬가지다. 가령 인도인의 식습관을 설명하는 지문을 풀이할 때 마빈 해리스의 《음식문화의 수수께끼》를 읽은 사람과 그렇지 않은 사람은 문제에 대한 이해 면에서 크게 차이 나지 않을까?

고전을 읽기 시작할 때도 마찬가지다. 영어 공부를 하기 전에 책을 많이 읽으면 배경지식이 쌓여 영어 문제를 잘 풀 수 있듯이 고전을 읽기 전에 관련 책을 미리 읽어 배경지식을 쌓아두면 고전을 이해하는 데 도움이 된다. 가령 《레 미제라블》을 읽기 전에 프랑스 혁명에 대해 사전 조사를 하고 읽는다면 훨씬 이해하기 싶고 더욱 재미있게 읽을 수 있다. 마찬가지로 한국에 대한 지식이 별로 없는 외국인이 《태백산맥》을 읽는 상황을 가정해보면 고전을 읽기 전에 사전 조사가 왜 꼭 필요한가를 깨닫게 된다. 문화재가 아는 만큼 보인다면 고전은 아는 만큼 더 재미있고 저자의 의도를 더욱 깊이 이해하게 된다.

1. 같은 고전을 여러 출판사의 버전으로 읽는다

고전은 지치지 않는다. 고전은 반복해서 읽어도 재미있고 읽을 때마다 새로운 감동이 샘솟는다. 하지만 나처럼 자세히 읽기는커녕 반복해서 읽는 습관이 부족한 사람에게는 같은 고전을 여러 번 읽기란 실천하기 어려운 과제다. 다시 한 번 영어 공부와 비교해보

자. 끈기가 부족해서 어떤 책이든 완독하기 어려운 사람에게 좋은 영어 공부 방법을 알려주고 싶다. 요즘은 영어 학습서의 구성이 다양해져서 예전처럼 천편일률적인 목차와 구성이 아니라는 점을 이용하는 것인데, 제일 첫 단원만 열심히 읽고 공부한 다음 다른 영어 학습서를 구입해 역시 제일 첫 단원만 공부하는 방법이다. 이런 식으로 영어 학습서 열 권 정도의 제일 첫 단원만 공부하면 학습서 별로 다양한 공부를 했기 때문에 영어를 어느 정도 마스터할 수 있는데, 얼핏 보기와는 달리 전혀 엉뚱한 방법이 아니다.

《카라마조프의 형제들》과 같은 두툼한 고전을 오래 읽다 보면 점점 지겨워지다가 나중에는 표지 자체가 신물이 날 때가 있다. 그렇다면 재독, 삼독 때는 더욱 그렇지 않을까? 이런 경우 읽을 때마다 출판사를 달리하면 새로운 마음으로 독서가 가능하다. 게다가 다양한 출판사 버전으로 읽다 보면 고전을 읽을 때 필연적으로 느끼는 번역의 질을 비교해볼 수도 있다. 역자에 따라, 출판사의 출판 의도에 따라 번역 뉘앙스가 다른 경우가 있으니, 고전을 조금씩 다른 버전으로 다양하게 맛보면 자기 취향의 역자를 찾을 수 있으며, 더 나은 번역에 대한 안목이 자라기도 한다. 다행이라고 해야 할지 안타까운 상황이라고 해야 할지 판단이 어렵지만, 우리나라의 경우 잘 팔리는 고전 목록 위주로 번역되다 보니 웬만한 유명 고전은 여러 출판사에서 출간한다. 간혹 초역이 많은 문학 전집이 나오면 열혈 독자들에게서 큰 호평을 받는데, 그 상황을 이해할 만하다. 어찌 됐든 다양한 버전으로 고전을 즐기고 싶은 사람에게는 호의적인 상황임에는 분명하다. 우리 출판계는 잘 팔리는 목록 위주로 중복된 책을 출간하기보다는 다양한 목록의 고전을 많이 번역해 출간하는 길로 나아가야 한다.

2. 뛰어넘기 방법도 나쁘지 않다

만약 당신이 읽기 시작한 책이 어려워서 그만 읽고 싶다는 유혹이 생기면 주인공 이름과 성향, 그 책의 주제, 사건의 결과 정도만 이해하고 덮어두었다가 나중에 마음이 동할 때 다시 읽으면 된다. 웬만한 고전들은 훗날 무심코 펼쳐 읽어도 여전한 감동을 준다. 인문서의 경우에도 뛰어넘기 방법이 효과적일 때가 있는데, 눈에 띄고 흥미로운 부분만 골라 읽어도 고전의 효과를 충분히 거둘 수 있다.

　세계의 높은 산을 오를 때 아무리 뛰어난 등반가라고 해도 단숨에 정상에 오르지는 못한다. 여러 번 캠프를 세우고 쉬어가며 단계적으로 산을 올라야 한다. 고전이라는 큰 산을 오르는 방법도 이와 다르지 않다. 천천히 쉬엄쉬엄 읽는다면 오히려 더 많은 장점을 거둘 수 있다. 고전은 땅따먹기 놀이처럼 야금야금 천천히 읽는 편이 더 좋다. 고전을 쓴 대가들은 대부분 한 단어, 한 문장에 심혈을 기울이면서 천천히 썼지, 일사천리로 단번에 써내려가는 경우는 많지 않다. 책을 읽는 독자들도 그 길을 천천히 가면서, 감당하기 힘든 장애물을 만나면 되돌아가고, 쉬어가는 여유가 필요하다.

3. 영화보다는 책으로 먼저 고전을 만나자

고전을 좀 더 잘 이해하고 즐기기 위해서는 책의 틀에 자신을 감금할 필요가 없다. 고전은 책뿐만 아니라 영화, 뮤지컬, 연극 등의 다양한 매체로 감상할 기회가 많다. 이럴 경우 '책을 먼저 읽어야 할까? 아니면 영화나 다른 매체로 고전을 접해야 할까?' 하는 고민이 생긴다.

물론 영화나 연극 또는 뮤지컬 같은 매체보다는 책으로 먼저 고전을 접하는 게 좋다고 생각한다. 대개 영화가 인기 있으면 그 영화의 원작 또한 인기에 편승해 베스트셀러가 되어 독자와 만나곤 하는데, 그 반대로 접근하는 방법이 더 좋다고 생각한다. 영화나 뮤지컬보다는 책으로 먼저 고전을 만나야 한다.

《폭풍의 언덕》 같은 경우는 더욱 그러한데, 이 소설은 읽는 내내 부단한 상상력을 동원해야 한다. 영국의 을씨년스러운 대저택, 개성이 강한 주인공들의 외모, 복수를 위해 다시 돌아온 주인공 '히스클리프'의 달라진 외모 등등 때문이다. 물론 독자는 자신의 머릿속에서 나름의 상상력으로 이미지를 구축하는데, 자신의 상상 속에 나온 이미지와 영화에서 표현된 모습을 비교하며 즐기는 재미를 누리기 위해서는 책을 먼저 읽는 지혜가 필요하다.

그리고 보면 독자의 상상력을 자극하고 이끌어내지 않는 고전은 드물다. 영화나 뮤지컬은 시각적인 즐거움이 뛰어나고 임팩트가 강해서 차후에 원작 소설을 읽으면 지겹고 지치기 쉽다. 영화

〈타이타닉〉의 경우, 우리는 타이타닉이 침몰한다는 결말을 이미 잘 알면서도 그 영화에 열광했지만 책은 사정이 좀 다르다. 또 고전은 줄거리나 결말이 가히 중요하지 않지만 이미 영화나 뮤지컬 같은 시각적 자극이 강한 매체로 먼저 접하고 책을 읽을라치면 김빠진 콜라를 마시는 기분이 되기 십상이다.

4. 고전을 읽고 친구들과 대화해보자

앞서 말했듯이 고전은 몇 번을 읽어도 새로운 감동을 느낄 수 있다. 이렇듯 읽을 때마다 감동적인 데에는 많은 이유가 있겠지만 제일 중요한 까닭은 구성이 복잡하고 사건 전개가 매우 미세하게 이루어졌기 때문이다. 따라서 자신이 읽은 고전에 대해 친구들과 이야기를 나누다 보면 생각지도 않게 내용을 잘못 이해했음을 깨달을 때가 있다. 고전에 대한 자신의 생각과 친구의 의견을 비교함으로써 그 고전을 좀 더 정확히, 심도 있게 이해하는 계기가 되는 것이다.

또 굳이 친구의 피드백을 받지 않더라도 친구에게 책의 내용과 의견 등을 말하는 자체만으로 그 고전에 대한 이해가 깊어지고 내면 깊숙이 체득할 수 있게 된다. 독서를 내면의 활동이라고 생각하기 쉽지만, 읽은 소감을 말함으로써 내면의 생각이 실천적인 지식으로 자리 잡는다.

5. 번역서와 원서를 함께 읽어보자

우리나라에서 외국 고전 번역이 발전하는 가장 큰 이유는 원서와 번역서를 모두 읽은 사람의 열정 덕분이다. 원서와 번역서를 함께 두고 비교해가며 읽다 보면 굳이 번역에 깊은 관심이 없던 사람도 번역에 불만을 제기하기 마련이고, 결국은 출판사도 독자들의 불만을 의식하면서 더욱 신중히 번역할 수밖에 없지 않은가?

고전에 국한되지 않지만, 고전은 역시 원서로 읽어야 제맛이다. 가령 조정래의 《태백산맥》에 등장하는 그 무수한 전라도 사투리를 번역한다고 해서 어떻게 구수한 전라도 사투리의 느낌을 외국어로 전달할 수 있겠는가? 또 그렇게 번역된 《태백산맥》을 읽고 외국인이 한국인 독자가 느끼는 만큼의 감동과 재미를 느끼겠는가? 마찬가지로 외국의 문학을 우리말로 번역했을 때 그 나라의 표준어가 아닌 사투리나 은어를 우리말로 어떻게 옮기며, 원서로 읽는 원어민 독자가 느끼는 재미와 감동을 또 어떻게 똑같이 느끼겠는가? 단언컨대 불가능한 일이다.

이렇듯 원서로 원작을 읽지 못한다면 원서와 번역서를 함께 펴두고 읽는 차선책을 선택하자. 내가 이 방법을 고집하게 된 계기는 《폭풍의 언덕》을 읽고 난 직후다. 우리말로는 '은거 생활의 시작으로서 근사한 출발이었다'쯤으로 번역되는 원문은 다음과 같다. 'A charming introduction to a hermit's life!' 내가 감탄한 부분은 바로 introduction인데, 한국식 영어 공부의 폐해 때문에 거의 반사적으로 '소개'쯤으로만 생각하는 introduction을 '시작'이나 '출발'의 의미로 활용한 어휘 사용이 정말 감탄스러웠다. 만약 내가 원문을 보지 않았다면 당연히 start로만 생각했을 터였다. 번역이 잘되고 못되고를 떠나서 원어민의 다양하고 절묘한 어휘 사용을 보는 매력만으로도 고전은 역시 원서와 번역서를 함께 읽어야 한다.

고전 번역에 관심 있는 사람이라면 2006년 《교수신문》이 엮어서 만든 《최고의 고전 번역을 찾아서》 1, 2권을 참고하는 것이 좋다. 이 책은 고전 읽기를 시작하는 사람이라면 누구나 한 번쯤 떠올릴 만한 고전의 목록과, 같은 책이 여러 출판사에서 나온 경우 가장 번역이 잘된 목록을 정리했다는 점에서 참고할 만하다. 또한 번역 문제와 함께 그 책에 대한 배경 설명까지 빼놓지 않은 자상함도 보여준다.

이 책은 독서가에게 매우 중요한 화두를 다루고 있는데, 한편으로는 우리나라 독서계의 현실을 적나라하게 보여주는 매우 안타까운 책이기도 하다. 사실 독서가에게 '고전'과 '번역'은 언젠가는 맞닥뜨릴 수밖에 없는 중요한 고민거리이자 해결해야 할 문제다. 독서가라면 고전은 통과 의례며 또 궁극적으로는 목표로 삼아야 할 과제임이 분명하기 때문이다.

어찌 됐든 마음을 다잡고 고전 읽기를 시작했는데 대체 무슨 말인지 이해하기 어렵다면 독자들은 쉽게 고전에 대한 미련을 버리고 '고전은 역시 어렵고 재미없어'라는 선입견을 갖게 된다. 그러고는 고전을 다시는 처다보지 않을 가능성도 있다. 해외 작품뿐만 아니라 한문으로 적혔거나 한글이라도 고어로 적힌 경우, 우리나라의 고전도 번역본을 통하지 않고서는 웬만해서 읽기 힘들다. 상당수의 독자가 번역본에 의지해서 고전을 읽어야 하는데, 번역본이 도대체 무슨 말인지 모르겠다면 원인은 두 가지다. 고전이 너무 어려워서 독자가 이해하기 힘들었거나 아니면 번역에 문제가 있거나.

좋은 번역의 중요한 기준이 독자가 편하게 읽을 수 있는 '가독성'이라면, 고전의 번역 수준은 독자들에게 매우 중요한 문제다. 그런 의미에서 각계의 고전 전문가가 시중에 나와 있는 고전 번역본 중 그야말로 최고의 번역본을 선정하고 분석한 자료를 담은 이 책은 고전을 읽는 데 필수적인 책이라고 봐야 하는데, 현재 이 책이 절판되었다는 사실이 우리나라 독서계의 현실을 새삼 절감하게 한다. 그나마 이 책에서 언급한 최고 번역서의 목록을 인터넷에서 확인 가능하다는 것이 다행이라면 다행이다.

6. 고전 요약본을 절대로 읽지 말자

나의 고전 읽기에 가장 치명적인 오류는 초등학교 시절 당시 중학생이던 누나의 국어 참고서를 본 일이다. 그 참고서의 말미에는 부록으로 교과서에서 언급된 고전 문학의 줄거리를 요약한 목록이 있었는데, 이 요약본만 읽고도 성인이 되도록 그 고전들을 다 읽었다고 착각하며 지냈다.

또한 어렸을 때에 고전과 친해지도록 기획된 어린이판 고전 요약본도 절대 금기시해야 한다. 내가 이미 읽었다고 생각해왔던《돈키호테》가 두툼하게 두 권으로 완역되었을 때의 당황스러움을 어떻게 표현해야 할지 모르겠다. 우리나라 사람들 대부분이《걸리버여행기》나《이상한 나라의 앨리스》를 읽었다고 생각하겠지만 어린이판 요약본이 아닌 완역본을 읽은 사람의 비율은 실제로 이들 중 10퍼센트가 채 되지 않는다고 생각한다.

어린이는 그냥 동화를 보기에도 시간이 넉넉지 않다. 어린이가《돈 키호테》같은 책의 어린이용 각색본을 읽는 일은 마치 어른 흉내를 내며 요란한 화장을 하는 일과 다르지 않다고 생각한다. 개인적으로《칼의 노래》가 무척 좋은 책이라고 생각하지만 '소장용'은 그렇다고 쳐도 '청소년을 위한'을 넘어서 급기야 '초·중학생을 위한'《칼의 노래》가 나왔을 때는 적잖이 실망했다. 최근에 알게 되었는데《칼의 노래》만화 버전도 있다니 놀랍다.

물론 요약본 만화가 긴요하게 필요할 때도 있다. 가령《조선왕조실록》이 빛나는 고전이라는 사실을 부정할 사람은 없겠지만 그렇다고 해서 500년 동안 기록된 실록을 빠짐없이 완독하는 일은 거의 불가능하지 않을까? 이런 경우 작가의 간단한 논평과 해설이 곁들여진《박시백의 조선왕조실록》은 좋은 차선책이 되며,《파우스트》를 완역본으로 정독했지만 도저히 내용 정리가 안 된다든지 이해가 안 되는 경우 이해를 돕기 위한 보조 수단으로서 신원문화사의 '독서논술 만화 필독선' 시리즈 중 하나인《만화로 독파하는 파우스트》를 읽는 것도 도움이 되겠다.

7. 아이들에게 고전을 강권해야 할까?

가끔 딸아이가 공부하는 모습을 볼 때마다 요즘 아이들은 참 대단하다는 생각을 한다. 나만 해도 초등학교 고학년이 되어서야 비로소 우리 집에 텔레비전이 생겼는데 그것 말고는 독서를 위협하는 다른 오락거리가 거의 없었다. 그런데 요즘 아이들은 어떤가? 스마트폰, 컴퓨터 그리고 많게는 수백 개의 채널이 있는 텔레비전 등과 같이 책 읽기 말고도 얼마든지 재미있는 놀잇거리가 많다. 딸아이가 저런 재미난 놀잇거리의 유혹을 뿌리치고 공부를 한다는 자체만으로도 충분히 대견하고 고마운 일이다.

가끔 딸아이에게 영어 단어를 많이 외우기보다는 폭넓은 독서가 더 중요하다고 훈계하지만 딸아이는 아직도 독서의 중요성을 깊게 인식하지 않는다. 시각을 현란하게 자극하는 IT 기기에 맛을 들인 요즘 아이들에게 밋밋한 활자로 가득 찬 책을 쉽게 권하지 못하겠고, 또 그 효과도 크지 않다. 평소 조기 영어 교육이 효과가 크지 않다고 생각하는데 이와 마찬가지로 조기 독서 교육에 대해서도 많은 기대를 하지 않는다. 간접적으로 아이들이 책에 친숙하게끔 환경을 조성하고 자기 스스로 책을 좋아하는 시기를 기다리는 편이 빠르지, '잔소리'로는 결코 아이들이 책과 친하게 만들지 못한다.

철학자 강유원은 아이들에게 난해한 고전보다는 차라리 지리와 역사 관련 책을 읽혀야 한다고 권하는데, 옳은 충고라고 생각한다. '공간'과 '시간'이야말로 인문학뿐만 아니라 모든 공부의 기본 토대라는 주장에도 동의한다. 나만 해도 어렸을 적에 편평한 세계 지도로 지리 공부를 하다 보니 아메리카 대륙과 아프리카 대륙이 정반대에 위치한 아주 먼 거리이며 영국과 미국이 그렇게 가까운 거리인지 몰랐다. 완전히 틀린 공간 개념을 가지고 있었으니 제대로 된 지리 공부를 했을 턱이 없었다. 그러므로 세계 고전 문학 전집을 던져주듯이 사주지 말고 차라리 제대로 된 지구본을 선물하는 쪽도 나쁘지 않은 선택이라는 생각을 하게 된다.

문학 전집은 어느 출판사가 좋을까?

독서를 시작하면 가장 먼저 눈길을 주는 독서 목록이 아마도 세계 문학 전집이 아닐까 싶다. 그만큼 친근하게 접근이 가능하다. 출판계의 불황이 어제 오늘의 일이 아닌데도 세계 문학 전집만큼은 여전히 호황을 누린다. 이는 문학 전집 자체가 인기 높은 품목이기도 하지만 그만큼 출판계의 노력이 주효했다는 사실을 드러낸다. 출판사별로 다양한 목록을 추가하고 새로운 트렌드에 맞는 판형과 편집을 적용했으며, 또 독자들 구미에 맞는 다양한 콘셉트를 제공하는 등 노력을 그치지 않았다. 이런 출판사의 노력에 즐거운 선택을 하게 된 독자들은 디자인이나 번역의 질을 고려해서 문학 전집을 선택한다. 책의 디자인이야 개인적인 취향이니 우열을 가리기 쉽지 않으므로 특별한 고민 없이 취향에 맞는 책을 고르면 된다. 지만 번역 문제는 좀 다르다. 어느 출판사의 번역이 더 훌륭하다는 식의 결론은 섣부른 판단이 되기 쉬우므로, 각각의 책에 따라 번역 질의 높음과 낮음을 판단할 수 있겠다.

이런 이유로 서재의 인테리어 때문이 아니라면 어느 한 출판사의 전집을 한꺼번에 구매할 필요는 없다. 사실 세계 문학 전집을 한꺼번에 사는 일은 인테리어 감각뿐만 아니라 독자 자신의 '진정성'까지 의심받게 한다. 서재를 방문한 사람이 전집을 보고서 혹시 장식을 위해 구매한 것은 아닐까 하고 미루어 짐작할 수 있기 때문이다. 설사 독서가가 전집을 다 읽었다 하더라도 방문객은 당신이 '허세'로 전집을 구입했다고 오해할 수 있다. 책을 읽으면서 남의 시선을 의식할 이유는 전혀 없지만 독자 자신을 위해서라도 전집을 한꺼번에 구입하는 모험을 하지 않았으면 좋겠다.

현재 우리나라에서 세계 문학 전집을 발간하는 출판사는 민음사, 을유문화사, 문학동네, 열린책들, 펭귄클래식 등을 비롯해서 열한 곳 정도 된다. 그중 조지 오웰의 《동물농장》, 제인 오스틴의 《오만과 편견》, 알베르 카뮈의 《이방인》, 괴테Johann Wolfgang von Goethe, 1749~1832의 《파우스트》, 헤르만 헤세Hermann Hesse, 1877~1962의 《데미안》, 톨스토이의 《안나 카레니나》, 스콧 피츠제럴드Francis Scott Key Fitzgerald, 1896~1940의 《위대한 개츠비》, 스탕달Stendhal, 1783~1842의 《적과 흑》, 괴테의 《젊은 베르테르의 슬픔》, 셰익스피어의 《햄릿》 등

이름만 대면 알 만한 책들은 최소 여섯 곳 이상의 출판사에서 출간되었다. 그러나 최근 10년간 가장 많이 팔린 고전은 단연코 제인 오스틴의 《오만과 편견》이다. 물론 《오만과 편견》의 엄청난 판매량은 같은 제목의 영화의 성공과 연관이 깊을 것이다.

📖 민음사의 세계문학전집

새로운 시대에 맞고 젊은 세대의 구미에 맞는 번역을 추구한다. 사실상 2000년대 한국의 세계 문학 전집의 붐을 주도했다고 평가받을 정도로 문학 전집 시장에서 압도적인 점유율을 자랑한다. 현재까지 발간 목록이 무려 300권을 돌파했다. 2012년 기준으로 문학 전집 시장에서 민음사의 점유율이 70퍼센트 정도인데, 이는 웬만한 사람에게 문학 전집과 민음사는 거의 동의어라는 의미다. 출간 목록이 300권이 넘다 보니 다양한 장르의 스펙트럼을 자랑하며, 문학 전집에서 중요한 고려 대상인 번역의 질 역시 평균적으로 괜찮은 편이다. 번역을 대체로 대학의 전공 교수가 하는데 아무래도 대중들에게 친근하고 경쾌한 번역보다는 학구적이고 다소 구세대 번역인 것 같은 느낌을 준다. 쉽게 읽기는 번역보다는 그래도 원문에 충실하고 누락된 부분이 없는 번역서를 원한다면 민음사가 좋은 선택이 된다. 출간 목록이 많다는 점은 독자들에게 다양한 읽을거리를 제공한다는 점에서 봤을 때 장점이지만, 오히려 단점으로 작용하는 측면도 있다. 번역이 평균적으로는 괜찮은 편이지만 작품의 수가 많다 보니 종종 롤러코스터를 타는 것처럼 질이 떨어지는 경우가 있다는 평이다. 번역의 질에 논란이 제기된 작품도 종종 볼 수 있다. 판형이나 제본에 관해서는 개인의 취향에 따라 갈리기는 하지만, 대체로 가격이 저렴한 문학 전집임을 감안해도 종이 질이 좋지 않고 심지어 변색이 잘된다는 비판을 받는다. 또 가로가 세로에 비해 지나치게 짧아서 책을 펴서 읽기에 불편하다.

희귀본을 수집하는 독자에게 민음사는 환호와 탄식을 동시에 안겨준 출판사다. 희귀본이라는 이유만으로 지나치게 비싼 값으로 거래되어 한때 세간의 화제가 되었던 토머스 핀천Thomas Pynchon, 1937~의 《제49호 품목의 경매》를 '전격적으로' 문학 전집으로 출간했기 때문이다. 물론 환호는 《제49호 품목의 경매》를 구하지 못한 자의 몫이고, 탄식은 남들이 가지고 싶어 하는 책을 독점했다는 자부심을 즐기던 《제49호 품목의 경매》의 옛날 희귀본 버전을 소장한 자들의 몫이다.

이와 반대되는 경우도 있었는데 블라디미르 나보코프Vladimir Vladimirovich Nabokov, 1899~1977의 《롤리타》가 바로 그것이다. 현재 《롤리타》의 판권은 저자 나보코프의 유족이 보유 중인데 민음사와 유족과의 판권 계약이 종료되면서 이 해프닝은 시작됐다. 나는 별생각 없이 《롤리타》를 구매해서 서재 구석에 처박아두었는데, 어이없게도 전 국민이 시청하는 홈쇼핑에서까지 판매되던 민음사 문학 전집의 목록 중 하나인 《롤리타》가 품절이 되고 '희귀본'이 되었다는 믿지 못할 소식을 들었다. 판권 계약이 종료됨에 따라 자연스럽게 품절이 되는 바람에 졸지에 구하고 싶어도 구하지 못하는 책이 되어 애초 판매 가격보다 훨씬 비싼 가격에 거래가 되었다. 이른바 '《롤리타》 사태'라고 명명할 만한 이 사건은 다행스럽게도 문학동네가 판권을 다시 계약하고 2013년 새해 벽두에 《롤리타》를 다시 출간하면서 사태를 종식시켰다.

📖 문학동네의 세계문학전집

필립 로스 Philip Roth, 1933~ 의 《휴먼 스테인》을 필두로 20세기 현대 작품에 중점을 둔 시리즈다. 문학동네 〈세계문학전집〉 시리즈의 또 다른 특징은 서양의 고전 목록뿐만 아니라 일본의 고전 목록도 상당수 포함했다는 것인데, 이에 상당한 고마움을 느낀다. 문학 전집 선택의 주요한 판단 기준인 번역을 두고 이야기하자면 문학동네 문학 전집은 최고 수준의 번역이라고 말하기에는 아쉬운 점이 있다. 그러나 소설을 읽을 때 중요한 요소인 가독성과 문학적인 재미를 느끼게 해주는 측면은 탁월하다. 문학동네의 문학 전집 중에서 번역이 우수하기로 소문난 목록에는 김영하 번역의 《위대한 개츠비》를 비롯해서 《적과 흑》, 《파우스트》 등이 있다. 번역가로 김영하를 선택한 것으로 짐작할 수 있듯이 민음사와는 달리 대중성과 가독성을 강조한다. 한편 문학동네는 우리가 흔히 《이방인》이라고 부르는 알베르 카뮈의 소설을 내놓으면서 《이인》이라고 명명해 소소한 파문(?)을 일으키기도 했다.

문학동네 〈세계문학전집〉은 특이하게도 같은 책을 하드커버와 소프트 커버 두 가지 버전으로 출시한다. 간혹 같은 시리즈 안에서 일부를 하드커버로 출시하고 일부는 소프트 커버로 출시하는 경우는 봤는데 같은 책을 하드커버와 소프트 커버로 구분해서 출시하는 경우는 처음 봤다. 본디 하드커버는 소장용이고 소프트 커버는 보급판이라는 인식이 있는데, 문학동네의 문학 전집은 하드커버와 소프트 커버의 가격 차이가 1,000원에 불과해서 소프트 커버가 꼭 보급판이라고 말하기는 어렵다. 더구나 독자에 따라서 소프트 커버가 더 예쁘다는 평까지 있으니 더욱 그렇다.

📖 펭귄 클래식 시리즈

다른 출판사와는 달리 인문 및 사회 분야의 고전을 많이 펴내는 것이 큰 장점이다. 그 대표적인 예가 《군주론》과 《자유론》이다. 펭귄 클래식코리아는 문학 전집을 낼 때 '가장 아름다운 디자인'과 '가장 적당한 가격'을 모토로 삼았다. 전자는 대체로 수긍이 되는데 후자는 납득이 곤란한 분위기다. 독특한 디자인은 개인의 취향에 따라서 호불호가 갈리기는 하지만 대체로 시중에 나와 있는 문학 전집 중 상급에 속한다. 문제는 가격인데, 비싸지는 않지만 출판사

가 자랑할 만큼 저렴하지는 않다. 그렇다고 종이 질이 압도적으로
좋다고 평가하기도 힘들다.

〈펭귄 클래식 시리즈〉의 가장 큰 장점은 디자인과 가격이 아니
다. 아무래도 고전의 특성상 해설은 매우 중요한 덕목 중 하나인
데, 이 분야에서만큼은 특별한 이견 없이 펭귄클래식코리아가 가
장 좋다고 평가할 만하다.

또 다른 중요한 자랑거리는 아마도 다른 출판사의 문학 전집과
는 다르게 마키아벨리Niccoló Machiavelli, 1469~1527의 《군주론》, J. S. 밀
John Stuart Mill, 1806~1873의 《자유론》으로 대표되는 인문 고전이 목록에
상당수 포진했다는 점이다. 문학 전집에 인문 고전들이 많이 포함
된 기획은 신선하고 유용하며 바람직하다. 이런 면에서 펭귄 클래
식 시리즈는 다른 출판사와 좋은 차별성을 가진다.

📖 을유세계문학전집

무려 1959년에 국내 최초로 문학 전집을 발간한 출판사답게 판형
이나 제본이 고급스럽고 품위가 넘친다. 모두 하드커버로 제작되
었고 누가 봐도 소장용으로도 적합하다. 〈을유세계문학전집〉의 매
력은 번역이라는 소프트웨어지 하드웨어가 아니다. 을유문화사가
가장 심혈을 기울인 부문이 번역인데, 해당 언어의 전문 번역가가
아니라 해당 작가의 전공자에게 번역을 맡긴 점은 자랑할 만하다.

번역의 질은 국내 최고여서 논문 인용이 가능한 품질을 자랑한다.

지나치게 번역의 정확성을 추구하다 보니 상대적으로 경직되고 학문적이어서 덜 대중적이라는 단점이 있기는 하다. 그러나 문학 전집의 순위를 매긴다면 1순위는 을유문화사의 몫이 될 가능성이 크다. 또 다른 출판사에서 번역하지 않은 초역이 많다. 번역의 질도, 제본이나 디자인도, 초역이 많은 목록의 견고함도 다른 세계문학 전집에 비하면 가장 우수하지만 대중성은 좀 떨어지는 단점이 안타깝다.

📖 열린책들 세계문학

열린책들 출판사는 애초에 해외 문학을 전문으로 하는 곳이어서 문학 전집의 다양성과 번역의 질을 확보하고 있다.《열린책들 편집 매뉴얼》을 '매년' 출간하는 출판사답게 편집의 질도 우수하다. 대중성도 나쁘지 않아서 2014년 현재 대략 총 50만 부가 넘게 판매되었다.

〈열린책들 세계문학〉의 가장 큰 장점은 의심할 바 없이 도스토엡스키의 작품들이다. 열린책들은 이미 다양한 버전으로 〈표도르 도스또예프스끼 전집〉을 발간했으며, 지금은 문학 전집에 포함해 내고 있는데 아무래도 도스토엡스키의 책은 이견 없이 열린책들이 독보적이다. 또 전집의 디자인에도 각별히 신경을 썼다. 열린책들

바실리 페로프가 그린 표도르 도스토옙스키 초상화. 1872년작

• 1828년에 태어난 톨스토이와 1821년에 태어난 도스토옙스키는 동시대를 살았다. 그들
처럼 러시아 문학을 빛낸 이들도 없건만, 그 둘은 동시대를 살았음에도 불구하고 단 한
번도 만난 적이 없다. 둘의 문학 세계는 너무나도 달랐다. 톨스토이가 부와 가난에 대
한 건강한 시각을 얻고자 노력하며 글을 썼다면 도스토옙스키는 도박장을 전전하며 돈
에 쫓겨 글을 썼다. 하지만 톨스토이는 도스토옙스키의 글을 무척이나 사랑해 세상 모
든 책을 없애더라도 도스토옙스키의 글만은 남겨두어야 한다고 말했으며, 실제로 톨스
토이가 죽어갈 때 그의 침대 곁에는 도스토옙스키의 《카라마조프 가의 형제들》이 놓여
있었다.

의 책에는 디자인 부문에서 여러모로 노력한 흔적이 역력하다. 표지를 대충 영화 포스트 같은 다른 소스에서 가져오지 않고 일일이 새로 디자인을 하는 정성을 기울인다. 장서 덕후에게는 최고의 선택이다. 이 출판사 특유의 장점이기도 한데 책이 잘 안 뜯어지고 갈라지지 않는다. 굳이 세계 문학 전집으로 서재를 장식하고 싶다면 열린책들의 문학 전집을 권한다.

📖 대산세계문학총서

대산문화재단에서 지원하는 문학 총서인데 초역 비율이 무려 90퍼센트가 넘는 믿기지 않는 수치를 자랑한다. 이 세계 문학 시리즈는 책별로 디자인과 제본이 다르다. 가령 《트리스트럼 샌디》는 하드커버인데 《악의 꽃》은 소프트 커버다. 또 《수전노》는 표지 디자인이 화려한데 《행인》은 표지 전체가 단순함을 넘어서 백지에 가깝다. 표지가 때를 잘 타서 불만을 표시하는 독자도 있는데 전체적으로 디자인이 깔끔하다. 번역도 훌륭하고 다른 문학 전집에 비해서 비주류 작가들의 작품이 많은 것이 또 다른 장점이다. 딱 봐도 잘 팔리지 않을 작가의 작품도 많이 내준다. 거의 모든 목록이 국내 초역이다 보니 독자의 입장에서는 생소한 작가와 작품이 많다는 점이 장점이자 단점이다. 독자들에게 다양한 스펙트럼의 작품을 선보인다는 절대적인 장점이 있지만 한편으로는 생소하다 보니 어렵다는 느낌이 들기도 한다. 그러나 문학 전집에서 소장 가치를 따진 다면 단연코 〈대산세계문학총서〉가 우위를 차지한다. 만약 절판이 라도 되면 다른 출판사의 대안이 없으니 더욱 소중하게 느껴지고, 장서가라면 잘 간직하고 여력이 생길 때마다 모아야 하는 전집이 다. 이 정도 되면 큰 문화적 자산이라고 인정해도 무방하다.

첫 문장이 아름다운 고전

책을 고를 때 독자마다 다양한 기준으로 책을 고른다. 베스트셀러, 표지 디자인, 가격, 저자의 지명도 등을 고려하는데, 그 책의 첫 문 장을 음미해보고 구매 여부를 결정하는 것도 좋은 방법이다. 고전 의 경우에도 다르지 않은데, 위대한 작가가 책을 쓰면서 가장 고심 하며 완성하는 것은 첫 문장이라고 해도 과언이 아니다. 고심한 만 큼 작가는 책의 전개 방향과 자신의 모토를 첫 문장에 함축적으로 담으려고 총력을 기울인다. 굳이 작가가 아니더라도 누구든지 글 을 쓸 때 첫 문장만 완성하면 그다음부터는 글이 술술 나온다. 그 만큼 전체 글에서 차지하는 첫 문장의 아우라는 크다. 많은 독자가 고전의 첫 문장을 보고 그 책을 읽게 되는데, 이는 우연이 아니다. 게다가 눈썰미가 없더라도 추리 소설이 아닌 다음에야 첫 문장은 그 소설 전체의 스포일러라고 할 정도로 전체를 가늠하는 단서가 된다.

📖 **안나 카레니나**

> "Все счастливые семьи похожи друг на друга, каждая несчастл
> ивая семья несчастлива по−своему."
>
> 모든 행복한 집안은 비슷하지만 불행한 집안은 모두 제각기 다른 이유
> 로 불행하다.

과거를 통해 오늘의 살아갈 지혜를 얻는다는 면에서 고전과 역사
는 닮았다. 이 첫 문장은 사람의 인생사에 대한 통찰을 보여줌과
동시에 앞으로의 이야기 전개를 암시한다. 톨스토이는 첫 문장에
남다른 방식으로 애착과 집념을 보였다. 그는 소설을 모두 완성하
고 마지막에 첫 문장을 썼다. 그래서 이 첫 문장은 소설의 시작과
끝이다. 소설의 결말을 보여주는 첫 문장이다. 《안나 카레니나》의
첫 문장은 무척 유명하고 사람들에게서 많이 회자되는데, 열성적
인 독자들은 이 첫 구절의 번역을 출판사, 번역가별로 비교해보는
열의를 보여주기도 한다.

딱딱하다고 생각할 만한 고전의 첫 구절이지만 미용실에서 동네
사람들이 수다를 떨며 이 첫 구절을 말한다 해도 전혀 이상하지 않
을 만큼 모든 세대, 계층에 잘 적용되는 만고불변의 진리이며 깊은

통찰이다. 지극히 개인적인 생각인지는 모르겠지만, 고전의 제목이 사람 이름인 책은 아무래도 집어 들기가 어렵다. 그래서 출판사들이 엄연히 원래 제목이 있음에도 종종 근사한 제목을 따로 지으려고 고심하는 것이 아닐까 생각하는데, 호기심과 눈길을 자극하는 멋진 제목은 조금이라도 독자들이 그 책을 집어 들 확률을 높이기 때문이다. 독자들의 호기심을 전혀 자극하지 않는 제목과 러시아 고전이라는 이유 때문인지는 모르겠지만 나도 다른 고전보다는 훨씬 더 늦게 이 책을 읽었다. 시작하기가 조금 부담스러워서 그렇지, 이 책은 두꺼운 소설임에도 불구하고 읽다가 손에 놓기가 어려울 만큼 무척 재미있다. 내가 좋아하는 소설 《나스타샤》를 읽을 때도 느낀 점인데 정말 좋은 소설은 그 책을 읽는다는 느낌이 아니라 소설의 등장인물을 만나러 가는 느낌을 준다. 마치 첫사랑을 할 때의 설레는 마음으로 주인공들을 매일 만난다. 책을 잠시 놓고 다른 볼일을 보다가도 문득 주인공들을 만나고 싶고 안부가 궁금한 마음을 가지게 한다. 마침내 책을 다 읽고 나면 가까이에 살고 있고 친근한 이웃이 멀리 이사라도 떠난 것처럼 허전함을 느끼게 한다. 《안나 카레니나》는 그런 매력을 가진 책이다.

고전 소설이 아주 마음에 들면 영화로 다시 보는 버릇이 있는데 물론 이 책을 원전으로 한 영화를 여러 번 본 기억이 생생하다. 그뿐인가? 문학동네와 민음사의 판본을 나란히 펴놓고 번역을 서로 비교해가면서 읽었는데 감동과 전율이 압권이었다.

"It is a truth universally acknowledged, that a single man in possession of a good fortune must be in want of a wife."

부자인 독신 남자에게 아내가 반드시 필요하다는 것은 널리 인정되는 진리다.

대학 시절 영국 소설을 가르치는 노교수님이 첫 시간에 칠판 가득이 큼지막하게 쓴 글이다. 교수님이 이 문장에 대한 자세한 설명은 하지 않았지만 명문장임을 단박에 깨달았다. 영문과 학생이었지만 많은 고전을 읽지 않았던 당시로써는 이 문장이 매우 유명한지 몰랐다.

　연애 소설로서 이보다 더 적합하고 공감이 되는 첫 문장이 있을까? 고전이 '누구나 인정하는 진리'라고 잘 알려졌지만 이 문장도 연애 소설의 첫 문장으로 '누구나 인정하는 진리'를 담고 있다. 이 첫 문장의 영어를 음미만 해도, 이 소설을 영어로 읽고 싶다는 욕구를 느낀다. 이 첫 문장이 무척 절묘하고 정확하게 소설 전체의 이야기를 알려주기 때문에, 이 문장 하나만으로도 훌륭한 '소설'이라 불러도 된다고 생각한다. 따지고 보면 19세기 영국 젊은이들의 시시콜콜한 연애담이라고 해도 크게 틀리지 않는데, 영화의 인기에 편승해서 여느 대중적인 베스트셀러 못지않은 대중성을 확보했다. 사실 남녀 간의 사랑 이야기는 인류가 존재하는 한 결코 진부하고 시대에 뒤떨어지는 주제가 아니다. 더구나 제인 오스틴의 역량이 마음껏 발휘된 이 소설은 개성 넘치는 매력적인 많은 주인공 덕분에 '유쾌하고 즐거운' 소설 중 제일 높은 자리를 차지한다고 볼 수 있다. 결혼과 연애 그리고 신분 상승을 꿈꾸는 사랑 이야기라는 시대를 관통하는 흥행 요소를 즐길 수 있고, 19세기 영국 사회의 연애 및 신분에 대한 의식, 풍습 등을 간접적으로 경험하게 하는 고전으로 이 책만큼 훌륭한 적임자를 찾는 일은 쉽지 않다. 아울러 만약 독자가 특정한 고전 소설을 다양한 판형별로 수집하는 취미가 있다면 별 고민 없이 선택할 수 있는 책이 바로 《오만과 편견》이다.

J. D. 샐린저  **호밀밭의 파수꾼**

"If you really want to hear about it, the first thing you'll probably want to know is where I was born, and what my lousy childhood was like, and how my parents were occupied and all before they had me, and all that David Copperfield kind of crap, but I don't feel like going into it, if you want to know the truth."

만약 나에 대해 진정으로 듣고 싶다면 내가 어디서 태어났는지, 어린 시절이 얼마나 비참했는지, 내 부모님이 어떤 일을 했는지, 내가 태어나기 전에 무슨 일들이 있었는지 같은 데이비드 코퍼필드 식의 헛소리를 듣고 싶겠지, 하지만 난 그런 이야기는 하고 싶지 않아.

고향, 어린 시절, 부모님의 직업 등은 기성세대가 가장 좋아하는 질문이다. 반항적인 10대는 배경이나 주변 사실을 중요하게 생각하지 않는다. 이 책은 독자에게는 영원히 매력적인 주제, '반항하는 10대'를 매력적으로 잘 표현해 서양뿐만 아니라 우리나라에서도 꾸준히 사랑받고 있다. 인용할 만한 훌륭한 구절이 많아 더욱더 사랑받는 책이다. 이 책의 원서가 서점의 학습용 도서 코너에 자리 잡고 있는 장면을 많이 봤다. 반항하는 10대의 치열한 이야기마저 '공부'의 수단으로만 읽어야 하는 한국의 10대들이 안타깝다. 《호밀밭의 파수꾼》이 한국의 10대에게 '영어의 맥'뿐만 아니라 '젊은 이의 혼'을 자극했으면 좋겠다.

허먼 멜빌   📖 **모비 딕**

"Call me Ishmael."

나를 이스마엘이라고 불러주시오.

어린 시절 '백경'이란 제목으로 알던 소설이다. 청소년들에게는 '백경'이란 말 자체가 외국어 못지않게 난해한 어휘라서 차라리 원문을 따라 '모비 딕'을 제목으로 삼는 최근의 트렌드에 찬성한다.

《모비 딕》은 기묘하고 완독하기에 어려운 책이다. 특히 본문 중간쯤 고래잡이에 대한 부분은 돌파하기 고통스럽다. 이 책은 고래잡이에 대해 대단한 세밀함을 보여주는데 포경 백과사전이라고 해도 틀리지 않다. 급기야 고래잡이에 대한 세밀한 삽화를 보면 이 책을 과연 소설이라고만 불러야 하는지 의문까지 생긴다. 그렇기 때문에 오히려 더욱 완독할 만한 가치가 넘친다. 마치 지금껏 들어본 적이 없는 무거운 물건을 들어서 근육을 키우는 행위와 마찬가지로 한 페이지조차 넘기기 힘겹지만 꾸준히 참고 완독하면 독자들의 정신이 성숙해 있을 것이다.

흔히 독서를 할 때 참고용 책과 읽기용 책으로 구분하는데 이 책은 두 가지 측면에 모두 걸쳐 있는 묘한 소설이다. 힘들지만 최종적으로는 읽는 재미를 충분히 느끼게 해주면서도 포경과 고래 그리고 해양에 대한 미치도록 세밀한 지식이 가득 담긴 책이니 오죽하겠는가. 어린 시절 두 가지 지적인 궁금증(?)을 가지고 있었는데 대체 '철학'이 무엇을 배우는 학문인가와 멜빌의 소설 《백경》이 무슨 뜻인가였다. 불행히도 이런 궁금증을 해소해줄 인프라도 인맥도 없는 시골에서 자란 나는 그 궁금증을 아주 오랫동안 품었다. 분명 내 발길이 닿는 곳에도 이 소설이 존재했지만 제목의 난해함과 두께의 압박으로 감히 이 책을 펼치지 못했고 '백경'이 '하얀 고래'라는 사실을 알게 될 나이가 되어서야 비로소 이 책을 천천히 고통스럽게 읽었으며 결국 큰 성취감을 맛보았다. 한 번 읽고 여간해서는 다시 펴 보지 않는 소설이 아닌, 곁에 두고 언제까지나 아무 페이지나 펴서 읽어보는, 말하자면 백과사전과 같은 책이다.

"Lolita, light of my life, fire of my loins."

롤리타, 내 삶의 빛이며, 내 몸의 불꽃.

30대 후반의 남자가 열두 살 소녀에게 사랑에 빠졌다는 내용은 톨레랑스(관용)의 본고장인 파리에서조차 엄청난 논란을 만든다. 너무나 사회적으로 이슈가 되어서 하나의 보통 명사가 된 《롤리타》는 사실 그 외설적인 내용으로 명작이 되었다기보다는 뛰어난 문장 덕택에 고전의 반열에 올랐다. 이 책을 명작으로 만든 뛰어난 언어 구사력의 정수는 첫 문장에 있다고 해도 과언이 아니다. 어찌 됐든 《롤리타》는 포르노porno가 아닌 시poem다.

　아마도 이 책만큼 표지 디자인 자체가 논란과 화제에 많이 오른 책도 드물다. 이 책의 파격적인 내용만큼이나 독자들 사이에서 표지 디자인이 관심을 끌었는데, 서양뿐만 아니라 우리나라에서도 이 책의 표지가 화제가 되었다. 민음사에서 판권 계약이 완료된 뒤 문학동네에서 《롤리타》를 출간할 때 민음사와는 다른 번역가를 동원하기로 했고, 표지 디자인 또한 독자들의 의견을 반영하겠다며 이벤트를 열었다. 독자들이 직접 디자인해도 좋고, 좋은 이미지를 올리기만 해도 채택이 되면 상금을 주는 이벤트였는데 독자 사이에서 화제가 되어 1,100개가 넘는 응모작이 몰렸지만 결국 본래의 이미지를 표지에 사용하게 되었다.

- 블라디미르 나보코프는 러시아 작가다. 러시아 귀족 출신의 이 작가는 부유한 아버지
  밑에서 교육받아 일찍이 영어를 읽을 줄 알았다. 그 덕분에 이후 미국으로 망명하는 데
  언어의 어려움이 없었을뿐더러, 《롤리타》 또한 모국어가 아닌 영어로 썼다. 《롤리타》는
  뛰어난 문장 덕분에 유명세를 탔는데, 그 유려한 문장이 모국어로 쓰인 게 아니라는 사
  실이 놀라울 따름이다.
  소설이 유명해진 덕분에 성인 남자가 어린 소녀에게 성욕을 느끼는 콤플렉스를 롤리타
  콤플렉스라고 부르게 되었는데, 작가 본인은 이 용어를 별로 반기지 않았다고 한다.

물론, 책 수집가인 나는 민음사와 문학동네에서 나온 두 권 모두를 서재에 나란히 모셔두고 간혹 번역을 비교해가면서 읽는다. 세계의 다양한 《롤리타》 표지를 살펴보는 것도 책 덕후에게는 즐거운 놀이가 되겠다. 유독 《롤리타》의 표지는 창의적이고 기발한 것들이 많기 때문이다.

제임스 조이스   📖 **피네간의 경야**

> "riverrun, past Eve and Adam's, from swerve of shore to bend of bay, brings us by a commodius vicus of recirculation back to Howth Castle and Environs."

> 강은 흘러가나니. 이브와 아담 교회를 지나고, 해안의 변방을 벗어나서 만의 만곡까지, 회환의 광순환촌도 가까이로 하여, 호우드H 성C과 주원 E까지 우리들을 되돌리도다.

《피네간의 경야》는 독서가들 사이에서 난해하기로 악명 높은 책의 목록 중에서 선두 자리를 내놓은 적이 없다. 난해한 책의 기함flag ship이자 바이블이다. 아니, 책이라기보다는 암호문이라고 해야 옳을지도 모르겠다. 얼마나 어려운지 1939년에 나온 초판에서 오류와 실수가 너무 많아 1941년에 사망한 제임스 조이스 자신이 그의 생애 최후 2년을 초판의 오류를 수정하는 데 바쳤다고 해도 과언이 아니다. 그렇기 때문에 이 책의 난해함에 지쳐서 자신을 자책할 필요는 전혀 없다. 옥스퍼드 대학교의 영문과 교수조차 이 책의 난해함에 손을 들고 '읽을 가치가 없는 책'이라고 치부해버렸으니까 말이다. 그러나 물론 이 책을 끝까지 다 읽고 즐긴 사람이 '있기는 하다'.

그렇다면 아마도 영어로 쓰인 책 중에서 가장 난해한 이 책을 읽을 만한 값어치는 어디서 찾을 수 있을까? 그것은 아마도 단어 하나하나가 깊고 다양한 함축적인 의미를 가지고 있다는 데서 찾을 수 있을 것이다. 어떻게 보면 무의미하게 반복되는 단어와 숫자 들이 다양하게 해석 가능한 깊은 함축적인 의미를 가진다는 것에 이 책의 위대함이 존재한다. 제임스 조이스는 소위 '의식의 흐름'에 의해서 글을 전개해나가고 또 그 자신이 새로운 단어를 만들어가며 책을 썼기 때문에 내용을 이해하기 쉽지 않다. 세상을 살다 보면 괴물 같은 사람이 참 많다. 웬만한 사람들은 읽기에도 악몽 같은 이 책을 김종건 교수는 무려 번역까지 했다. 김종건 교수는 국내 제임스 조이스 연구의 최고 권위자이므로 국내에 출간된 제임스 조이스의 저서 대부분이 김종건 교수의 번역임은 당연한 일이다.

이 책에 대한 재미있는 뒷이야기는 이 책이 독서 관련 커뮤니티에서 '초짜 길들이기'의 수단으로 이용된다는 사실이다. 진지하게 독서해보겠다는 뜻을 세우고 이곳저곳 독서 관련 커뮤니티를 기웃거리는 독자가 기존 회원들에게 던지는 질문은 늘 대동소이하다. 쉽고 재미있는 책을 추천해달라는 다소 성의 없는 질문인데, 이런 무성의한 질문에는 고수들이 답변으로 《피네간의 경야》를 추천하기 십상이다. 물론 특별한 설명이나 추천의 이유도 덧붙이지 않는다. 고수들이 추천하는 성의에 감격한 초심자들은 냉큼 주문을 넣고 이 책을 손에 쥔다. 그 이후의 상황은 누구나 상상이 가능한 대로다.

내 서재에도 역시 제임스 조이스의 작품인《율리시스》의 원서와 번역서가 자리 잡고 있는데, 두 권 모두 '허세'에서 비롯한 구매였다. 이 책을 사놓고도 한동안《율리시스》란 제목을 '율리시즈'라고 잘못 알고 있었을 정도로 제대로 읽어본 적이 없었고, 따라서 완독하지 못했다. 그런데 어느 날 우연히 인문학을 전공한 캐나다 사람이 내 서재를 방문해서 책꽂이에 꽂힌《율리시스》를 보고 적잖이 충격을 받았나 보다. 그에게 서재에 꽂힌 책은 곧 읽은 책을 의미했던 모양인지 그는 나를 자연스럽게《율리시스》를 읽은 남자로 부르기 시작했다. 내 입장에서 보자면 굳이 읽은 책이 아니고 '그냥 읽다가 포기한 책'이라고 말해 한심한 눈초리를 받아야 할 이유는 없었다. 덧붙여서 나는 그에게 제임스 조이스에 대해 아는 사실 두 가지, 즉 그는 책에서 '의식의 흐름' 기법을 사용했고 더블린 출신이라고 말했는데 그것만으로 그는 카운터펀치를 맞고서는 내가《율리시스》를 읽었다고 확신한 모양이다. 그 이후로 그는 나를 자신의 친구에게 소개할 때 항상 이렇게 말했다. "이봐, 이분은《율리시스》를 읽었어."

"I was born in the Year 1632, in the City of York, of a good Family, tho' not of that Country, my Father being a Foreigner of Bremen, who settled first at Hull; He got a good Estate by Merchandise, and leaving off his Trade, lived afterward at York, from whence he had married my Mother, whose Relations were named Robinson, a very good Family in that Country, and from whom I was called Robinson Kreutznaer; but by the usual Corruption of Words in England, we are now called, nay we call our selves, and write our Name Crusoe, and so my Companions always call'd me."

나는 1632년 요크 시에서 태어났다. 우리 집은 훌륭한 가문이었다. 하지만 처음부터 그곳에 살았던 토박이는 아니고, 아버지는 독일 브레멘 출신의 외국인이었다. 무역업으로 꽤 많은 재산을 축적한 아버지는 어머니와 결혼하고서부터 요크에서 살기 시작했다. 어머니는 로빈슨 집안 출신으로 그 지역에서 상당히 훌륭한 가문의 딸이었다. 그래서 내 이름도 어머니 집안의 이름을 따서 로빈슨 크루소라고 불리게 되었다.

이 첫 문장을 보면서 재미있는 사실을 발견했다. 어린 시절 찬물에 밥을 말아 먹으면서 시간 가는 줄 모르고 몰입했고 내 어린 시절의 독서 생활을 대표하는 저자 마크 트웨인Mark Twain, 1835~1910의 자서전의 첫 문장은 이렇다.

"나는 1835년 11월 30일 미주리 주 몬로 카운티의 플로리다에 있는 한 마을에서 태어났다."

두 작가의 첫 문장이 몹시 비슷하다.

나는 어린 시절 《로빈슨 크루소》를 통해 무인도에서 생존하는 방법을 배웠는데 요즘 아이들은 영어의 밀림 속에서 생존하는 방법을 배워야 하는 상황이 안타깝다. 《로빈슨 크루소》는 아마도 흔히 아동용 책으로 오해받는 책 중 하나임이 분명하다. 게다가 이 책을 단순히 모험 소설로만 아는 독자가 많은데 19세기 후반 브라질에서 아프리카로 향하던 중 카리브 해의 무인도에 난파된 한 남자의 모험담만 그리는 것이 아니라, 그 내면으로는 기독교적 사상이 강하게 내포되어 있고, 인생의 근본이 되는 물질과 인생관을 되돌아보게 하는 면이 많다. 확실히 고전은 여러 번 읽어야만 그 참의미를 알고 또 다양한 해석으로 바라보는 시선을 즐길 수 있다. 단순히 모험 소설로만 읽고 그치기에는 아까운 소설이며 경제 이론이라든지 종교관 그리고 당대의 난파선에 대한 실제 상황이 소설에 가득 담겼다. 좋은 아동용 책이라고 해도 무방하지만 대학의 영문과 수업의 교재로 사용하는 편이 더 이상적이다. 덧붙이자면 이 책은 주인공 크루소가 농작물과 먹거리를 수확하고 관리하는 내용을 통해서 경제학적 개념을 익히는 데도 도움이 된다. 말하자면 경제학 교과서로도 읽힌다.

"You don't know about me without you have read a book by the name of The Adventures of Tom Sawyer; but that ain't no matter."

《톰 소여의 모험》이라는 제목의 책을 읽어보지 않은 사람은 아마 나에 대해 잘 모를 겁니다. 하지만 그것은 그리 중요하지 않습니다.

《허클베리 핀의 모험》은 《로빈슨 크루소》와 함께 어린 시절 가장 재미있게 본 책이다. 물론 완역본이 아니라 어린이용 각색 버전이 었는데 그 당시 내 모험심을 자극했고 주인공과 동일시되어 마치 친구라고 느껴졌다.

마크 트웨인은 소설을 집필하면서 펜이 아닌 타자기를 사용한 최초의 작가답게 첫 문장도 파격적이고 유머가 다분하다. 그는 자서전의 앞부분에서 자신이 태어남으로써 100명 정도인 자기 마을의 인구 비율에 1퍼센트를 더했다는 표현을 했는데 과연 유머를 사랑하는 미국의 작가답다. 무려 열일곱 번의 구애와 퇴짜를 반복한 끝에 결혼에 성공한 그는 애처가가 되었고, 이후 병을 앓아 움직이지 못하는 아내를 위해 집 마당의 모든 나무에다 "새들아! 울지 마라! 내 아내가 이제 막 잠들었어!"라는 문구를 붙여두었다고 한다. 나의 어린 시절을 모험과 스릴로 가득 채워준 마크 트웨인이 몹시 고맙고 존경스럽다.

"Aujourd'hui, maman est morte."

엄마가 오늘 죽었다.

이 책만큼은 주제를 아름다운 첫 문장이 아니라 유명한 첫 문장으로 바꿔야겠다.

한국에서 유교적인 색채에 가장 많이 물든 집안에서 태어나 그 운명을 짊어지고 살아야 할 장손인 내게 가장 충격적이었던 첫 문장이었다. 나의 어린 시절에는 요즘처럼 상례喪禮가 형식보다는 고인을 떠나보내는 슬픔을 표시하는 마음이 더 중요하고, 사후보다는 생전의 사소한 보살핌이 더 중요하다는 개념이 정착되지 않았기 때문에 그 충격은 더했다. 어린 시절 어머니와의 가장 무서운 추억이 깊은 낮잠에 빠진 어머니가 영원히 잠든 것은 아닐까 착각한 일이었던 나인데, 어머니의 죽음을 마치 전혀 알지 못하는 사람의 사망처럼 기술하고 생각하는 주인공의 서술에 놀라지 않았겠는가? 하지만 이 첫 문장은 카뮈의 전통과 관습에 대한 저항을 적나라하게 잘 보여준다. 《이방인》의 첫 문장은 자동차 사고라는 비극적인 죽음을 맞은 저자 자신의 운명을 점치기라도 한 듯한 느낌을 준다.

"In my younger and more vulnerable years my father gave me some advice that I've been turning over in my mind ever since."

지금보다 어리고 상처받기 쉬웠던 시절, 아버지가 내게 충고 한마디를 해주셨는데 나는 아직도 그 말을 마음속 깊이 간직한다.

1920년대 황금만능주의가 극에 치닫던 미국을 배경으로 신분을 뛰어넘는 사랑을 다룬 책이다. 이미 영화로 세 번이나 제작되었고 세계적인 인기를 얻은 베스트셀러라 국내에서도 많이 회자되는 고전 중 하나다. 신분을 뛰어넘는 사랑이라는 극적인 소재와는 달리 의외로 지루하고 난해한 이 소설이 국내에서 폭발적인 인기를 누리는 데는 다소 엉뚱한 이유가 있다. 국내에서 이상할 정도(?)로 젊은 여성 독자들에게 인기를 구가하고 있는 무라카미 하루키村上春樹, 1949~의 대표작 《상실의 시대》에서 주인공 와타나베의 대학 선배가 "《위대한 개츠비》를 읽는다면 내 친구가 될 자격이 있는걸"이라 말했고, 이 말은 무라카미 하루키와 친구가 되려면 《위대한 개츠비》 정도는 읽어야 한다는 소문으로 확산되었다. 개인적으로 무라카미 하루키의 대표작은 단연 《상실의 시대》라고 생각한다. 원제가 '노르웨이의 숲'이지만 국내에서는 다양한 제목으로 번역되었는데, 하루키가 한창 인기를 구가할 때 '개똥벌레'라는 제목으로도 출간되었고 최근에는 민음사에서 '노르웨이의 숲'이란 원제로도 출간되었다. 일본에서의 사정은 어떤지 모르겠지만 아마도《상실의 시대》가 한국에 미친 가장 큰 영향은《위대한 개츠비》의 선풍적인 인기를 이끈 점이라고 할 수 있다.

어찌 됐든 하루키의 추천 아닌 추천으로 이 책을 읽은 국내 독자들은 왜 이 소설이 미국의 가장 위대한 소설 중 하나로 추앙받는지, 또는 이 책의 무엇이 그토록 하루키를 매료했는지 의문을 많이 가졌고 심지어 하루키에게 '낚였다'라는 불평을 하기도 했다.

예전에《위대한 개츠비》를 이미 한 번 읽었고, 하루키가 의도하지 않은 오로지 출판사의 마케팅 전략에 혹해 다시 한 번 읽었지만 선뜻 명작을 읽은 후의 카타르시스를 느끼긴 힘들었다. 낭만적이고 매력적인 플롯의 전개와 독립적이고 독특한 개성을 가진 주인공들, 걸출한 배경 전개, 그리고 무엇보다 독자의 생각과 개성에 따라 자유롭고 다양한 해석이 가능한 함축적인 표현 등은 이 소설을 명작 소설의 반열에 올려놓기에 부족함이 없다.

찰스 디킨스 　　　　　　　　　📖 **두 도시 이야기**

"It was the best of times, it was the worst of times, it was the age of wisdom, it was the age of foolishness, it was the epoch of belief, it was the epoch of incredulity, it was the season of Light, it was the season of Darkness, it was the spring of hope, it was the winter of despair."

최고의 시대이며 최악의 시대였다. 지혜로움의 시대였으며 바보 같은 시대이기도 했다. 신뢰와 불신이 교차했으며 빛과 어둠이 공존하는 시대였다. 희망의 봄인 동시에 좌절의 겨울이었다.

이 책이 말하는 사랑은 비극적이며 아름다웠다. 개인적으로 훔치고 싶은 고전의 첫 문장을 고르라면 이 문장을 선택하겠다. 이런 역설적인 문장이 좋다. 이런 운율이 있는 문장이 좋다. 그의 현란한 어휘와 뛰어난 구성은 그의 소설을 읽는 독자들을 열렬한 팬으로 만들기에 충분하다.

작가는 자신이 직접 체험한 가혹한 밑바닥 생활을 자신의 저서에 반영함으로써 큰 반향을 일으킨다. 찰스 디킨스야말로 문학을 통해서 사회를 변화시킨 좋은 예인데 그의 밑바닥 생활에 대한 생생한 묘사 덕분에 당시 밑바닥 생활을 하는 사람과 학대받는 아동을 위한 기부와 자선 활동이 크게 늘었다. 펜이야말로 세상을 움직이는 큰 힘이라는 명제를 잘 확인시켜준 인물임이 틀림없다. 문필가는 절대 나약하지 않다.

레이 브래드버리   📖 **화씨 451**

"It was a pleasure to burn."

불태우는 일은 유쾌하다.

　이렇게 무섭도록 책 내용을 대변하는 첫 문장이 또 있을까 싶다.
레이 브래드버리Ray Bradbury, 1920~2012는 국내에서 《화성 연대기》로
잘 알려진 작가로, 그의 또 다른 책 《화씨 451》은 과학 문명의 발달
로 물질적인 가치와 육체적 쾌락만이 득세하고 독서마저 불법으로
간주된 세상에서 정신적인 가치를 되살리려는 사람을 그린다. 이
책은 읽기에 매우 불편한 책이다. 물질적인 가치만을 추구하는 오늘
날의 우리를 너무 닮았기 때문이다. 레이 브래드버리는 50여 년 전에
이 책을 썼지만 현재의 우리 모습을 거의 정확하게 예측했다. 50년
전만 해도 이 책은 SF였지만 지금은 지극히 리얼리즘에 가까운 작
품이 되어버렸다. 우리가 부주의하게 과학 기술을 다룬다면 가까
운 장래에 정신적인 가치가 소멸될 가능성이 없지는 않다. 기술은
무섭도록 빠른 속도로 진화하지만 교육과 사려 깊은 사고의 진보
는 느리게 발전한다. 레이 브래드버리가 독서를 통해서 앞날을 내
다보는 뛰어난 식견을 가진 작가가 되었듯이 우리는 독서를 통해
서 깊은 통찰력을 키워야 한다. 그래서 책이 불태워지는 세상의 도
래를 막아야 한다.

"境の長いトンネルを抜けると雪国であった."

국경의 긴 터널을 빠져나오자 눈의 나라였다.

이 세상의 그 어떤 것도 이 첫 문장만큼 일본어를 공부해야겠다는 강한 욕구를 일으키지 못했다. 아마 일본 고전 문학을 대표할 만한 이 소설은 복잡하고 잘 짜인 줄거리보다는 서정적이고 시각적인 이미지를 뛰어나게 잘 표현했기 때문에 유명한데, 이야기가 마치 정갈한 한 폭의 수묵화를 보는 것 같다. 사물이 복잡하게 많이 그려진 그림이 아닌 온통 눈에 덮인 산에 외로이 서 있는 소나무 한 그루만 그려진 그림 같은 소설이다. 읽는 소설이 아니고 보고 듣는 소설이라고 해야 할 이 책을 생각하면 번역의 중요성과 가치를 더욱더 실감한다. 이런 책 때문에 역시 문학은 원어로 감상해야 제 맛을 느낀다는 말이 더욱 설득력을 얻는다. 참고할 만한 것은 이 문장에서 사용되는 국경은 나라간의 경계만을 뜻하는 우리말과는 달리 일본에서는 국경이 지방의 경계로도 사용된다는 점이다. 따라서 설국에 첫 문장에 나오는 국경은 군마 현과 니카타 현의 경계를 말한다. 또 소설 제목이 설국이니까 당연히 눈으로 유명한 홋카이도가 소설의 무대라고 생각하기 쉬운데 니카타 현을 무대로 그린 소설이다.

"Als Gregor Samsa eines Morgens aus unruhigen Träumen erwachte, fand er sich in seinem Bett zu einem ungeheueren Ungeziefer verwandelt."

어느 날 아침 그레고르 잠자가 꺼림칙한 꿈에서 깨어났을 때 그는 침대 속에서 한 마리의 기괴한 해충으로 변해 있는 자신의 모습을 발견했다.

우리가 〈변신〉을 편안한 마음으로 읽지 못하는 이유 중 하나는 현대인의 불안과 걱정을 잘 묘사하기 때문이다. 뒷맛이 우울하고 음울한 이 소설이 고전의 반열에 오른 원동력은 혼돈의 시대를 살고 있는 현대인의 동질감 덕분이다. 주인공 그레고르 잠자가 자신의 의지로 변신하지 않고, 어느 날 자기도 모르는 사이에 변신을 당한 것처럼 현대인도 자신의 의지로 변신하기보다는 무시무시한 생존 경쟁에 치여 변신당해야 하는 처지에 놓였다. 남의 일로만 볼 수 없는 주인공의 비극이 현대인에게 공감을 얻는다. 허무하다고 느껴지기도 하지만 다양한 생각거리를 던져주고 이런 것이 현대소설이구나라고 느끼게 해주는 소설이다.

"В начале июля, в чрезвычайно жаркое время, под вечер, один молодой человек вышел из своей каморки, которую нанимал от жильцов в С-м переулке, на улицу и медленно, как бы в нере шимости, отправился к К-ну мосту."

유난히 무더운 7월 초순의 어느 날 저녁 무렵, 한 젊은이가 자신이 하숙 하는 S 골목의 셋집에서 거리로 나와 어쩐지 좀 주저하는 걸음걸이로 천천히 K 다리를 향해 걷기 시작했다.

《죄와 벌》만큼 한국인에게 친숙한 서양 고전도 드물다. 모두가 잘 아는 고전이라고 착각하기 때문에 고전 읽기를 시작할 때 선택하 는 경우가 별로 없다. 그러나 확신한다. 《죄와 벌》은 '완역본을 왜 더 빨리 읽지 않았을까?'라고 가장 크게 후회하는 고전이다. 게다 가 생각보다 훨씬 재미있는 고전이다.

웬만한 독자들은 단순히 소설을 '라스콜리코프'라는 가난한 러 시아의 대학생이 전당포의 노인을 잔인하게 살해하는 내용으로 알 고 있지만 사실 이 내용은 소설 전체의 4분의 1에 지나지 않으며 나머지 분량은 범죄에 대한 심리적이고 철학적인 분석에 할애한 다. 이렇듯 이 소설을 위대하다고 말하게 만드는 이유가 바로 범죄 를 저지른 사람에 대한 놀랍도록 정확하고 냉철한 정신학적 분석 때문인 것이다. 저자 자신이 실제로 이러한 범죄를 저지르지 않고서야 어떻게 그토록 범죄자의 심리 묘사에 탁월할까 의문이 들 정도이니 오죽하겠는가. 모든 명작이 그러하듯이 《죄와 벌》의 등장인물들은 정형화되지 않은 각자 자신의 독특한 인생관을 가지고 있고, 서로의 인생관과 철학적인 투쟁을 통해서 더욱 성숙한 인격체로 거듭나고 있는데 책을 읽는 내내 그 과정에 압도된다.

러시아 소설을 읽을 때 우리나라 독자들이 겪는 가장 큰 애로는 아마도 장황하게 긴 러시아 이름과 많은 애칭일 것이다. 이름이 헷갈려서 앞 페이지를 수없이 넘기기도 하고 좀 더 열정적인 독자들은 아예 등장인물의 애칭과 관계를 그림으로 그리기도 한다. 다음은 러시아 소설에서 흔하게 접하는 이름과 애칭들이다. 러시아 소설을 읽을 때 유용하다.

예브게니야 – 제냐 – 제니치카   미하일 – 미샤 – 미신카

알렉산드르 – 사샤, 사냐, 슈라   블라디미르 – 볼로쟈, 보바

알렉산드라 – 알릭   드미트리 – 디마, 미챠

니콜라이 – 콜랴   이반 – 바냐 – 바니치카

라이사 – 라야 – 라예치카   표도르 – 폐쟈 – 페딘카

아나스타샤 – 나스챠, 아샤, 스타샤

"'박제가 되어버린 천재'를 아시오? 나는 유쾌하오. 이런 때 연애까지 가 유쾌하오."

한국에서 중·고등학교를 졸업한 사람이라면 이 문장을 모르기는 어렵다. 이 문장 하나로 우리도 첫 문장이 아름다운 고전이 있다는 자부심을 갖는다. 이상의 〈날개〉를 성인이 되어 읽고 나서야 고전은 새로 읽을 때마다 새로운 감동이 생긴다는 말을 이해했다. 중학교 시절 처음 〈날개〉를 접할 때는 칙칙하고 궁상맞은 책으로만 생각했는데 성인이 되어서 읽고 보니 역시 시대를 초월하는 천재성을 흐릿하게나마 느낀다.

'의식의 흐름'이라는 난해한 기법에 기반을 둔 소설이라는 추측이 있을 정도로 온갖 종류의 해석과 분석이 난무하는 이 소설은 의외로 잘 읽힌다. 이것이 작가 이상의 힘이다. 시대를 너무 앞서 간 천재였던 이상은 그 수명마저 앞서 가서 요절하고 만다. 그가 일찍 세상을 떠남으로써 한국 문학은 크고 긴 공백을 감수해야 했다.

"여름 장이란 애시당초에 글러서, 해는 아직 중천에 있건만 장판은 벌

써 쓸쓸하고 더운 햇발이 벌여 놓은 전 휘장 밑으로 등줄기를 훅훅 볶
는다."

이 소설을 읽었던 어렸을 때는 "달이 어지간히 기울어졌다"고 쓴
마지막 구절만 여운에 남았다. 그러나 나이가 들수록 첫 구절에서
애환과 공감이 더해진다. 이 한 문장으로 등장인물들의 고달프고
애처로운 삶의 애환을 생생하게 느낀다. 향토적이고 서정적인 언
어의 구사와 뛰어난 복선은 이 소설을 차라리 시라고 착각하게 만
든다. 사족을 덧붙이면 이 소설은 원래 '모밀꽃 필 무렵'이란 제목
으로 발표되었는데 표준어 규정이 바뀌면서 '메밀꽃 필 무렵'으로
정착했다.

• 〈메밀꽃 필 무렵〉의 무대인 강원도 평창군 봉평은 실제로 이효석의 고향이다. 이효석
은 자연 친화적이며 향토적인 글로 유명하지만 실제 그는 아침으로 버터와 빵, 커피를
즐겨 먹던 '모던뽀이'였다. 특히 그는 커피를 무척 좋아해 수필 〈낙엽을 태우면서〉에서
낙엽을 태우면 갓 볶은 커피 냄새가 난다고 쓰기도 했다.

Chapter.3

책으로 지식을 얻고 싶은 당신에게

아이들의 호기심을
채워주자

자식들에게 많은 재산을 물려주는 부모보다, 자식들의 엉뚱하고 천진난만한 질문에 막힘없이 대답해서 자식들이 "아하, 그렇구나!"라는 탄성을 자아내게 하는 부모가 더 부럽다. 가령 아이가 느닷없이 "학교는 왜 가요?"라거나, "엄마는 왜 일하러 가나요?"라거나, "피자만 먹고 살면 안 돼요?"라고 질문했을 때, "학교에 다녀야 훌륭한 사람이 된단다"라거나, "엄마가 일하러 가야 네게 멋진 옷을 사주지"라거나, "피자만 먹으면 살이 쪄서 안 돼"라고 대답해주면 아이의 호응과 깊은 공감을 받기 힘들다. 이런 대답은 오히려 대답하기 싫거나 할 수 없다는 우격다짐에 가깝다.

나만 해도 어린 시절, 시골에 사는 친구들끼리 우리 동네에 비가 오면 한 시간쯤 뒤에 반드시 서울에 비가 올 거라는 말도 안 되는 생각을 했다. 달팽이는 왜 비만 오면 스멀스멀 밖으로 기어 나오는지, 정말 땅을 파면 지구 반대쪽 나라에 도착하는지 등 호기심이 많았다. 물론 그 호기심을 해결해주는 어른은 드물었고, 직접 책을 찾아볼 정도로 부지런하지도 않았다. 정작 어른이 돼보니 내 아이에게조차 깨달음보다는 단답형의 정답만 알려준 경우가 훨씬 더 많지 않은가. 어린 시절 그렇게 호기심 많은 아이였던 내가 말이다. 아프리카에서는 한 명의 노인이 그 자체로서 박물관이라고 한다. 그러고 보면 아이들에게 깨달음을 주는 능력은 학습이나 독서보다도 많은 경험과 깊은 통찰력에서 나온다. 문제는 많은 경험을 하지 못했다고 해서 아이들의 호기심을 만족스럽게 채워주는 부모의 역할을 포기할 수 없다는 것이다. 모든 면에서 독서가 최선은 아니지만 차선으로는 부족하지 않다.

장 지글러 지음, 유영미 옮김   📖 **왜 세계의 절반은 굶주리는가?**
갈라파고스, 2007년

아이들과 엄마의 가장 큰 분쟁은 아마도 먹는 문제 때문이 아닐까? 부모가 원하는 만큼 먹지 않거나, 편식할 때 엄마들은 화를 내면서 "아프리카에는 굶어 죽는 아이들이 많은데, 이렇게 음식을 남기면 어떡하니!"라고 훈계한다. 그때 아이가 느닷없이 "아프리카 사람들은 왜 굶어?"라고 질문하면 어떻게 대답해야 할까? 요즘 아이들 입장에서는 세상에 굶는 사람이 존재한다는 사실이 이해가 안 될 수도 있다. 당연히 굶는 사람이 왜 있는지 궁금해할 수도 있다.

《왜 세계의 절반은 굶주리는가?》는 이런 아이들과 그 부모를 위한 책이다. 우리나라의 주요 언론은 굶주리는 비참한 상황만을 보도하지, 왜 그들이 굶주려야 하는지에 대한 설명은 충분히 하지 않는 경우가 많다. 서방의 언론도 마찬가지다. 그들은 기아에 관한 많은 중요한 사실을 애써 무시한다.

놀랍게도 현재 지구의 농업 생산력으로는 지구 인구의 두 배인 120억 명까지 먹일 수 있다. 왜 배부른 서구인들은 유명 인사의 반려동물에는 호들갑을 떨면서 8억 5,000만 명의 굶주림에는 무관심할까? 서구인 중에는 지구의 지나친 인구 증가를 경계해서 기아로 인한 죽음은 인구의 조절을 위해 필요한 희생이라고 보는 사람도 존재한다. 이런 이론은 어디서 시작되었냐고? 토머스 맬서스가 인구는 기하급수적으로 늘어나는데 식량 생산은 산술급수적으로 늘어난다는 소위 인구론을 주장하면서 이 나쁜 이론은 시작되었다. 맬서스의 《인구론》은 출간 당시뿐만 아니라 현재에도 막강한 영향력을 행사하는데, 배부른 사람들이 굶주리는 사람들에게 느끼는 양심의 가책을 상당 부분 경감시켜주는 역할을 톡톡히 해낸다. 오래전 나의 한 지인은 아프리카와 아시아 사람들의 기아를 한탄하면서 왜 먹고살기 힘든 사람들이 자식들은 저렇게 많이 낳느냐고 목청을 높였다. 이런 식의 잘못된 사고방식은 기아 문제를 해결하는데 도움이 되지 못한다.

로버트 L. 월크 지음　　📖 **아인슈타인이 이발사에게 들려준 이야기**
이창희 옮김, 해냄, 2007년

나의 전작 《오래된 새 책》을 쓸 때는 주제가 '절판본'이니 더 이상 판매되지 않는 책들을 찾았는데, 반대로 이번에는 여러 책을 다루면서 혹시 이 책이 절판되었을까 걱정하게 된다. 이 책을 꼭 독자들에게 소개하고 싶은데 혹시 절판되었을지도 모른다는 불길한 예감이 들어 얼른 검색해보니 여전히 건재하다. 더욱이 내가 소장 중인 2001년의 개정판이 2007년 출간되었다니 더욱 기쁘다.

흔히 생활 속의 과학이라는 말을 쓰는데, 이처럼 과학은 우리의 생활 속에 있지 어디 다른 곳에 있다고는 생각하지 않는다. 우리의 모든 일상생활은 과학적이며, 모든 과학은 인간생활과 연관을 가진다. 추락하는 승강기가 지면에 충돌하기 직전에 펄쩍 뛰어오르면 다치는지 아닌지에 대해 아주 오랫동안 심각하게 생각했더랬다. 정답을 이야기하자면, 다치지 않기 위해서는 승강기가 추락하는 속도만큼 빠른 속도로 점프해야 하는데 인간의 능력으로는 불가능하다. 여기에서 우리는 뉴턴의 제3 운동 법칙을 배운다.

《아인슈타인이 이발사에게 들려준 이야기》는 이렇듯 누구나 한 번쯤 궁금했을 법한 질문과 답변을 담았다. 무거운 비행기가 하늘에 어떻게 뜨는지, 열대 지방에 자리한 높은 산의 정상은 왜 항상 눈으로 뒤덮였는지, 고약한 냄새를 맡을 때 그 냄새의 조각들이 코에 들어오는지, 지우개는 어떻게 연필 자국을 지우는지 등 살면서

• 아인슈타인은 상대성 이론을 발표해 현대 물리학에 지대한 영향을 끼친 이론 물리학
  자다. 그는 살아생전 이름을 널리 알린 천재 중 천재며 우리는 지금껏 그의 업적을 기
  린다.

  그런데 아인슈타인이 건망증이 심했다는 사실을 아는가? 언젠가는 아인슈타인이 기차
  를 타고 가던 중 부산스럽게 호주머니를 뒤져 차표를 찾았지만 도저히 찾을 수 없었다.
  이에 역무원이 설마 선생님 같은 분께서 차표를 사지 않았을 리 없다며 표를 찾지 않아
  도 된다고 말했지만 아인슈타인은 계속해서 주머니를 뒤졌다. 그러고는 이렇게 말했다.
  "차표를 찾아야 내가 어디로 가는지 알 수 있소."

궁금하지 않기가 차라리 어려운 질문들 말이다.

사실 어른들도 궁금해왔던 질문이 많은데 이런 어른들이 많다는 이야기는 그 어른들이 어렸을 적에 주위 어른이나 책을 통해서 그 궁금증에 대한 해답을 찾지 못했다는 반증이 된다.《아인슈타인이 이발사에게 들려준 이야기》는 아이뿐만 아니라 어른들에게도 필독서가 될 만하다.

허균 지음
돌베개, 2000년

📖 사찰 장식 그 빛나는 상징의 세계

돌베개 출판사에 나오는 책들은 모두 금쪽같다. 애초에 출판사 이름 자체가 일제하에서 학병으로 끌려갔다가 탈출해 광복군으로 활동했던 장준하 선생의 항일 투쟁 수기집《돌베개》의 이름을 따서 지었다고 하니, 그 출판사의 색이 참 또렷하다. 돌베개 출판사는 그간《감옥으로부터의 사색》,《백범일지》,《다시 쓰는 한국현대사》,〈답사여행의 길잡이〉시리즈 등 수많은 주옥같은 책을 냈다. 그중에서도《사찰 장식 그 빛나는 상징의 세계》는 돌베개의 출판 방향과 특징을 잘 보여주는 빛나는 저작이다.

아이들과 나들이를 갈 때 사찰만큼 자주 찾는 곳도 드물다. 나들이를 갈 때는 산 좋고 물 좋은 곳에 가기 마련이고 그런 곳에는 어김없이 사찰이 자리하기 때문이다. 오죽하면 우리나라 문화재의 80

퍼센트가 사찰과 연관되었다는 놀라운 통계가 나왔을까? 그렇지만 사찰에서는 딱히 아이와 부모가 할 말이 많지 않다. 사찰에 대한 지식이 부족한 부모나 아이에게는 솔직히 모든 사찰이 비슷해 보인다. 그럴 때 이 책이 큰 도움이 된다. 이 책은 한마디로 연꽃, 용, 물고기, 태극, 불단, 단청, 불상, 탑을 비롯한 사찰의 모든 상징물에 대해 상세히 설명한 책이다. 이 책의 내용을 숙지한 부모라면 아이들과 천천히 사찰을 거닐면서 온갖 상징물에 대해 온종일 이야기할 수도 있을 터다.

내가 평소 궁금하던 사찰 장식물은 태극이었다. 사찰과 태극은 뭔가 안 어울린다 싶었는데, 기실 태극은 원래 불교의 상징물이 아니고 성리학에 뿌리를 둔 상징물이기 때문이다. 내 짧은 생각으로는 우리나라 불교의 주요한 특징인 '호국 불교'의 차원에서 사찰에 태극 문양이 자리 잡았다고 생각했다. 알고 보니 태극이 지닌 융합과 하늘 아래 인간은 모두 평등하다는 불교의 교리가 잘 맞아서 불교에서 사용해왔다고 한다. 아무리 태극의 문양이 좋은 뜻을 지녔다고 해도 불교의 아량과 포용 정신이 없었다면 본디 성리학의 태극 문양은 사찰에 있기 힘들었다.

흥미로운 점은 사찰에서 흔히 보는 나무로 만든 물고기인데, 물고기는 알다시피 기독교의 주요 상징물이기도 하다. 기독교와 불교가 같은 상징물을 공유한다는 사실이 재미있는데, 기독교의 물고기는 예수 그리스도를 의미하는 데 비해 불교의 물고기는 다른 의미를 지닌다. 물고기는 죽을 때까지 절대 눈을 감지 않는데 이 때문에 수도자들은 항상 부지런히 수행해야 한다는 의미에서 물고기를 주요한 상징으로 삼는다.

석존의 존엄성을 나타내는 32길상의 면면을 잘 익혀두면 사찰 전문가의 행세도 가능하겠다. 발바닥이 편편하며, 장딴지가 사슴 다리 같으며, 몸매는 사자와 같은데 이가 총 마흔 개라는 등의 사실이 눈길을 끈다. 또 하나 주목할 만한 이야깃거리는 우리나라의 불탑은 2, 4, 6, 8의 짝수로 된 층은 없고 오로지 3, 5, 7, 9 등의 홀수 층만 있다고 한다. 이는 홀수를 좋아하는 고대 동양 특유의 음양오행 사상에 뿌리를 둔다.

제인 파커 레스닉 외 지음, 토니 탈라리코 그림, 곽정아 옮김, 삼성출판사, 2011년

📖 **젤 크고 재밌는 호기심 백과**

아이들을 위한 책인데 어른들이 읽어도 손색없다. 만약 자식들에게 이 책을 사줄 생각이라면 책을 건네기 전에 꼭 먼저 읽어봐야 한다. 왜냐하면 이 책을 읽은 아이들은 책 내용과 똑같은 질문을 주변의 어른들에게 퍼붓는데, 정답을 반 이상 아는 어른들은 많지 않기 때문이다. 가령 "과일과 채소는 어떻게 다를까? 얼룩말과 호랑이는 왜 줄무늬가 있을까? 바다와 대양은 어떻게 다를까? 거미는 거미줄에 왜 안 걸릴까?"와 같은 질문에 시원하게 대답해주는 어른은 그리 많지 않다.

이 책의 매력은 크게 두 가지다. 우선 동식물, 인간, 과학, 식품, 지리, 역사, 우주 등 다양한 분야의 739가지의 호기심거리와, 유머러스하고 아이들의 눈길을 확 끄는 삽화다. 모든 책이 그렇지만 특히 아이들을 위한 책은 삽화가 중요하다. 아무리 내용이 훌륭해도 책의 디자인이나 삽화가 시원찮으면 아이들은 금방 싫증을 내기 십상이라서 나는 딸아이의 책을 고를 때 항상 삽화를 유심히 살펴본다. 이 책에 대해 한 가지 아쉬운 점은 아무래도 원서를 번안한 책의 한계이긴 하겠지만 지나치게 서양 위주의 내용이 많다는 점이다. 어서 빨리 우리 출판계도 호기심거리가 잔뜩 담긴 책을 펴냈으면 좋겠다.

원유순 지음, 유영주 그림
대교출판, 2002년

📖 **개똥이 업고 팔짝팔짝**

아이가 어렸을 적에 좀 더 많은 책을 읽어주지 못하고, 좀 더 많은 이야기를 들려주지 못한 것이 늘 후회스럽다. 책을 읽어달라고 조를 때 좀 더 많은 책을 읽어주지 못해놓고, 아이가 중학생이 되자 오히려 책 좀 읽으라고 잔소리를 하니 스스로 참 한심하다는 생각이 든다.

아이들은 잠들 즈음에 뇌의 활동이 가장 왕성하다고 하는데, 내 딸아이는 잠들기 전에 내 어린 시절의 이야기를 듣는 걸 좋아했다.

잠들기 전 항상 이야기를 들려달라고 졸랐는데, 매일 새로운 이야깃거리가 있을 리 없다. 좀 더 부지런한 아빠였다면 평소에 다른 아빠의 어린 시절 이야기나, 동화책의 내용을 짜깁기해서 이야깃거리를 미리미리 준비해놓았겠지만 나는 그러지도 못해서 딸아이를 재울 때면 창작의 고통으로 머리가 아팠다.

아이들이 잠들기 전 이야기를 들으면 정서적으로 좋다고 한다. 아이들은 잠들기 전에 뇌 활동이 왕성해져서 아빠에게 들은 옛이야기의 효과가 매우 오래가고 숙면을 취하는 데도 도움이 된다. 그렇다고 천부적인 이야기꾼이 아닌 이상 매일 밤 새로운 재미있는 이야기나 어린 시절의 추억을 생각해내지 못한다. 그럴 때는 이 책을 들춰 보자. 《개똥이 업고 팔짝팔짝》은 흙냄새를 맡고 자라나지 못한 아이들에게 엄아 아빠가 보낸 어린 시절의 이야기를 들려준다. 사방치기와 땅따먹기 등 부모들이 어린 시절 즐겨 했던 놀이와 추억이 가득 담겼는데, 여기에다 자신의 추억을 조금 곁들인다면 아이들에게 최고의 부모가 되지 않을까?

소장 가치가 높은 책

소장용 책이란?

소장용 책이란 무엇인가? 소장용 책의 개념을 이해하기 위해서는 일반적으로 소장용 책이 읽기용 책과 반대되는 개념으로 쓰인다는 점을 생각하면 된다. 하지만 이 문장만으로는 아직 설명이 미흡하다. 읽기용 책과 반대되는 개념이라면 소장용 책은 '읽지 않는 책'이란 말인가?

서양에서는 소장용Collectible 책이란 대개 한정판이나 저자의 서명이 담긴, 또는 특별한 방식으로 제본해 호화 양장판으로 제작된 책을 말한다. 서양에서 말하는 소장용 책은 결론적으로 이베이에서 비싸게 팔리는 책이기 쉽다. 그들은 다분히 투자 가치가 높은 책을 소장용으로 인식하는 듯하다. 가령 1876년에 출간된 마크 트웨인의 《톰 소여의 모험》 초판본이나 버지니아 울프Virginia Woolf, 1882~1941의 저자 서명본, 또는 송아지 가죽쯤으로 만든 초호화 판본 등이 좋은 예다.

우리나라 독서계에서 말하는 소장용 책의 개념은 약간 다르다.

우리나라에서는 일반적으로 오래 두고 읽을 만한 책을 의미하며 주로 도서관이나 친구에게 빌려 읽거나, 한 번 읽고 다른 사람에게 줘버려도 크게 상관없는 책과 대비되는 책을 말한다. 우리나라에서의 이런 상대적으로 순수한 소장용 책의 개념은 주로 열악한 출판계와 독서계의 현실에서 비롯된다. 책 자체를 많이 읽지 않으니 책과 관련된 투자와 소장의 개념 자체가 희미하다.

어찌 됐든 독자 개인의 취향을 넘어 모든 독자에게 권할 만한 객관적인 의미에서의 소장용 책은 다음의 조건을 갖추어야 한다. 물론 투자 가치를 전혀 고려하지 않았다. 첫째, 소장용 책은 '그저 바라만 봐도 좋은' 책이다. 둘째, 자신의 연구나 공부 또는 독서 생활에 꼭 필요해서 늘 곁에 두고 참고해야 하는 책이다. 셋째, 앞으로 절판될 가능성이 높아서 나중에는 사고 싶어도 살 수 없을 가능성이 큰 책이다. 마지막으로 자신이 특별히 감동적으로 읽었다든지 특별한 추억과 연관이 깊은, 개인적인 인연이 스며든 책이다.

소장용 책은 누가 정하는가?

책을 좋아하는 독자들끼리는 "이 책 소장할 만한가요?"라는 질문을 많이 주고받는다. 이 질문은 크게 논의할 가치가 없다. 돈이 될 만한 책을 제외하면 '그저 바라만 봐도 좋은 책'은 사람마다 다르기 마련이다. 소장할 만한지 아닌지는 독자 개개인의 취향에 따라 모두 다르기 때문에 다른 사람에게 물어서는 안 되고 오히려 자기 자신에게 물어야 한다. 소장할 만한 가치를 다른 사람에게 묻는다면 마치 연애를 시작할 때 "이 사람을 좋아해도 될까요?"라고 다른 사람에게 묻는 격이 된다. 누군가를 좋아할 때 아무도 그런 질문을 하지 않으면서 왜 자신과 평생을 함께할 책을 살 때는 다른 사람에게 묻는 걸까? 물론 "이 책을 사두면 나중에 비싸게 팔 수 있을까요?"는 유용한 질문이고 전문가에게 문의할 만한 중요한 사안이다.

또 하나 중요한 점은, 오랫동안 곁에 두고 읽을 책은 읽기 전에 정하지 않고 읽고 나서 정해야 한다는 점이다. 일단 만나봐야 끌리는 사람인지 아닌지 판가름할 수 있듯이 책도 직접 만나서 겪어봐야 소장할 만한지 아닌지 여부를 결정하지 않겠는가? 객관적인 소장용 책은 나름의 기준이 존재하지만 주관에 의한 소장용 책은 각자의 판단과 취향에 달렸다.

유일한 번역본이 아닌 여러 출판사에서 출간한 번역본 고전은 소장하기에 그리 매력적이지 않다. 문학 전집의 경우 대부분 고전인데 고전은 인류가 존재하는 한 언제나 '새 시대에 맞는' 번역본으로 서점에 나온다. 1950년대에 번역된 《죄와 벌》을 읽는 사람은 거의 없다. 또 굳이 소장하지 않더라도 다른 사람들의 집에 고전이 많이들 있으니 빌려 읽으면 된다. 최신 버전으로 읽으면 더 좋다. 번역의 질도 사실상 시간이 지나면서 더욱 진화하고 정확해지지, 웬만해서는 퇴보하지 않는다. 고우 스님의 말을 되새겨볼 만하다. "물품을 반드시 한 질로 갖추어야 한다고 생각하는 것은 정취를 모르는 사람들의 이야기다." 소장용이라고 해서 반드시 전집을 갖추어야 할 필요는 없다. 때로는 미완성이 더 아름다운 법이다. 그러나 나는 인문학 서적은 가급적 전집으로 갖추는 욕심을 여전히 포기하지 않는다.

조르주 뒤비 · 필립 아리에스 외 엮음   📖 **사생활의 역사**
김기림 외 옮김, 새물결, 2002년

2002년에 전체 다섯 권 중 1, 3, 4권이 먼저 출간되었는데 이 자체만으로 출판계에 큰 반향을 일으킨 책이다. 무척 소장하고 싶었지만 4만 3,000원이라는 가격이 너무 비싸서 침만 삼켰던 기억이 생생하다. 다섯 권의 총 분량이 5,000여 쪽에 달하는 대사업답게 기획에서 출판에 이르기까지 총 10년이 소요되었다. 2,000년에 이르는 인류 역사를 왕조나 정치, 경제 위주가 아닌 인간 개개인의 삶을, 소수의 인물이 아닌 우리 모두의 역사를 상세하게 다뤘다는 점에서 충분히 기념비적인 작업이었다는 평가를 받을 만하다. 새물결 출판사에서 번역을 서두르지 않고 신중하게 진행한 일은 매우 칭찬할 만하다.

우리나라 독자가 이 책에서 주의해야 할 점은 제목에 '사생활'이라는 단어가 들어간다고 해서 오늘날 보통 인식되는 의미, 즉 '남에게 노출하기를 꺼리는 은밀한' 사생활을 의미하지는 않는다는 점이다. 이 책에서 말하는 사생활이란 '개인의 일상적인 삶'을 의미하지, '숨겨진' 사생활을 뜻하지는 않는다.

좀 더 자세히 말하면 초기 로마 제국에서부터 20세기 후반까지의 개인적인 신념, 가치관, 생활 습관 등의 변화 과정을 세밀하게 담은 책이다. 또한 이 책의 주요한 자랑거리 중 하나가 '눈을 위한 축제'라는 별명이 붙을 만큼 삽화나 사진 자료가 풍부하다는 점이다. 애초에 일반인을 대상으로 쓴 책이기 때문에 전문 학술 도서로서 참고 자료가 되기는 어렵지만 대중에게는 개인 생활의 역사를 알려주는 좋은 선택이다. 책의 서술 자체가 난도가 높지 않고 역사에 대한 깊은 이해나 지식이 필요 없기 때문에 일반인 교양서로는 부족함이 전혀 없다. 다만 우리나라 독자의 입장에서 보면 주로 서양에 관한 이야기이기 때문에 아쉬움이 많다. 이 책은 서양 위주의 역사를 기술하다 보니 프랑스에서는 20만 부 이상 팔려나갔지만 우리나라에서는 스테디셀러의 반열에 올랐다고 보기 힘들다.

그래도 미처 번역이 완료되기 전에 먼저 출간한 1, 3, 4권이 절판될 거라는 어이없는 루머가 돌았는데 절판 없이 번역을 완료해서 독자의 선택을 기다리고 있다는 사실은 참 다행스럽고 고마운 일이다. 개인적으로 이 책의 원서를 구입해서 번역본과 비교하면서 읽었는데, 번역 전문가는 아니지만 번역의 질이 우수해서 즐겁게 읽었다.

1996년 한길사 창립 20주년을 맞아서 화이트헤드Alfred North Whitehead, 1861~1947의 《관념의 모험》을 시작으로 '인류의 지적 유산을 모두 집대성하는 인문학 고전 시리즈'를 만들어가겠다는 야심 찬 기획을 가지고 시작된 대사업이다. 책을 펴내겠다는 표현보다는 '건설'해나가겠다는 표현이 더 적합하다. 마치 130년 이상 건설 중인 스페인의 사글라다 파밀리아 대성당과 비견될 만한 지적인 대공사라고 해도 무방하다.

독자의 입장에서나 우리나라 전체 문화계의 발전을 위해서라도 한길사가 초심의 계획을 포기하지 않고 꾸준히 책을 출간해 현재까지 130권의 저작을 펴내가고 있다는 사실만으로도 무척 다행스럽고 자랑스럽다. 1980년대 운동권 학생의 성서이자 역사관의 기둥이었던 《해방전후사의 인식》이 무시무시한 군사 독재 정권과 맞서 싸웠다면 〈한길그레이트북스〉 시리즈는 척박한 독서 환경과의 힘겨운 싸움을 벌였다. 《해방전후사의 인식》이 판매 금지되는 고난을 겪었지만 결국 민주주의라는 대의를 성취했듯이 〈한길그레이트북스〉 시리즈도 극심한 출판계의 어려움을 이겨내고 목표로 하는 목록을 모두 채우기를 희망한다.

이 시리즈의 자랑거리는 우선 한글세대 독자의 눈높이와 취향에 맞도록 주로 30~40대 젊은 한글세대의 번역가를 대거 기용했다는 점이고 둘째, 고전 번역에서 가장 중요한 덕목, 즉 영어나 일어의 중역이 아닌 원전을 번역했다는 사실이다. 셋째, 원전이 난해하거나 전문 번역가가 없다는 이유로 오랫동안 완역되지 않은 위대한 고전을 처음으로 번역했다. 고전 분야에서 초역만큼 큰 자랑거리도 찾기 힘들고 출판사 입장에서도 큰 성과에 속한다.

가령 인류 최고最古의 성전으로 기록되는《우파니샤드》의 경우 중역이 아닌 산스크리트어를 6년간의 집요한 작업 끝에 완역한 일은 한국 번역사에 길이 남을 쾌거였다. 한길사가 없었다면《우파니샤드》는 현재까지 우리나라 독자에게 '세상에 없는 책'으로 남아 있을 터였다.

그 밖에 〈한길그레이트북스〉 시리즈 중에서 큰 화제와 인기를 불러일으킨 목록은 노르베르트 엘리아스Norbert Elias, 1897~1990의 《문명화과정》, 에릭 홉스봄Eric Hobsbawm, 1917~의 역사 3부작으로 불리는 《혁명의 시대》,《자본의 시대》,《제국의 시대》가 손꼽히며 가장 많이 팔린 목록은 C. 레비스트로스Claude Lévi-Strauss, 1908~2009의 《슬픈 열대》다.

📖 다수의 사진집들

소장한 책이 점점 많아지면서 이제는 책에 얹혀사는 형국에 이르자 모든 책을 다 내치고 아예 사진집만을 소장하는 사진집 전문 소장가가 되려고 한 적이 있었다. 사진집은 여러모로 소장할 가치가 충분하다. 우선 부담 없이 자주 펼쳐서 보게 된다. 또한 언어의 장벽이 거의 없어서 전 세계 모든 작가의 사진집을 마음껏 감상할 수 있다.

게다가 경제적인 가치를 굳이 따지자면, 집이 복잡해서 헌책방이나 장터에 팔 때 그나마 값어치를 인정받고 잘 팔리는 목록에 사진집이 포함된다. 제작 단가가 많이 들고 수요가 한정적이며 일반적으로 소량 판매되기 때문에 희소성을 가져서, 소수지만 수요는 항상 있는 편이다. 사진집은 일반적으로 장정이 매우 훌륭하고 '크고 아름답다'. 책의 장식적인 기능으로 봐도 사진집은 소장하기에 매우 훌륭하다.

만약 사진집을 소장하고 싶다면 풍경 위주의 사진집보다는 사람을 주제로 찍은 사진집이나 다큐멘터리 사진집을 추천한다. 다큐멘터리 사진은 메시지가 강렬해서 기억에 오래 남고 여운도 길다.

📖 각종 사전류

요즘 사람들은 종이 사전을 잘 사용하지 않는다. 사전 애플리케이션을 추천해달라고 말하지, 종이 사전을 추천해달라는 사람은 드물다. 심지어 영어 교사조차도 종이 사전보다는 스마트폰에 사전 애플리케이션을 넣어서 사용하기를 더 좋아한다. 오늘날 종이 사전이 사망 직전에 처한 이유는 간단하다. 사전은 들고 다니기에 무겹다. 그리고 검색어를 입력하면 단박에 해당 단어가 나오는 전자 사전에 비해 두툼한 책을 뒤져야 하는 종이 사전의 찾기 방식은 불편하다.

에어컨이 흔하다고 해서 부채가 없어지지는 않듯이 종이 사전의 위대함과 편리함은 영원히 죽지 않는다. 국어 교사 출신으로 교육 행정을 맡는 장학관이 된 분의 책상을 우연히 본 적이 있는데, 그분의 책상 위의 가장 중요한 자리를 차지한 물건은 다름 아닌 국어 사전이었다. 소설가 김훈이《흑산》을 쓰기 위해 산속에서 칩거하며 지냈다고 하는데, 나는 그분이 종이 사전마저 빠뜨리지는 않았으리라고 확신한다.

전자사전과 비교했을 때 종이 사전이 가지는 가장 큰 장점은 뜻밖에 그 편리함에 있다. 종이 사전이 휴대에 불편할 뿐 일단 한곳에 자리 잡으면 그 위력을 유감없이 발휘한다. 모르는 단어를 찾아볼 때 종이 사전은 해당 단어뿐만 아니라 한 번에 볼 수 있는 폭이 넓어서 그 단어의 다양한 용법뿐만 아니라 그 이웃하는 단어들의 정의도 금방 살펴보게 한다. 그에 반해 전자사전은 해당 단어의 뜻만 쉽게 검색되다 보니 그것만 금방 확인하고 전자사전을 툭 닫기가 쉽다.

사전의 가장 큰 용도가 단순히 '휴대'가 아닌 '정보'임을 감안하면 종이 사전의 장점은 더욱 도드라진다. 전자사전에서 찾는 정보는 이슬처럼 금방 사라지지만 종이 사전에서 얻는 정보는 땅속으로 스며들어 성장에 꼭 필요한 좋은 양분이 된다. 종이 사전을 찾아가면서 책을 읽으면 지루하고 속도가 느려지지만 적응이 되면 알게 된다. 종이 사전을 찾아가며 책을 읽는 경험이 얼마나 즐거운지.

국어사전은 워낙 평준화되었고 각기 장점이 있다. 다른 사전이 있을 뿐 나쁜 사전은 거의 없다. 그러니 출판사별로 국어사전을 선택할 일이 아니라, 오래 보는 책이니만큼 갈라지거나 파손되지 않도록 튼튼한 제본을 골라야 한다. 사전을 선택하는 데 있어서 중요한 기준 중 하나는 최신판이어야 한다는 점이다. 다른 분야는 몰라도 사전만큼은 절대 구닥다리여서는 안 된다. 최신의 사전을 골라야 한다. 최근에 발행된 사전이어야 새롭게 추가된 어휘와 용법이 반영된다. 말이란 항상 시대의 조류가 반영되며, 사전은 그 변화된 조류의 첨병임을 잊어서는 안 된다. 흔히 신세대들이 상대가 구세대임을 절감하는 순간이 그네들과는 맞지 않는 구시대의 맞춤법이나 어법을 보고 듣게 되는 순간임을 명심해야 한다.

사전을 선택할 때 마지막으로 강조하고 싶은 충고는, 같은 내용인데 굳이 값비싼 하드커버 버전을 살 필요가 없다는 점이다. 사전은 자주 들춰 보는 책이라서 하드커버를 사야 할 성싶지만 소프트 커버도 생각보다 잘 해지지 않는다. 비싼 돈을 들여서 하드커버 버전을 사기보다는 차라리 그 돈으로 다른 책을 한 권 더 사는 편이 낫다.

영영 사전도 종이 사전을 권하는데, 내가 아는 영어교육과 교수님은 취미가 영어 사전 모으기일 정도다. 취미에 품격이 있을 리 만무하지만 굳이 품격을 따진다면 참 품격 높은 취미 생활이라는 생각을 했었다. 영영 사전은 기본적으로 옥스퍼드나 롱맨이 보편적이고 무난하다. 나는 영어 어원에 관심이 많아서 개인적으로 웹스터 사전을 좋아한다. 웹스터 사전이 어원에 대한 설명이 많고 세밀해서 맘에 들기 때문이다. 개성이 강한 영어 사전으로는 단연 콜린스 사전을 꼽을 수 있다. 단어 설명이 독특하고 잘되었다는 평이 많은데 단어 설명에 주어, 동사가 동원되는 특이한 설명 방식은 호불호가 나뉘지만 대체로 이해하기 쉽고 재미가 돋보인다는 평이다.

책을 좋아하는 사람이 주목해야 할 특별한 사전을 살펴보자.

이상진 지음   📖 **토지 인물 사전**
마로니에북스, 2012년

누가 뭐래도 박경리의 《토지》는 분량으로 보나 문학사적 의의로 보나 한국의 대하소설을 대표한다. 무려 26년에 걸쳐서 집필되었고 200자 원고지 4만여 장에 이르는 분량에다 한 차례 이상 거명되는 인물만 해도 600명. 토지의 인물 사전이 특히 유용하고 꼭 필요한 이유는 박경리 소설의 특징 때문이기도 하다. 소설가 박경리의 《토지》는 막대한 분량을 통해서 많은 사건 전개가 이루어지고 600여 명의 인물이 등장하지만 단 하나의 사건이나 인물도 허투루 내버려두지 않았다. 이런 무서움이 박경리 소설의 자랑이기도 하고 우리나라 대하소설을 대표하는 힘이기도 하다. 600여 명의 인물들을 단 한 명도 의미 없는 조연으로 내버려두지 않고, 거대한 흐름에 촘촘히 이어 붙였다. 마찬가지로 독자들 역시 단 한 명의 인물도 그냥 쉽게 넘겨버리지 못한다.

이런 이유로 《토지 인물 사전》의 값어치는 빛난다. 박경리 소설을 더욱더 박경리 소설답게 만드는 소중한 저작이다. 다만 안타깝게도 《토지》 못지않게 등장인물이 많은 조정래의 《태백산맥》의 인물 사전은 아직 나오지 않았다. 소설가 조정래는 등장인물의 이름을 지을 때 주요 인물이 아니더라도 그 인물의 성향이나 성격 등까지 고려해서 작명하는 치밀함으로 소문난 작가라 더욱더 《태백산맥》 인물 사전의 출간이 간절하다.

토박이 사전 편찬실 엮음
보리, 2014년

📖 **보리 국어사전**

서점에 갔을 때 보리 출판사에서 나온 동화를 만나면, 나는 내 딸아이보다 더 반가워하고는 했다. 《보리 국어사전》은 '남녘과 북녘 초중등 학생들이 함께 보는'이라는 부제에 걸맞게 남북한 어린이의 눈높이에 맞는 4만여 개의 낱말을 담고 있는데, 그뿐만 아니라 어린이가 좋아할 만한 예쁜 세밀화가 무려 2,400여 점이 그려져 있다. 솔직히 말하자면 세밀화가 어찌나 훌륭한지, 글보다 먼저 눈이 갈 정도다. 심심할 때 펼쳐 보는 재미가 굉장하다.

또 우리 한글세대만 해도 이전 세대에게 배운 정겨운 우리말을 거의 알지 못한다. 이 책은 아이들뿐만 아니라 아이를 키우는 어른들이 꼭 들춰 봐야 할 필독서임이 분명하다. 인터넷으로 찾아보는 정보가 도저히 따라오지 못하는 장점을 가진다.

2008년 처음 출간되어 많은 상을 받고, 2014년에 개정 증보판을 새로이 출간했다.

박흥용 지음
바다그림판, 2007년

📖 **구르믈 버서난 달처럼**

참으로 무식하게도, 내 친구의 모바일 메신저의 대문 프로필로 '구르믈 버서난 달처럼'이란 말이 쓰여 있기에 나는 그 친구가 술에 취해서 오타를 남발했다고 생각했다. 얼마 뒤에 무식한 사람은 내 친구가 아니라 나였으며, '구르믈 버서난 달처럼'은 오타의 산물이 아니라 이준익 감독의 영화 제목이었다는 사실을 알게 되었다. 더불어 그 영화가 같은 제목의 만화를 원작으로 삼았다는 사실을 알게 된 순간 이 원작 만화를 구하기 위해 서둘렀다.

이 만화의 대단함을 강조하기 위해 화려한 국내외의 수상 경력을 나열할 필요는 없다. 만화《구르믈 버서난 달처럼》은 글이나 영화 등 다른 매체가 도저히 표현하지 못하는, 만화라는 장르가 지닌 장점이 잘 구사된 작품이다. 영화만 본 사람은 이 영화의 원작이 만화였다는 의외의 사실에 놀라겠지만, 정작 만화를 먼저 본 독자들은 만화라는 장르만이 표현 가능한 장면이 무수히 많은 데다 박홍용 화백만이 지닌 독보적인 표현 방법을 영화에서 구현 가능할지에 대한 강한 의구심을 품게 된다. 표현 매체를 따져 까다롭게 구분하자면 '그 영화의 원작 만화'가 아니고 '그 원작 만화의 영화'로 위치 정리가 되어야 마땅하다. 미술과 문학이 훌륭한 조화를 이뤘고 철저한 고증과 자료 수집을 바탕으로 한 작품이다. 게다가 작품에 임하는 작가 자신의 장인 정신이 덧붙여져서 소장용 만화로 손색이 없다.

피라미드

미로슬라프 베르너 지음, 김희상 옮김
심산문화, 2004년

피라미드에 관한 최고 권위자인 미로슬라프 베르너Miroslav Verner, 1941~가 피라미드를 수십 년 동안 연구해 쓴 책이다. 피라미드학學의 결정체라고 표현해도 이 책의 진면목을 충분히 말하지 못한다. 물론 이 책은 피라미드 건설에 관한 건축학적인 분석과 세밀한 구조 분석, 다양한 피라미드에 대한 상세한 설명이 주를 이루지만, 정작 이 책의 중요한 매력은 피라미드에 얽힌 역사, 종교, 예술과 관련된 자상한 배경 설명이다. 특히 이집트의 제례와 사자死者 숭배 풍습을 자세히 기술했는데, 고대 이집트도 시신 앞에서 곡哭하는 풍습이 있었다는 구절을 발견하고 적잖이 신기했다.

이 책은 피라미드 발굴에 관련된 재미있는 일화와 비화를 소개함으로써 역사에 관심 없는 독자의 시선도 사로잡는다. 또한 자세한 배경 설명과 함께 건축 설계도를 방불케 하는 상세한 삽화와 풍부한 사진 자료를 실어 내용의 이해를 높일 뿐만 아니라 이 책이 더욱더 대중적인 친화력을 갖추도록 도와준다. 말하자면 인문학적 감성이 가미된 피라미드에 관한 모든 면을 담은 책이다.

호르헤 루이스 보르헤스 지음   📖 **보르헤스 전집 1 : 불한당들의 세계사**
황병하 옮김, 민음사, 1994년

원래는 《피라미드》를 끝으로 소장 가치가 높은 책의 추천을 마무리 하려고 했다. 그러나 책장을 정리하면서 이중으로 배치된 책장의 앞쪽 책을 꺼내자 다소곳이 자리 잡은 《보르헤스 전집》을 발견하는 순간 간담이 서늘해졌다. 이 중요한 책을, 이 재미있는 책을, 많은 이에게 일생의 책으로 추앙받는 이 책을 빠뜨리는 실수를 할 뻔했으니 말이다.

우리나라 독자가 라틴 문학을 필요 이상으로 어렵게 생각하는 이유는 간단하다. 익숙지 않은 인명과 지명 때문인데 이 작은 난관만 잘 극복한다면 이 책은 엄청난 재미로 보답한다. 이 책은 제목처럼 전 세계적으로 악명 높은 악당을 소재로 한 아홉 편의 단편 소설을 묶은 책인데 보르헤스Jorge Luis Borges, 1899~1986는 평생 동안 오직 단편만을 썼다. 사실 직역하자면 '오욕의 세계사'로 불러야 하는 이 소설을 '불한당들의 세계사'라고 이름 붙인 번역가에게 경의를 표한다. 호기심을 자극하는 제목으로 라틴 문학이나 환상적 사실주의에 낯설어하던 많은 독자를 보르헤스의 세계로 인도했으니 말이다.

이 책은 포스트모더니즘 문학은 난해하다는 선입견을 가진 내가 손에서 단 한 번도 내려놓지 않고 완독하게 한 흡입력을 자랑한다. 이 책에 대한 가장 큰 칭찬은 아마도 라틴 아메리카 현대 소설을 공부하는 사람이라면 누구나 한 번쯤은 보르헤스의 소설을 자기 나라 말로 옮기고 싶은 욕구가 생긴다는 옮긴이의 말이 적합하다.

민음사는 보르헤스의 글들을 다섯 권으로 엮어 〈보르헤스 전집〉으로 출간했다. 《보르헤스 전집 1: 불한당들의 세계사》, 《보르헤스 전집 2: 픽션들》, 《보르헤스 전집 3: 알렙》, 《보르헤스 전집 4: 칼잡이들의 이야기》, 《보르헤스 전집 5: 셰익스피어의 기억》인데, 1권뿐만 아니라 다른 책들도 함께 읽길 권하고 싶다. 이 전집 가운데 2권과 3권은 민음사의 〈세계문학전집〉 시리즈의 《픽션들》, 《알레프》로도 출간되었다.

C. 더글러스 러미스 지음,
최성현 옮김, 녹색평론사, 2011년

📖 김종철 · 경제성장이 안 되면 우리는 풍요롭지 못할 것인가

이 책의 저자 더글러스 러미스C. Douglas Lummis, 1936~는 공동체와 생태가 경제 발전보다 더 중요하다고 생각한다. 저자는 이 책을 통해서 오늘을 살아가는 현대인이 가장 중요하게 생각하는 가치, 즉 '경제 개발'이 사실은 우리에게 풍요를 선물하지는 않는다고 꼬집는다. 도시 빈민이나 빈민가가 경제 발전이 덜 되어서 발생하는 문제이고, 생태의 보전은 경제 발전이라는 큰 목표에 잠시 뒤로 미뤄둬야 한다는 주장이 잘못된 생각임을 지적한다.

경제 발전을 최고의 선으로 생각하는 가치관이 나라 성장을 주도하면서 생기는 가장 큰 문제 중 하나는 '소규모 공동체', 즉 '마을'의 붕괴다. 불과 수십 년 전, 다시 말해서 경제 발전이 충분이 이뤄지지 못했던 시절에는 전교생이 무려 300명이 넘던 내 고향의 초등학교는 작년에 폐교되어 버렸다.

가끔 고향의 시골 마을에 들르면 동네의 입구에서 동네 뒤쪽을 통과할 때까지 동네 사람을 단 한 명도 만나지 못하는 경우가 태반이다. 마치 유령 마을 같다. 먼 과거까지 생각할 필요가 없다. 불과 25년 전 내 선친께서 본가의 아래채를 새로 지을 때만 해도 마치 동네에 작은 축제라도 열린 듯이 요란했다. 동네의 친인이 모두 모여 각자의 장기를 살려서 재료를 사 오고, 함께 일하며 시끌벅적한 즐거운 한때를 보냈다. 요즘은 아무리 시골이라도, 아무리 작은 집을 짓더라도 업자를 불러야 하며 같은 동네 주민이라도 일당을 쥐어 주어야 한다. '품앗이'라는 좋은 전통은 사라진 지 오래고 오직 '거래'만이 남았다.

보전할 만한 좋은 전통 사회는 모두 품앗이가 잘 살아 있다. 히 말라야 산맥의 고지대에서 부터 남태평양의 작은 섬에 이르기까지 대다수의 전통 사회는 모두 품앗이 전통이 그 사회를 지탱하는 힘이다. 전통 사회의 구성원이 도시로 빠져나가고 '시골 동네'가 사라지기 시작한 때는 당연히 우리가 '경제 개발'의 깃발을 높게 들었을 때다.

공동체의 붕괴는 물론이고 생태의 파괴 그리고 극심한 빈부의 격차는 경제 개발이 되지 않았기 때문이 아니고 경제 개발이라는 허울 때문에 발생한 문제들이다. 따라서 우리는 허울뿐인 경제 개발이 아닌, 생태와 환경 그리고 전통 사회의 보전과 보호를 우선시하는 진정한 경제 개발을 생각해야 한다.

이호숙 옮김
마로니에북스, 2009년

📖 **The Art Book**

중학생 시절, 미술 선생님께서 미술 전시회를 감상하고 소감문을 작성해 오라는 숙제를 내주셨다. 애초에 도시에서 문화적인 혜택을 받고 자라지도 않았고, 미술에 전혀 관심도 재능도 없었으니 전시회를 구경해도 무슨 소감이 있을 리가 없었다. 무슨 말을 적어 냈는지 전혀 기억이 없는데, 한 친구가 무척 잘 적어 낸 모양이다. 미술 선생님께서 그 친구의 소감문을 소리 내어 읽게 했는데 무슨 말인지는 모르겠지만 뭔가 대단한 감상문처럼 느꼈다. 그 친구의 감상문을 들으면서 어려운 수학 문제를 칠판 가득이 풀어내는 친구보다 더 대단하다고 생각했다.

아직도 명화가 우리 사회에서 이슈가 되는 경우는 대략 무슨 경매에서 최고가를 갱신했다는 뉴스 따위가 대부분이다. 아쉬운 대목이다. 그나마 다행스러운 점은 '오주석'이라는 걸출한 분이 《오주석의 옛 그림 읽기의 즐거움》을 통해서 우리 그림에 얽힌 재미있는 이야기를 풀어주었다는 점이다. 김홍도를 그냥 씨름꾼과 구경꾼을 그린 화가라고만 알던 나는 《오주석의 옛 그림 읽기의 즐거움》을 보고서야 비로소 김홍도의 그림을 제대로 읽는 눈을 가지게 되었다.

《오주석의 옛 그림 읽기의 즐거움》이 우리 그림을 소개했다면, 《The Art Book》은 중세에서 현대에 이르기까지의 서양화가를 총망라하는 친절한 안내서다. 이 책을 이야기하면서 독특한 '배열'을 먼저 이야기하지 않으면 안 된다. 화가에 대한 대부분의 소개서가 시대와 사조별로 화가를 묶어서 소개하는 방식을 취하는 데 반해 이 책은 화가 이름의 알파벳순으로 배열하는 파격을 보여준다. 사조나 시대별로 화가를 배치하면 아무래도 비슷한 화풍이 한데 몰려 그 화가만의 특징을 파악하기 힘든데, 알파벳 순서로 배치하니 중세의 화가와 르네상스 시대의 화가를 한눈에 보게 되어 그림을 감상하는 재미를 더욱 만끽할 수 있다. 그뿐만 아니라 해당 화가와 작품에 대한 간단한 소개는 미술을 좋아하는 사람이 항상 이 책을 옆에 끼고 다니고 싶어 할 만한 매력을 더한다.

김동춘 지음
돌베개, 2006년

📖 **전쟁과 사회**

아마 내 세대도 반공 교육의 철저한 대상이었나 보다. 초등학교 저학년 시절에 이미 나는 친구들에게 한국 전쟁의 시작과 결말에 맞추어 점령지의 변화를 간략히 브리핑하는 지식을 갖추었으니 말이다. 그뿐인가? 아이들끼리 놀아도 꼭 전쟁놀이를 했다. 국방군과 인민군으로 편을 나누어 당시에 유행하던 드라마 〈전우〉의 스토리와 비슷하게 총격을 벌이고 심지어 포로를 잡아서 고문까지 하는 전쟁놀이를 지겹도록 했더랬다.

김동춘의 이 책은 한국 전쟁을 누가 먼저, 왜 일으켰는가 하는 주제보다 대체 전쟁 기간 동안 무슨 일이 일어났으며, 우리가 이 전쟁을 통해서 얻은 교훈은 무엇인가에 초점을 맞췄다. 역사책에 간략히 '한강 철교를 폭파했다'라고 쓰인 사건도 《전쟁과 사회》를 읽으면 한강 철교를 폭파하면서 얼마나 많은 불쌍한 사람이, 얼마나 비참하게 아비규환을 겪으며 죽어갔는지 소상히 알게 된다.

그뿐만 아니라 그동안 남한에서 금기시되어왔던 국군과 미군에 의해 자행된 학살을 주목하며, 말로 표현하기 힘든 비참함을 생생히 전달한다. 전사자의 수치만 주목하는 기존의 시각과는 달리 '점령'과 '학살'에 주목하는 시각이고, 다른 현대의 전쟁과 마찬가지로 사실은 한국의 전쟁이 아닌 미국의 전쟁이었다는 의구심을 제기한다. 그래서 저자 김동춘은 '한국 전쟁'이라는 명칭 자체도 잠정적인 명칭으로 간주한다.

아이러니하게도 전쟁을 겪지 않은 세대와 군대를 다녀오지 않은 사람이 오히려 더 전쟁의 가능성을 점치고 위협하는 장면을 자주 목격한다. 전쟁에서 누가 이기고 지느냐를 따지는 일은 침몰하는 배 위에서 내기를 하는 일과 다르지 않다. 이기고 지는 전쟁이 아닌 모두가 비참한 모습의 전쟁을 제대로 봐야 한다. 완독하기에 정말 불편한 책이지만 그 불편함이야말로 우리가 이 책을 꼭 읽어야 하는 이유다.

김수영 지음, 이영준 엮음
민음사, 2009년

📖 **김수영 육필시고 전집**

헌책과 희귀본 수집가로서는 허탈한 경우라고 해야 할지, 다행이라고 해야 할지 헷갈리다가도 결국은 엉뚱하게 자존심이 상하는 경우라고 자백하게 되는 경우가 종종 생긴다. 이를테면 이런 경우다.《윤동주 자필 시고전집》이라는 희귀본을 알게 되었고 자연스럽게 그 책을 구하기 위해서 여러 경로를 알아보았지만 흔적도 찾지 못했었다. 단순히 희귀본 사냥꾼의 본능 때문에 그 책을 구하려고 백방으로 노력한 것은 아니었다. 저항 시인이자 일제에 의해서 희생당한 천재 시인의 자필을 구경할 수 있다는 매력은 그냥 지나칠 없으리만큼 매혹적이었다. 하지만 끝끝내 그 책을 구할 수 없었다.

희귀본 수집가로서는 자존심이 상하지만 독자로서는 행복하게도, 내게 전설로만 남을 줄 알았던 그 책을 뜻밖에 민음사에서 재출간해준 덕분에 잘 구경하고 소중히 소장 중이다. 그러니 '엄청난 책을 읽고 있다'며 《김수영 육필시고 전집》 이야기를 하는 지인의 말을 듣자마자 《윤동주 자필 시고전집》을 떠올린 일은 당연하겠다.

상업적으로 큰 덕을 보기 힘들겠지만 누군가는 꼭 해야만 하는 대형 프로젝트인 《윤동주 자필 시고전집》을 낸 민음사가 또 해주었다. 시인의 손때와 치열한 교정의 흔적을 고스란히 구경할 수 있는 육필 원고를 영인한 형식은 《윤동주 자필 시고전집》과 같지만, 그 장정이나 분량은 차이가 크다. 《김수영 육필시고 전집》이 훨씬 크고 장정이 호화스럽다. 사진집이나 화집이 아니면서 이렇게 장정이 크고 호화스러운 책은 쭉 책을 모아온 나도 거의 처음 본다. 《김수영 육필시고 전집》은 무려 700페이지가 넘고 306×320밀리미터의 큰 판형이라서 그런지 마치 김수영 시인의 원고 원본을 보는 듯한 생생함이 느껴진다. 판형을 크게 한 이유가 단순히 책을 고급스럽게 꾸미기 위해서가 아니라 김수영 시인의 육필 원고를 좀 더 생생하게 전달하고 싶었던 출판사의 의도라는 믿음을 갖게 한다. 15만 원이라는 엄청나게 비싼 가격 때문에 인터넷 서점 장바구니에만 넣어두었다가 몇 날 며칠을 고민한 끝에 결국 이 책을 구매했는데 몇 번을 생각해도 역시 잘한 일이었다.

"소장용 책이란 어떤 책을 말하는 것인가?"라고 누군가 묻는다면 다른 설명을 할 필요 없이 그냥 이 책을 보여주면 될 것 같다.

단순히 소장만 하는 책이 아니고 언제나, 아무 쪽이나 펼치면 김수영 시인이 살아 숨 쉬는 듯한 육필을 만나는 책이니까 더욱 그렇다. 무려 7년이라는 긴 시간을 통해서, 기존에 발표되었던 김수영 시인의 시뿐만 아니라 새롭게 발굴된 미발표작과 수첩이나 공책에 남아 있던 시상 메모까지 빠짐없이 실었다. 육체적 흔적을 고스란히 간직한 김수영 시인의 원고지를 통해서 시의 탄생에 이르는 전 과정을 생생히 보여준다는 엮은이 이영준의 말은 결코 허언이 아니다.

글쓰기를 위한 책

독서가 숨을 들이쉬는 거라면 글쓰기는 숨을 내쉬는 일처럼 자연스러운 과정이다. 모든 독서의 최종 목표는 글쓰기라고도 할 수 있다. 책을 읽고 제발 아무것도 하지 말자고 외치면서 오로지 즐거움을 위한 독서를 한다고 해도 결국 글쓰기라는 종착역에 도착한 자신을 발견한다. 왜 그럴까? 독서는 결국 새로운 아이디어를 받아들이고, 그 아이디어에 따라 자신의 생각과 행동을 변화하는 과정이며, 그 변화한 생각과 행동은 결국 글쓰기로 완성되고 실현되기 때문이다. 말이 글을 이기는 시대는 없었고 또 앞으로도 이는 변하지 않을 진리라고 생각한다.

독서를 많이 하다 보면 누구나 자신의 변화된 생각을 글로 표현하고 싶은 욕구를 주체하기 힘들다. 더구나 요즘은 블로그나 개인 홈페이지 등을 이용한 글쓰기가 대중화된 시대가 아닌가? 요즘처럼 많은 사람이 글쓰기를 하는 시대도 드물다. 굳이 독서를 하고 나서 독후감이나 서평을 작성하라고 강요할 필요가 없다. 독서를 하다 보면 지극히 자연스럽게 글쓰기에 발을 담그기 마련이다.

글쓰기를 함으로써 독서는 더욱 풍성해지고 견고해진다. 글쓰기를 하게 되면 서재 구석에 처박아두었던 책을 언젠가는 다시 펼쳐보게 된다. 머리로만 책을 쓰지는 못하기 때문이다. 무슨 글을 쓰든 간에 다른 책을 참고해야 하고 끊임없이 보아야 좋은 글이 나온다. 글쓰기는 서재가 장식품이 아닌 도구나 연장 상자의 역할을 하게 해준다.

누군가의 조언 없이 무작정 글을 써서 대단한 문장가가 되기는 어렵다. 김훈의 저작을 필사했다고 해서 금방 김훈처럼 글을 쓰지는 못한다. 글쓰기에 스승이 필수적이지는 않지만 누군가에게 좋은 조언을 듣는다면 그게 지름길이 될 수 있다.

강원국 지음
메디치미디어, 2014년

📖 **대통령의 글쓰기**

예전부터 뭘 해보겠다고 간절히 원하면 꼭 일이 틀어지는 경우가 많았다. 이 책이 그랬다.

서점에 책이 깔리기 전부터 주문해보겠다고 나대다가 결국은 책이 나오고 한참(?) 뒤에야 손에 넣었다. 체감상으로는 구하기 힘들었던 절판본 〈최순우 전집〉을 3년 만에 구했던 쾌감과 비슷했다.

집에 돌아와 딸아이와 드라마 보는 일도 일찌감치 사양하고 아내가 '동굴'이라고 부르는 나의 서재에 처박혀서 이 책을 읽기 시작했다. 아니 김대중, 노무현 전 대통령을 만나기 시작했다. 저자는 이 책이 '글쓰기 교육'에 관한 책이라고 강조하지만 적어도 나는 김대중, 노무현 전 대통령의 '글쓰기' 책이라니까 궁금했고 읽고 싶었다.

의도가 불순해서인지(?) 책을 다 읽었는데 두 대통령의 전기를 읽었는지, 글쓰기 공부를 했는지 모르겠다. 확연히 한 사람의 말과 글은 그 사람의 인생의 행로와 그 궤를 같이한다. 말과 글이 곧 그 사람의 인격이 아니겠는가? 인격이 바른 사람은 바르고 솔직한 글을 쓰지 진실을 오도하는 얄궂은 글을 쓰지 않는다. 이 책을 읽고 나서 느끼고 배운 것들이다.

단 한 번도 만나본 적이 없는 내가 몇 날 며칠을 고심한 끝에 어려운 '글 부탁'을 드렸을 때 강원국 선생의 대답은 '하겠습니다'였다. 단출하지만 가문의 영광으로 느낄 만큼 고마운 대답이었다. 내가 비슷한 부탁을 받았다면 아마도 이렇게 대답하겠다. "제게 그런 제의를 해주셔서 고맙습니다만 제가 그럴 만한 능력이 될지 걱정스럽습니다." 나로서는 겸손을 차린 표현이지만 부탁한 사람의 입장에서는 '당최 부탁을 들어주겠다는 것인지, 거절하겠다는 말인지' 헷갈린다.

이 책은 이런 모호한 글쓰기를 경계한다. 그러니까 저자는 국민의 정부와 참여정부에서 8년간의 연설 비서관 생활과 글쓰기 훈련을 통해 명료하며, 타인의 마음을 움직이는 글쓰기를 체득한 셈이다. 단 다섯 글자로 사람을 감동시키기는 쉽지 않다. 이 책은 사람의 마음을 움직이고, 헷갈리게 하지 않고, 솔직해 오히려 공감을 얻는 글쓰기를 가르친다.

이 책에 등장하는 많은 글쓰기의 각론을 모두 한꺼번에 익히지는 못한다. 언제나 곁에 두고 읽고 또 읽어서 끝내 자신의 것으로 만들어가야지 서둘러서는 안 된다. 김대중, 노무현 전 대통령의 글쓰기가 그러했듯이.

우선 급한 대로 가장 기본적이면서 중요한 몇 가지만 추려본다. 우선 두 대통령이 훌륭한 문장가 이전에 열정적인 독서가였음은 잘 알려진 사실이다. 김대중 대통령이 남긴 소장 도서로 도서관을 건립했고, 노무현 대통령의 경우 유서에서조차 '책을 읽지 못하는 처지'를 한탄했다. 많은 독서량이 꼭 좋은 문장가를 보장하지는 않지만 명문장가는 독서 없이 만들어지지 않는다.

메모와 연습도 글쓰기의 중요한 기초 공사다. 메모는 창의적이고 번득이는 아이디어를 영원히 나의 것으로 만든다. 좋은 문장가가 되기 위해서는 한밤중에 잠을 자다가 깨어나서, 길을 걷다가, 다른 사람과 대화하다가도 좋은 생각이 떠오르면 메모를 해야 한다. 간단한 메모라도 나중에 보면 메모할 당시의 배경지식이 떠오르고 살을 덧붙이게 된다. 결국 메모는 하늘에 떠다니는 각양각색의 구름을 자기 품 안에 붙잡아두는 행위다. 연습의 중요성은 두말하면 잔소리 아니겠는가? 이 책의 저자도 한때 글쓰기 울렁증이 있었으니 더 무슨 설명이 필요할까? 연습의 힘은 그토록 위대하다.

자료는 글쓰기라는 집짓기에서 다양한 건축 자재라고 본다. 단조롭고 빈약한 건축 자재는 밋밋하고 허술한 집을 짓게 하지만, 다양하고 풍부한 건축 자재는 독창적이고 튼튼한 집을 짓게 한다.

내가 이 책을 읽으면서 유일하게 접어 표시해둔 페이지가 포털 사이트에서 자기가 원하는 글쓰기 재료를 찾는 방법을 알려준 부분이다. 모호하고 일반적인 글쓰기 가르침보다 얼마나 구체적이고 실용적인 글쓰기 팁인가? 당연하지만 이 책을 덮자마자 이 요령을 잊지 않기 위해서 알려주는 대로 몇 번 해보았는데 과연 내가 원하는 정보가 넘친다.

자료가 풍부하면 마치 호텔 뷔페를 즐기는 것과 같다. 많은 음식 중에서 자기 입맛에 맞는 놈만 골라 즐기면 된다. 선택해 골라 먹으면 배탈이 나지 않는다. 빈약한 자료는 허기진 사람이 라면을 끓여 먹는 것과 같다. 라면만으로는 아쉬워 달걀을 풀고, 파를 넣어보지만 라면은 라면일 뿐이다. 다람쥐가 도토리를 모으듯이 글을 쓰는 사람은 자료를 모아야 한다.

이 책을 이렇게 말하고 싶다. 글과 말이 곧 자기 자신이기를 원했던, 진솔한 말과 글로 대중과 소통하려 했던, 낱말 하나하나에 자신의 온 진심을 담았던 김대중, 노무현 대통령의 마지막 유산이라고.

안정효 지음
모멘토, 2006년

📖 **안정효의 글쓰기 만보**

학교 수업을 컨설팅하는 강사의 강의 자체가 지겹고 지루하다면 그 사람의 강의 내용을 신뢰할 수 있을까? 마찬가지로 글쓰기를 가르치는 교재가 재미없어서 독자가 책에 몰입하지 못한다면 그 책의 내용이 좋을 리가 없다. 이런 면에서 이 책은 굉장히 좋은 글쓰기 교재다. 저자 자신의 글쓰기와 관계된 인생 경험담이 마치 소설처럼 녹아들었기 때문이다.

저자가 강조하는 글쓰기의 요점은 간단하다. '조금씩, 날마다, 꾸준히' 써야 한다. 나는 이 책에서 큰 가르침을 얻었는데, 우리나라 사람들의 글쓰기에서 3적敵인 '있었다(있다)', '것', '수'만 빼도 금방 생동감 넘치는 글이 된다는 사실이다. '있었다(있다)', '것', '수'를 글에서 빼야 하는 이유는 간단하다. 너무나도 자주 쓰기 때문이다. 그러나 나는 꼼꼼한 독자가 아니라 확인하지 못했지만 3적의 척결을 주장한 이 책 《글쓰기 만보》에도 '있다'가 있다고 한다. 사실 이 세 단어를 온전히 빼고 글을 쓰기란 어렵다. 이 단어가 들어가야만 본디 의도했던 뜻과 딱 맞아떨어지는 경우도 분명 존재한다. 어찌 됐든 좋은 글을 쓰려면 이 세 단어를 너무 많이 쓰면 안 되고, 하여 나 또한 이 책을 쓸 때 가급적이면 이 단어들을 피하려고 노력했다. 하지만 어쩔 수 없이 곳곳에 남아 있으리라.

소설에서도 기록을 통한 사실 관계의 확인이 매우 중요하다는 충고도 잘 들었다. "'기억'은 결코 '확인'을 이기지 못한다"로 대표되는 '발로 쓰는 소설'은 우리가 잘 아는 대부분의 소설가가 몸소 실천하는 진리다. 드라마에 감정 이입이 되어 미친 듯이 몰입하다가도 '옥에 티'를 발견하면 금방 그 드라마에 대한 환상을 거두어버리는 시청자처럼, 소설가의 아름다운 문장에 취했다가도 사실 관계가 맞지 않는 구절을 만나기라도 하면 그 소설 전체를 부정하는 경우가 많다. 또 글재주와 그림을 모두 갖춘 작가가 드문데, 안정효는 애초에 만화가 지망자답게 재미있고 기발한 삽화를 책의 곳곳에 배치해서 더욱 독자들의 흥미를 끌어낸다.

스티븐 킹 지음, 김진준 옮김
김영사, 2002년

📖 **유혹하는 글쓰기**

이 책의 제목 '유혹하는 글쓰기'를 보면 우리나라 출판가들의 제목 뽑기 능력이 얼마나 대단한지 짐작하게 한다. 이 책의 원제목은 소박하게도 'On Writing(글쓰기에 관해)'다. 도저히 '아프니까 청춘이다'와 같은 얄궂은 제목으로 독자를 유혹하려는 욕심 따위는 보이지 않는다.

이 책은 그야말로 '자전적인 글쓰기에 관한 책'이다. 두 가지 주제가 이 책을 구성하는데, 그중 첫 번째는 스티븐 킹Stephen King, 1947~의 살아온 이야기이고 두 번째는 그의 유머 감각이 가미된 글쓰기 방법이 되겠다. 일부 독자는 그의 자전적인 이야기가 글쓰기와는 전혀 상관없으니 실망스럽다는 반응을 보이기도 하지만, 그 자전적인 내용을 읽어본 독자는 알겠지만 친한 친구에게도 털어놓기 힘든 주로 고단했고 아픈 사생활을 이야기한다. 그런 내용을 독자들에게 공개한 이유는 어찌 됐든 그런 고단했던 삶의 경험들이 자신의 글쓰기에 밑거름이 되었기 때문이다. 자전적인 요소는 그의 글쓰기의 밑바탕인 동시에 그에게 많은 영감을 준 경험이므로 글쓰기와 따로 떼어서 생각하지 못한다.

스티븐 킹이 이 책에서 말하는 글쓰기의 방법은 다음 몇 가지로 요약 가능하다.

첫째, 많이 읽어야 한다. 글쓰기는 독서의 최종 종착역이며 글쓰기의 출발역은 독서다. 독서를 하지 않고 글을 쓰려는 사람은 쌀 없이 밥을 짓겠다는 격이다. 아무리 현대가 정보를 자신의 머릿속에 두지 않고 정보의 출처를 찾아서 사용하는 시대라지만 기본적인 지식이 없이는 자신이 원하는 정보를 찾는 능력이 있을 리 만무하다. 글을 쓰기 위한 영감은 머릿속에서 생기지 않고 경험 속에서 생기며, 그 경험의 대부분은 간접 경험, 다시 말해 독서를 통해서 얻는다. 독서를 강조하지 않는 글쓰기 교재는 세상에 없다.

둘째, 수동태를 가급적 사용하지 마라. 영어는 우리말보다 수동태를 더 빈번히 사용하는 언어다. 최근 우리나라 사람이 쓴 글에서도 자주 등장하는 수동태는 상당 부분 영어의 번역 어법에서 비롯한다. 영어를 오랫동안 공부하고 가르쳐온 나 같은 경우는 더욱더 피해가 심해서 급기야 능동태를 쓰면 뭔가 '대담한' 글을 쓴 착각이 들 정도다. 수동태가 좀 더 안전한 느낌은 들지만 자신의 메시지에 자신이 없어 보이고 글의 힘이 확실히 떨어진다. 내가 영어를 전공하면서 가장 폐해가 심한 부분이 바로 이 수동태의 남발이다.

이제는 완전히 체득되어 고치기 힘들 정도다. 그러니 이제 글쓰기를 시작하는 사람은 좋은 습관을 들이기 위해 장마철의 빗방울처럼 수동태를 피해 다녀야 한다.

셋째, 부사를 가능한 사용하지 마라. 글을 장황하게 길게 쓰면 어쩐지 유식해 보이고 글을 잘 쓰는 사람이라는 이미지를 준다는 편견 때문에 우리나라 사람들은 가능한 문장을 길게 늘여서 써야 한다는 강박 관념을 가진다. 그러나 명문장은 짧은 문장이지, 긴 문장이 아니다. 같은 뜻을 전달하면서 길게 늘여 쓸 이유가 없고 그렇게 못 한다면 자신의 문장력이 무능함을 광고하는 격이다.

넷째, 역시 많이 써봐야 한다. 습작 기간을 거치지 않은 위대한 작가는 없다. 글을 쓰는 사람에게 습작과 연습은 노력의 낭비가 아니다. 습작이 곧 명작이 되기는 어렵겠지만 명작의 좋은 밑거름은 된다. 거름 없이 자라는 좋은 농작물이 없듯이 습작이라는 양분 없이는 결코 명작이 탄생하지 않는다. 이 책이 자전적인 요소가 많지만 어쨌든 스티븐 킹은 좋은 글을 쓰기 위해 알려줄 방법은 다 알려준 셈이다.

김경원 · 김철호 지음
유토피아, 2006년

📖 **국어 실력이 밥 먹여준다**

컴퓨터가 없어서 문서 작성 프로그램의 맞춤법 검사 기능을 사용

못 하던 옛사람들의 고생이 얼마나 심했을까 하는 괜한 생각을 해본다. 우리말의 맞춤법은 아무리 생각해도 참 어렵다. 손 글씨로 편지 한 통을 쓰면서 맞춤법을 완벽하게 구사하는 사람은 정말 찾기 힘들다. 게다가 우리나라 사람들은 다른 사람이 맞춤법을 틀리면 그걸 지적하는 일을 무척 좋아한다. 별생각 없이 인터넷 게시판에 'ㅇㅇ 때문에 어의가 없다'라고 글을 올리기라도 하면 단번에 댓글로 '어의는 허준이고요'라는 비아냥거림을 듣기 십상이다. '그것보다는 ㅇㅇ가 낳아요'라고 하면 'ㅇㅇ가 여자인가요? 낳긴 뭘 낳아요'라며 맞춤법에 대한 날카로운 지적을 한다. 또 이상하게도 자기가 글을 쓸 때는 보이지 않는 틀린 맞춤법이 다른 사람의 글에서는 잘도 보인다. 아무리 주장이 명확하고 아름다운 미사여구를 잘 사용한 글이라고 해도 '어이없다'를 '어의없다'라고 썼다가는 졸지에 '어이없는' 글로 취급된다.

남들이 잘 이해하는 글을 쓰고 싶은 사람, 글의 문맥에 딱 맞는 단어를 구사하고 싶은 사람, 글의 상황에 잘 어울리는 표현력을 키우고 싶은 사람을 위한 책이 바로 '국밥'이라는 애칭으로 유명한 《국어 실력이 밥 먹여준다》다. 학교도 마찬가지지만 사회생활에서 글쓰기 능력은 굉장히 중요하다. 행정은 서류로 말한다. 서류로 사람을 평가하고, 서류로 기관을 평가한다.

더구나 다른 언어도 마찬가지지만 우리말은 대부분의 사람이 같은 뜻이라고 생각하는 많은 단어가 실은 미묘하게 다른 용도로 쓰이는 경우가 많다. 사람들은 대개 단어가 지닌 미묘한 의미 차이를 딱 부러지게 설명하지는 못하지만 다른 사람의 글이나 말에서는 이 단어가 적합하게 쓰였는지 아닌지를 기가 막히게 잘 구분한다. 가능한 문맥에 맞는 단어를 선택해야 하고, 맞춤법도 정확하게 잘 써야 하지만 각고의 노력 없이는 우리말을 문법적으로 잘 쓰기란 참 어렵다. 나만 해도 전작《오래된 새 책》을 내면서 무수한 오타와 문맥에 맞지 않는 낱말을 많이 발견했다. 참 부끄럽다.

반면 단어들의 미묘한 차이를 잘 구분해서 적재적소에 알맞은 표현을 구사하는 사람은 얼마나 멋지고 존경스러운가.《국어 실력이 밥 먹여준다》는 우리가 같은 뜻을 가진 낱말이라고 착각하는 '안'과 '속', '겉'과 '밖', '껍질'과 '껍데기'가 미묘하게 뜻이 다르다는 사실을 일깨워주며, 정확한 용례도 알려준다. 가령 '껍질'은 생물에 쓰이는 단어라서 '사과 껍질'과 같이 사용하고, '껍데기'는 무생물에 쓰이는 말이라서 '이불 껍데기'와 같이 쓴다. 동물은 '머리'를 숙이지만 인간은 '고개'를 숙인다. '들'이 넓어지면 '들판'이다. '밑'은 붙어 있고 '아래'는 떨어져 있다. 이런 식으로《국어 실력이 밥 먹여준다》는 헷갈릴 법한 미묘한 뜻의 차이를 재미있게 설명해주어 독자들이 쉽게 이해하고 실전에서 당장 이용하도록 도와준다.

이 책은 재미있고 이해하기 쉽게 쓰였지만 그렇다고 해서 단순히 '흥미'라는 무기로 독자들을 빨아들이는 데 그치지 않는다. 이런 책일수록 철저한 연구와 정확성이 강조되는데, 예를 들면 '고맙습니다'와 '감사합니다'라는 표현에 대한 설명이 인상적이다. 보통 자기보다 나이가 많거나 지위가 높은 사람에게 '감사합니다'라고 하지 않고 '고맙습니다'라고 하면 예의를 충분히 갖추지 못한 느낌이 나서 꺼림칙하다. 문득 30년 전 중학교 시절 존경하던 국어 선생님이 생각난다. 그분은 심심찮게 '수건'과 '걸레'에 대해 말씀하시면서, "결국 같은 뜻인데 한자인 수건은 손수건처럼 좀 더 깨끗한 용도로 쓰는 물건을 칭하고, 순우리말인 걸레는 왜 더러운 용도로 쓰는 물건을 칭하는가?"라고 열변을 토하셨다. '감사합니다'와 '고맙습니다'도 같은 경우다. 많은 사람이 '감사합니다'가 좀 더 정중한 표현이라고 생각하지만 '감사합니다'는 한문이고 '고맙습니다'는 순우리말일 뿐 의미는 같다. 우리말의 어원에 대한 좋은 책인 《우리말의 상상력》에도 잘 나와 있듯이 '고맙습니다'는 '고마', 다시 말해서 우리나라를 세운 곰 신神에서 나온 말이다. '고맙습니다'를 풀이하면 '당신의 은혜가 우리나라를 세운 신의 은혜와 같습니다'라는 뜻이다. 그래서 나는 은혜를 베풀어준 사람에게 일부러 '고맙습니다'라는 표현을 사용한다.

이성아 지음, 송훈 그림

📖 **우리 꽃 세밀화**

현암사, 2006년

글을 쓸 때 무척 답답할 때가, 아름다운 들꽃을 보면 그 꽃의 이야기를 하고 싶은데 이름을 몰라서 '이름 없는 들꽃'이라고 적을 때다. 세상에 이름 '없는' 꽃이 어디에 있을까? 그렇다고 해서 이름

'모를' 들꽃이라고 솔직하게 쓴다 해도 멀쩡하게 이름이 있는 꽃을 졸지에 무명無名의 존재로 만드는 죄를 씻지 못한다. 아이들이 호기심에 가득 찬 얼굴로 "아빠, 저 꽃 이름이 뭐야?"라고 물었을 때 "아, 저 꽃은 초롱꽃이라고 한단다. 아주 옛날에는 어두운 밤길을 밝히기 위해서 초롱이라는 등을 들고 다녔는데, 저 꽃의 모양이 초롱과 닮아서 초롱꽃이란 이름이 붙었지"라고 자상하게 이야기해주는 아버지는 얼마나 존경스러운가.

《우리 꽃 세밀화》는 자기 글에 구체성이라는 무기를 더해서 더욱 생동한 표현을 하고 싶은 사람에게 정말 요긴한 책이다. 수많은 작가가 그러했듯 문학적인 글을 쓸 때 '꽃'은 무척 중요한 소재가 된다. 더구나 우리 꽃은 이름이 아름답고 정겨워서 글에 이끌고 왔을 때 문장을 더욱 향기롭게 만든다. 정보를 전달해주는 이러한 종류의 책을 판단하는 가장 중요한 잣대는 삽화나 사진의 정확성이다. 아무리 글을 잘 쓴다 해도 그림이나 사진이 부실해서 실물 확인이 잘 안 되면 무슨 소용이 있겠는가? 다행스럽게도 이 책은 세밀화 전문 화가인 송훈의 그림에, 소설가 이성아의 글을 더했다. 우리 꽃 관련 책으로는 더할 나위 없이 좋은 조건을 갖추었다. 어찌나 훌륭한지 이 책은 우리에게 제발 이름 '없는'이나 이름 '모를' 꽃이라는 말을 쓰지 말라고 주장하는 듯하다.

이외수 지음

해냄, 2007년

📖 **글쓰기의 공중부양**

이외수라면 고등학교 시절, 누나가 읽다 집에 둔《말더듬이의 겨울 수첩》을 여러 번 읽고 신선한 충격을 느낀 이후 대학 시절,《벽오금학도》를 읽었다. 무려 십수 년이 지난 뒤 마지막으로 읽은 그의 책이 바로《글쓰기의 공중부양》이다. 처음에는 글쓰기를 주제로 한 책 제목치고는 너무 장난스럽고 진지하지 못하다고 느껴 이 책을 들여다보지도 않았다. 나중에 서점에서 눈에 띄어 들춰 봤더니 한 페이지에 달랑 짧은 문장 몇 개만 있고 옆 페이지에는 이외수의 작품으로 보이는 장난스러운 그림이 그려져 있기에 이름값으로 책을 내는 작가가 아닌가 우려했다.

《글쓰기의 공중부양》의 단원 구성을 보면 그가 이 책에 얼마나 많은 공을 들였는지 느껴진다. 글쓰기에 '단어 채집'이라는 새로운 개념을 추가했는데 단어를 채집하는 작업은 글을 쓰는 데 밑거름이 된다. 가령 조정래가《태백산맥》을 쓰면서 전라도 특유의 정감 어린 사투리의 중요성을 깨닫고 그의 부모 세대까지 잊고 지내던 사투리를 구사함으로써《태백산맥》의 재미와 공감은 커졌다. 그런 면에서《글쓰기의 공중부양》은 글을 왜 쓰느냐는 원초적인 동기 부여뿐만 아니라 띄어쓰기와 맞춤법, 문학적 문장 만들기, 사색의 출발 등 여러 주제의 짜임새가 괜찮다. 가볍게 한 번쯤 읽을 만하다.

이태준 지음
창비, 2005년

📖 **문장강화**

글쓰기에 관한 책으로서는 고전에 속한다. 사실 이 책의 제목인 '문장강화'란 말 자체가 이 책이 무척 오래된 책이라고 말한다. 비록 오래됐지만 '이미 있어온 문장작법', '새로 있을 문장작법'과 같은 단원 이름이 어쩐지 정겹고 참신하다. 이 책을 영어 공부의 고전《성문 종합영어》에 비교하고 싶다.《성문 종합영어》만큼 장수한 책도 드문데, 그 이유는 상당 부분 주옥같은 영어 예문 덕분이다.《성문 종합영어》에 실린 문제 형식은 시시각각 변하는 영어 문제 형태와 같지 않았고, 또 지나치게 어렵다는 불평도 적지 않지만《성문 종합영어》만 충분히 익혀도 대한민국에서 영어 때문에 시험에 떨어질 일은 없다는 호평은 여전히 유효하다. 세계 각지의 지성인, 지식인, 유명 인사의 핵심적인 생각과 주장이 담긴《성문 종합영어》는 명문장의 보물섬이나 다름없다.《문장강화》도 마찬가지다. 세월이 흐르면서 새로운 시대에 맞지 않는다는 느낌을 주기도 하지만 시대를 초월하는 뛰어난 문장론은 여전히 작가 지망생에게 큰 영감을 준다.

　《문장강화》가 소개하는 주옥같은 글들은 요즘 세대들에게 옛 어른들의 생각과 그 시대의 풍습을 많이 배우며, 즐기게 한다. 어린 시절 모친이 아무개를 빗대어 '용심'이 많다는 표현을 가끔 쓰셨는데 나는 '용심'이라는 말이 '욕심'과 비슷한 어감을 준다는 이유로 그냥 욕심이란 말을 표현하는 경상도 시골 지역의 사투리려니 여겼다. 그러나 이 책을 읽으면서 '용심'이라는 말이 '남을 시기하는 심술궂은 마음'이라는 뜻의, 옛 어른들이 흔히 사용하던 생활어라는 사실을 알았다.

가끔 요즘 아이들이 부럽다는 생각을 할 때가 이 책의 저자 이태준 또는 백석, 정지용, 홍명희 등 월북 작가들의 책을 아무 거리낌 없이 읽고, 심지어 교과서에서 감상할 때다. 기술의 발달과 문명의 이기를 마음껏 즐기는 혜택만이 세상이 좋아졌음을 보여주는 전부가 아니다.

박동규 지음
문학사상사, 1998년

📖 **글쓰기를 두려워 말라**

고등학생 때 무식하게도 국어 선생님께 평론가 박동규는 부친인 시인 박목월 선생에 비해 그 업적이 미약하지 않느냐고 질문했다. 선생님께서는 "두 분은 분야가 다를 뿐이다"라고 정리해주셨는데, 가만히 생각하면 우리는 항상 우열을 가리는 데 집착하는 것 같다. 흔히 '선동렬과 박찬호 두 선수 중에서 누가 더 위대한가?' 따위의 별 영양가도 없고 결론도 없는 비교를 한다. 평론가 박동규는 서울대 교수로서, 그리고 부친 박목월의 뒤를 이어 시 전문지 《심상》의 고문으로서 1인 다역의 활동을 한다. 부친과 비교할 필요도 없지만 그는 고령의 나이에도 불구하고 여전히 왕성하게 문단의 기둥 역할을 수행한다.

'글쓰기를 두려워 말라'는 이 책의 제목이 주는 힘은 크다. 세상 온갖 종류의 공포증이 그러하듯이 글쓰기 공포증 역시 매우 극복하기 힘들다. 어쩌면 다른 것보다 더더욱 극복하기 힘들 수 있는데 다른 공포증, 예를 들면 고소 공포증의 경우 본의 아니게 적극 대처할 수밖에 없는 기회가 생기지만 글쓰기 공포증은 그런 기회를 찾기 어렵다. 더구나 "나는 이과 출신이라서……"라는 말 한마디로 글쓰기 재능 같은 건 태어나기 전부터 없었다고 스스로 규정하는 경우도 많다. 현대 서양철학을 대표하고 《논리-철학 논고》를 남긴 비트겐슈타인이 원래는 항공 엔진과 프로펠러의 제작 방법을 연구하던 공학도임을 기억하자. 그 유학자인 정약용은 훌륭한 토목공학자이자 기계공학자이기도 하다. 스스로 인문계, 자연계라는 틀로 자신을 가둘 필요는 없다.

박동규의 글쓰기론論에서 눈길을 끄는 대목은 그가 글감의 중요성을 강조한 부분이다. 진지한 글쓰기가 아닌, 하다못해 영어 문제를 내더라도 애초에 지문(글감)을 잘못 선택하면 이도 저도 안 돼서 결국 그 문제 자체를 포기해야 한다. 사진의 예를 들어보자. 소위 말하는 사진 찍기 좋은 장소(포인트)에 삼각대를 설치하고 하루 중 풍경 사진이 가장 잘 나오는 시간에 맞춰서 촬영하는 사진은 아름답고 멋진 사진은 될지언정 세상을 바꾸지는 못한다. 세상을 바꾸는 한 장의 사진은 시각적인 아름다움 때문이 아니고 기가 막힌 소재를 순간적으로 놓치지 않고서 셔터를 누른 사진가의 순발력과 판단력 덕택이다. 베트남 전쟁에서 '호찌민의 경찰서장이 베트콩을 권총으로 즉결 처형하는 장면'을 담은 사진이 사진 기술이 뛰어났기 때문에 전쟁의 참상을 잘 알렸고, 마침내 전쟁을 멈추게 하는 기폭제가 되었을까? 미 해병이 노르망디 상륙 작전에서 상륙하는 장면을 포착한 로버트 캐파의 대표작은 사진가들이 가장 끔찍한 사진으로 생각하는 '초점이 흔들린' 사진이다. 평범한 소재로 명작을 만드는 기교는 극소수의 천재들이 하는 일이지, 대다수의 평범한 사람의 영역이 아니다. 다르게 말하면 독특하고 개성적인 소재나 글감을 잘 고르면 글솜씨(기교)가 조금 부족해도 사람들의 이목을 끌기에 충분하다.

《글쓰기를 두려워 말라》에서 깊이 공감하는 또 다른 구절은, 좋은 서간문은 편지 받을 사람을 잠깐이라도 생각해서 그와 마주 앉은 듯한 기분으로 붓을 들어야 한다는 통찰이다. 마주 앉아서 하지 못할 이야기는 절대 글로 쓰면 안 된다. 키보드만 있으면 우주 최강이 되는 키보드 워리어가 비겁하다는 비난을 사듯이, 붓을 든다고 해서 불편한 이야기를 거리낌 없이 하면 안 된다는 박동규의 주장에 동감한다.

주디 리브스 지음, 김민수 옮김
스토리뷰, 2012년

📖 **365일 작가 연습**

글쓰기는 재능이 아니고 훈련이라는 작가의 격려가 많은 이에게 글쓰기를 시작할 용기를 준다. 글쓰기는 '원래 잘하는 사람'이 잘한다기보다는 '끊임없는 노력과 연습을 하는 사람'이 잘한다. 이런 면에서 글쓰기는 운동과 비슷한 면이 많다. 히딩크가 월드컵 대표팀을 맡고, 열심히 훈련해서 매일 16강에 오를 가능성을 1퍼센트씩 올리겠다고 말했을 때 그 말을 믿은 사람은 많지 않았다. 그는 거짓말처럼 목표를 초과해버렸다. 마찬가지로 매일 15분 정도가 필요한 글쓰기 훈련 과제 365일 치를 이 책은 제시하는데 날마다 글쓰기 훈련을 열심히 함으로써 하루에 0.5퍼센트씩만 작가가 될 확률을 높인다면 결국 작가가 되고도 남는다. 물론 이처럼 단순하게 수치적으로 글쓰기 실력이 나아지지는 않겠지만 끊임없는 연습은 우리를 작가로 만든다. 글쓰기도 노력하지 않는 천재보다는 노력하는 범재가 이기기 마련이다.

저자는 중요한 글쓰기 능력의 향상 방법으로 전날 쓴 글을 소리 내어 읽는 방법을 알려주는데, 의아스럽기도 하겠지만 학창 시절 연애편지를 쓴 기억을 되살려보자. 전날 밤늦게 심혈을 기울여 쓴 편지를 아침에 읽어보았다가 낮이 간지러워 도저히 우체통에 넣지 못한 기억이 다들 있지 않은가? 본인이 쓴 글을 다시 잘 읽어보는 일만큼 더 좋은 글쓰기 스승은 드물다. 또 저자는 비가 내린다는 사실이 아니라 비가 올 때의 느낌을 써야 한다고 말하는데 내가 생각하기에도 '사실'만을 전달한다면 문학이 아니라 '신문 기사'가 돼버린다. 비가 온다는 사실은 글의 소재지, 결과물이 아니다. 글쓰기는 수많은 '느낌의 공동체'이어야 마땅하다.

장하늘 지음
다산초당, 2006년

📖 글 고치기 전략

이 책이 다른 글쓰기 책과 차별되는 점은 저자가 30년 동안 오로지 글을 읽고, 표현하는 기초를 세우는 연구와 강의에만 치중해왔다는 점이다. 저자는 '글 고치기'를 강조하는데, 글이란 처음부터 잘 쓰기 힘들며, 좋은 글은 많은 퇴고 작업 끝에 비로소 만들어진다고 말한다. 실제로 자기 글을 몇 번이고 다시 읽으면서 수정하는 작업은 엄청난 인내심을 요구한다. 요리는 즐겁게 하지만 정작 그 요리를 마무리하는 설거지가 힘겨운 것과 같다.

저자가 강조하는 쉽고, 정확하고, 구체적이고, 간결한 문체를 단숨에 쓰기란 어렵다. 문장을 쉽게 쓰기 위해 어휘 공부를 해야 하고, 정확하고 구체적으로 쓰기 위해 확인 과정을 거쳐야 하며, 간결한 문체를 쓰기 위해 농부가 벼를 키우는 마음으로 잡초를 제거해야 한다.

제임스 스콧 벨 외 3인 지음
김진아 외 3인 옮김, 다른, 2012년

📖 **소설쓰기의 모든 것**

글쓰기에 대한 백과사전과 같은 책이다. 우선 놀랍게도 한 권이 아니라 다섯 권이 모여 한 세트다. 이 시리즈는 〈플롯과 구조〉, 〈묘사와 배경〉, 〈인물, 감정, 시점〉, 〈대화〉, 〈고쳐쓰기〉 등 총 다섯 권으로 구성된다. 참 방대한 저작이다. 더욱 놀라는 점은 이렇게 대작이면서 뜬구름 잡는 식의 애매모호한 글쓰기 지도가 아니라는 사실이다.

다시 말해서 많이 생각하고, 많이 써보고, 많이 생각하는 사람보다는 소설을 잘 쓰는 방법을 터득하는 사람이 성공적인 소설가가 된다고 주장하고, 또 그 주장을 뒷받침하는 논리와 그에 대한 예시를 제시한다. 그 예시마저도 《안나 카레니나》를 비롯한 유명한 고전, 당대의 베스트셀러를 망라한다. 《안나 카레니나》를 예를 들어 설명한 부분을 읽노라면 마치 《안나 카레니나》를 자세히 다시 읽는 효과가 있고, 그럼으로써 이야기 구성에 대한 기술을 자연스럽게 체득할 수 있다.

이 책은 좋은 글쓰기 교재이기도 하지만 익히 아는 고전을 새로운 감각과 시각으로 바라보는 좋은 기회를 제공하기도 한다. 좋은 예는 자신의 주장을 더욱 굳건하게 뒷받침해주기도 하지만 그 책을 읽은 사람에게 기대하지 못한 선물을 선사한다.

영어 공부를 위한
독서

영어로 하는 독서

우리나라 영어 교육의 가장 큰 적은 '영어 공부가 매우 중요한 의무라는 사실'이다. 다시 말해서 영어가 실생활에 필요하기 때문에 공부하는 게 아니라, 오로지 좋은 대학에 진학하기 위해 공부하니 재미있을 리 없다. 이런 상황은 누구의 잘못도 아니다.

최고의 영어 교사는 현실적 필요에 의한 동기 부여다. 그것이 어렵다면 굳이 교과서와 참고서에 전적으로 매달리지 말고 다른 재미있는 영어 공부 방법을 찾아야 한다. 언젠가 영어뿐만 아니라 모든 공부와는 완전히 담쌓고 지내는 한 학생이 미친 듯이 중얼거리면서 연습장에 뭔가를 필기해가며 공부하는 모습을 보았다. 궁금증을 못 참고 다가가서 지켜보니 놀랍게도 그의 연습장에 꼼꼼히 가득 적힌 것은 영어 단어였다. 더 자세히 보니 그 단어는 녀석이 좋아하는 컴퓨터 게임을 즐기는 데 필요한 각종 영어 용어 아닌가! 이처럼 딱딱하고 지루한 영어 교과서나 참고서에만 매달리지 말고, 좀 더 흥미로운 영어 공부 방법을 찾아야 한다. 좋은 번역 도서를 발견하고, 그 내용이 정말 좋아서 원어로 감상하고 싶다는 욕심이 생겨도 좋다. 이것이야말로 굉장히 효과적인 영어 공부다.

흔히 "영어로 책을 읽고 싶은데, 어떤 책이 좋을까?"라는 질문을 많이 한다. 그러나 그렇게 해서 추천받기보다는 이런 방법이 좋겠다. 본인이 읽은 책 중에서 재미있게 읽었거나 감동적이어서 다시 읽고 싶은 책이 있다면 그 책의 원서를 구해서 읽는 방법이다. 원서로 읽는다면 번역본에서 느끼지 못하는 원문의 감동을 느낄 수 있고 또 영어 공부도 되니 일석이조인 셈이다.

또는 이런 방법도 권한다. 자기가 본 영화 중에서 굉장히 감명 깊고 즐겁게 본 영화가 있다면 그 영화의 원서를 찾아서 보는 방법이다. 많은 영화가 소설을 원작으로 제작되니 영화의 원작을 구하기가 어렵지는 않다. 국내에서 번역본들이 치열한 경쟁을 벌이고 있지만 기왕이면 영어 공부도 할 겸 원서로 읽으면 좋겠다. 또 자기의 취미와 연관된 원서를 읽는 방법도 좋다. 영어는 배경지식을 갖추면 자기의 영어 실력에 비해서 훨씬 쉽게 읽힌다.

원서를 읽을 때 주의할 점은 공부를 위해서라기보다는 독서하기 위해 읽는다는 마음가짐이 필요하다는 점이다. 재미와 흥미를 최우선 기준으로 원서를 골라야 한다. 원서를 고를 때에는 자신의 취미, 흥미와 잘 맞아 끝까지 읽을 만한 책을 골라야 한다. 자신의 취미와 잘 맞는 원서라면 수준이 조금 높아도 완독할 가능성이 크다. 어쩌면 웬만한 영화보다 더 몰입해 읽게 된다.

원서로 영어 공부를 하는 방법

우선 원서를 고를 때 자신의 취미나 전공과 관련된 책을 골라야 한다. 취미 혹은 전공이니만큼 웬만한 배경지식을 갖추었을 터인데, 원서를 읽을 때 배경지식은 매우 중요하고 유용하다. 원서를 읽는 일에 취미를 들이긴 힘들지만 자신이 좋아하고 관심을 가진 분야라면 이야기는 달라진다.

둘째, 절대적으로 자신의 수준에 맞는 원서를 골라야 한다. 모르는 단어가 20퍼센트가 넘으면 과감히 그 책을 포기하자. 나는 고전 요약본을 읽지 말라고 주장하는 사람이지만 영어 공부를 위해서는 생각이 다르다. 롱맨을 비롯한 유명 출판사의 고전 축약본은 신뢰할 만하고 또 일반적으로 좋은 영어라고 본다. 자신의 전공이나 취미 분야의 책이라면 좀 더 높은 수준의 원서를 읽어도 된다.

셋째, 모르는 단어가 나오면 앞뒤 문맥을 고려해서 그 뜻을 유추해야 한다. 가령 우리는 한글로 된 책을 읽을 때 모르는 단어가 몇 개 있더라도 문맥 전체의 의미를 파악해 단어의 뜻을 유추한다. 그래서 굳이 사전을 찾아볼 이유가 없다. 원서를 읽을 때도 웬만하면 사전을 뒤적거리지 않고 문맥으로 의미를 파악하는 방법이 좋다. 그러나 그 단어가 문맥 전체의 의미를 결정하는 중요한 단어라면 당연히 사전을 찾아봐야 한다. 사전을 찾아보지 않는 편이 좋지만 그렇다고 해서 사전을 봐서는 안 된다는 강박 관념에 구속되지는 말자.

Laraine E. Flemming

Cengage Learning, 2014

📖 **Reading for Thinking**

소설이나 인문학 서적이 아니라 일종의 영어 독해 능력을 향상하기 위한 학습서다. 말하자면 원서로 읽는 독서의 준비 단계에 적합한 책에 속하는데, 수준이 녹록지 않다. 임용 고시나 공무원 시험에 대비하는 적지 않은 수험생들이 이 책을 애용하는데, 내용이 알차고 영어 독해 능력 향상에 큰 도움이 된다.

　영어를 가르치면서 학생들의 영어에 대한 거부감을 줄여주려고 다양한 방법으로 노력했는데, 내가 시도한 웬만한 방법은 다 실패했다. 그러나 이 책과 유형이 비슷한 학습서는 학생들의 반응이 괜찮았고, 또 많은 학교에서 부교재로 채택했으며, 놀랍게도 영어 공부라면 진저리를 치는 아이들이 그 교재로 계속 공부하고 싶다는 요청까지 했다. 다양한 주제와 창의적인 문제도 훌륭하지만 무엇보다 단순히 지식을 전달하는 지문이 아닌 비판적 글 읽기 능력을 향상하는 구성은 이 책이 독해력을 키우는 데 매우 좋은 교재라는 명성을 안겨주고 있다. 원서를 읽기 전 이 책으로 워밍업을 해보자.

Jason Turbow & Michael Duca

Anchor, 2011

📖 **The Baseball Codes**

야구는 규칙이 매우 복잡한 운동이다. 수십 년 이상의 경력을 자랑하는 야구팬은 물론이고 야구를 밥벌이로 삼은 프로 선수, 심지어는 가끔 야구 심판마저 규칙을 헷갈려 한다. 더구나 미국 메이저 리그의 경우 각각 독특하게 설계된 구장 덕택에 그라운드 룰이라고 해서 해당 야구장에만 적용되는 규칙도 존재한다. 야구에는 이런 성문화된 규칙뿐만 아니라 불문율이라고 해서 정식 규칙은 아니지만 선수들 간에 암묵적으로 지켜지는 규칙 아닌 규칙도 엄연히 존재한다. 이런 불문율을 어길 경우 물론 투수가 일부러 상대 타자를 맞추는 보복이 따르고 또 그런 식으로 보복당한 팀은 반드시 보복해야 하는 불문율을 지켜야 한다. 몇 가지 불문율을 살펴보자.

1. 큰 점수 차이로 이기고 있는 팀은 도루를 삼가라

큰 점수 차이로 이기고 있고 경기 종반인데 굳이 상대편을 자극하는 도루를 하지 말라는 이야기다. 근데 야구가 참 어렵다는 게 대체 큰 점수 차이가 얼마를 말하는지 애매하다. 급기야 큰 점수 차이에 대한 인식의 차이에서 난투극이 벌어지기도 하는데, 실제로 2013년 우리나라 프로 리그에서 난투극이 발생했다.

2. 홈런을 치고 나서 요란한 세러모니를 하지 마라

게임을 끝내는 안타는 예외지만 홈런을 치고 나서 요란한 세러모니를 하거나 심지어 타구를 감상하면서 한참을 타석에 머무는 행위도 이에 포함된다.

3. 벤치 클리어링이 생기면 무조건 열외해서는 안 된다

팀 간에 다툼이 생겨 그라운드에 운집해서 싸우는 '벤치 클리어링'이 생기면 모두 나와서 싸워야 하는데, 여기에 참석하지 않는 선수는 구단에 따라 벌금을 매기기도 한다. 이러한 상황에서도 불문율이 존재해서 손만 사용해야지 발을 사용해서는 안 된다. 박찬호가 다저스 시절 상대 선수와 다툼이 생겨서 이단 옆 차기를 날린 적이 있는데 싸움 자체는 문제가 안 되었지만 손이 아닌 발을 사용했다는 이유로 논란의 대상이 되기도 했다.

4. 투수가 대기록을 앞두었을 때는 말을 걸지 않는다

가령 노히트 노런이나 퍼펙트게임을 진행 중일 때는 말을 거는 일은 고사하고 근처에 앉지도 않는다. 투수의 집중력을 흩트리기 때문이다.

5. 투수가 대기록을 앞두었을 때 상대편 팀은 번트를 대지 않는다

번트가 비겁한 작전은 아니지만 대기록을 수립해나가는 투수에게 느닷없는 번트는 매너 있는 행위가 아니라고 여겨진다.

6. 스트라이크나 볼 판정에 대해서는 절대로 항의하지 마라

야구에서 판정 번복은 여간해서 없는 데다 특히 스트라이크, 볼 판정에 대한 번복은 절대로 없다. 그것은 심판 고유의 권한이기 때문이다.

이 책은 위에서 언급된 불문율뿐만 미국 메이저 리그에서 일어난 다양한 야구의 불문율에 대해 들려준다. 야구팬이라면 누구나 재미있게 볼 만한 책이다. 어휘의 수준도 어렵지 않고 무엇보다 야구에 대한 배경지식을 갖춘 야구팬이라면 어렵지 않게 읽힌다. 야구의 불문율을 나열해가며 설명한 사전 같은 책이 아니고 마치 다큐멘터리처럼 그 당시의 상황을 실감 나게 글로 재현했다고 보면 된다.

Vic Braden

Little Brown & Co, 1998

📖 **Tennis 2000**

테니스 마니아지만 한때 운동 신경이 너무 없어서 발전이 더디다고 자책하던 내게 고개를 숙여서 수돗물을 받아먹을 정도의 운동 신경이면 충분히 테니스를 할 수 있다고 큰 용기를 준 책이다. 테니스가 비록 학교나 아파트에서 주차장에 밀려 점점 설 자리를 잃어가는, 중년층 이상의 운동으로 이미지를 굳혀가고 있는 게 우리나라의 현실이지만, 여전히 가장 많은 동호인이 참여하는 생활 스포츠다. 모든 운동이 다 그러하겠지만 테니스는 멘탈이 강하게 작용하는 종목이다. 그러나 동호인은 물론이고 선수들의 훈련에서도 정신력보다는 기술 위주의 압박이 강한 훈련이 주로 이루어진다. 국내에 출간된 테니스 관련 서적들은 대개 기술이나 작전 위주의 기능만을 다루지, 플레이를 해야 하는 이유를 설명한다든지 게임 중 정신력을 키우기 위한 자상한 설명을 덧붙이는 책은 별로 없다. 이 책은 테니스 기능을 위한 책이 아니고 테니스를 잘하기 위한 기본적인 원리를 익히는 책이라고 해야 맞다. 테니스에 관한 고전이라고 해도 무방하다.

Barbara London, John Upton, Jim Stone
Pearson, 2013

📖 **Photography**

우리나라만큼 DSLR 카메라가 대중적으로 많이 보급된 나라도 드물다. 등산복 브랜드 노스페이스 본사는 한국에서 노스페이스가 많이 팔리는 이유를 엄청나게 높은 산이 많기 때문이라고 생각한다는 우스갯소리가 있는데, 그렇다면 일본의 캐논과 니콘 본사에서는 아마도 한국에는 기자나 사진작가가 엄청나게 많다고 생각하지 않을까 싶다. 그만큼 우리나라에서는 전문가용 최고급 카메라와 렌즈가 많이 팔린다.

긍정적인 시각으로 보면 그만큼 사진에 대한 열정이 많다는 뜻인데 이런 아마추어 사진가의 열의에 걸맞지 않게 사진 교육은 대중적이지 않다. 그래서 주로 사진 관련 인터넷 커뮤니티를 통해서 사진에 관한 팁이나 지식을 얻어간다. 사진 기술이나 카메라를 다루는 질문을 했다가는 "이런 질문을 하기 전에 카메라 매뉴얼을 세 번 정독하고 오시오"라는 핀잔을 심심찮게 듣는다. 과연 맞는 말이다. 수백만 원을 호가하는 비싼 장비를 구입하고서는 정작 그 카메라를 다루는 방법이 담긴 매뉴얼을 제대로 읽어보지 않는다면 사진 공부를 할 성의가 없다는 핀잔을 들어도 할 말이 없다.

이 책은 "매뉴얼을 세 번 정독하고 다시 오시오"라는 꾸지람을 들어본 적 있는 아마추어 사진가를 위한 책이다. 말이야 쉽지, 카메라 매뉴얼을 읽어봐도 의외로 이해가 잘되지 않는 경우가 많다. 결국 카메라 매뉴얼을 이해하는 데도 최소한의 배경지식이 필요하다. 독자들은 이 책을 읽음으로써 카메라가 어떻게 작동되며, 빛은 기본적으로 어떻게 다뤄야 하는지 등의 카메라 사용 개론을 익히게 된다. 엄밀히 말해서 이 책은 사진을 찍기 전에 카메라라는 물건에 대해 공부하는 책이다. 조금은 딱딱하지만 사진을 좋아한다면 큰 어려움 없이 정독이 가능하다. 또 풍부한 사진 자료는 원서를 읽는 두려움을 상당 부분 덜어준다.

David Goldblatt

📖 **The Ball is Round**

Riverhead Trade, 2008

이 책의 부제인 '축구의 글로벌 히스토리A Global History of Soccer'를 보고 축구에 관한 역사책이라고만 생각한다면 큰 오해다. 물론 축구의 발생에서부터 월드컵 결승전이라는 지구의 가장 큰 이벤트로 발전하기까지의 역사를 다루기는 한다. 1,000쪽에 육박하는 이 책은 축구의 역사뿐만 아니라 선수, 감독, 팬, 구단주, 클럽 팀, 국가 대표 팀 등의 축구를 구성하는 모든 요소에 대한 이야깃거리 또한 풍부하다. 축구라는 렌즈로 바라본 인간 세계의 정치 및 경제의 역사라고 해도 크게 틀리지 않다. 아주 두꺼운 책이지만 축구를 사랑하는 팬이라면 넉넉한 시간을 가지고 읽어봄 직한 책이다.

Nick Hornby

📖 **Fever Pitch**

Riverhead Trade, 1998

최근 EPL(영국 프리미어 축구 리그)을 좋아하는 여성이 많이 생겨날 정도로 축구의 인기는 상승일로를 달린다. 월드컵이나 한일전에만 열광하던 한국의 축구 팬들이 해외 리그에 관심을 두게 되면서 축구에 대한 관심의 저변이 비약적으로 확대되었는데, 이는 긍정적인 여가 생활 차원에서 매우 바람직하다.

세계적인 유명 작가 닉 혼비Nick Hornby, 1957~가 쓴 이 책은 영국 축구 리그의 후기 모음집이다. 첫 번째 게임 후기만 살펴봐도 이 책의 범상치 않음이 잘 드러난다. 1968년 9월 14일 이제 막 이혼을 한 아버지가 열한 살짜리 아들인 닉 혼비를 데리고 생애 처음으로 축구 관전을 하러 간다. 그 경기는 아스널 대 스토크 시티의 경기였는데 이 경기를 관전하면서부터 닉 혼비는 그만 축구와 사랑에 빠지고 만다. 이 책은 뭐랄까, 닉 혼비의 자서전과 축구에 대한 열정적인 사랑이 결혼해 낳은 자식이라고 해야 되겠다. 축구 경기의 관전기記와 더불어 닉 혼비의 극적인 살아온 이야기가 오버랩된다. 즉 소년이 중년의 나이가 되기까지의 인생 유전과 더불어 아스널 경기의 관전평이나 경기장 안팎의 이야기가 아름답고 감동적으로 배합된 이 책은 영화로 제작되기에 충분한 흥행성과 재미를 보유한다. 더구나 닉 혼비가 누군가? 유머의 아이콘답게 대담한 정직이라고 표현해야 할 만큼 개인이나 가족사의 속내를 담담하게 털어놓으면서도 곳곳에서 특유의 유머를 발휘해 독자들을 더욱 감동시킨다. 원서로 읽는 국내 독자들에게 기쁜 소식은 이 책이 아스널의 한 경기 한 경기 관전평으로 구분되어 엮어졌기 때문에 긴 흐름을 유지하면서 읽어야만 하는 부담감이 없다는 점이다.

역사상 최고의 베스트셀러이지만 가장 읽히지 않는 책이기도 하다. 많은 사람이 《성경》을 읽어야 할 필요성을 느끼지만 의외로 우리말 《성경》은 읽기에 쉽지 않다. 물론 쉬운 말 《성경》이 출간되었지만 오히려 영어로 된 《성경》이 이해도가 높은 경우가 많다. 애초에 영어 《성경》은 어려운 라틴어로 쓰인 《성경》을 교육 수준이 낮은 서민들도 읽도록 최대한 쉽게 써졌기 때문에 우리가 읽기에도 어렵지 않다.

Louis Sachar
Dell Yearling, 2000

📖 **Holes**

자신이 저지르지도 않은 잘못 때문에 억울하게 교도소에 수감되어 오로지 구덩이 파는 일만 하게 되는 소년들이 값지고 아름다운 우정을 키워나가는 줄거리다. 마치 복잡한 퍼즐을 맞춰나가는 듯한 치밀한 구성과 흥미진진한 줄거리가 잘 조화되어 청소년과 어른 모두에게 재미와 감동을 선사한다.

간혹 난해한 단어가 나오지만 사전의 도움을 받는다면 충분히 독파가 가능한 원서이며 2003년 영화로 제작되기도 했다. 흥미로운 줄거리를 가진 책을 원서로 먼저 읽고 한글 자막이 없는 영어로 다시 본다면 독서나 영어 실력 향상에 큰 도움이 된다.

Lois Lowry
Laurel Leaf, 2003

📖 **The Giver**

이 책은 10대를 위한 책이다. 국가에 의한 철저하게 계획되고 통제된 '이상 사회'에 반대하는 메시지를 담았는데, 이러한 주제 탓에 과연 청소년이 읽기에 적합한지 논란이 일기도 했다. 내용이 무겁긴 하지만 우리의 미래 사회에 대한 고민을 던져주고 또 읽고 나서도 많은 생각을 하게 하는 책이다. 이 책이 원서로 읽기에 적합한 이유는 아동용 소설이니만큼 어휘가 쉽고, 또 충분한 문학성과 생각할 거리를 지녔기 때문이다. 우리나라 영어 교육에 문제점이 많지만 가장 이상하며 심각한 문제는 아이들이 어려운 단어는 잘 알면서 정작 미국의 아이들이 사용하는 쉬운 단어는 잘 모른다는 점이다. 미국의 아동용 책은 우리나라 성인 영어 학습자들에게 좋은 공부가 된다. 게다가 문학성을 갖춘 이 책은 더욱 그렇다.

William Somerset Maugham

📖 **The Moon and Six Pence**

원서로 읽을 만한 좋은 고전을 추천해달라는 설문 조사를 한다면 이 책이 제일 많은 표를 얻지 않을까? 화가 고갱의 극적인 삶을 소설의 형식으로 쓴 이 책이 각광받는 이유는 무엇보다 재미있기 때문이다. 이 책의 저자 서머싯 몸William Somerset Maugham, 1874~1965은 소설을 쓸 때 재미를 최고의 모토로 생각하기 때문에 사실 그의 모든 책은 원서로 읽기에 매우 좋다. 문장이 간결하며, 어휘가 쉽고, 또 문학성이 높으니 한국의 많은 독자가 영어로 책을 읽을 때 첫 도전 상대로 그의 책을 집는다. 이 책《달과 6펜스The Moon and Six Pence》뿐만 아니라 서머싯 몸의 또 다른 소설《인간의 굴레에서Of Human Bondage》의 경우 입대 직전에 집어 들었음에도 불구하고 군 생활에 대한 걱정 따위는 전혀 생각할 틈도 없이 무척 재미있게 읽은 기억이 생생하다. 어찌나 재밌었던지 당시《인간의 굴레에서》를 읽었던 대학 기숙사의 침대마저도 기억에 선하다.

Jack Kerouac

📖 **On the Road**

Penguin, 1998

소설가이자 번역가인 안정효는 해외에 휴가를 간 친구가 느닷없이 영감을 받아서 단숨에 써내려간 원고지 1,000매 분량의 소설을 읽었던 기억을 떠올리면서 작가는 모름지기 심사숙고해서 천천히 써내려가야 한다고 말했다. 그러나 위대한 소설을 쓰는 일은 작가의 개인적인 역량에 따르지, 그 방법에 의존하지는 않는다고 잭 케루악Jack Kerouac, 1922~1969은 강변이라도 하듯이 이 책을 맨정신도 아닌, 마약에 취해서 타이프 용지를 36미터 길이로 이어 붙인 후 타자기에 넣고 구두점도 없이 3주 만에 12만 5,000단어의 내용을 단숨에 써내려갔다.

대학교를 자퇴한 저자가 친구들과 함께 미국 서부와 멕시코를 도보한 경험을 토대로 이 책을 썼다. 문득 대학 시절 기숙사에서 한방을 사용했던 후배들이 생각난다. 어느 날 저녁, 후배 두 명 중 한 명이 지나가는 말로 "우리 기차 타고 서울 가자"라고 하더니 둘은 1분도 채 안 되어 채비를 마치고 곧장 서울로 향했다. 그들은 고단하고 복잡한 과정을 거쳐서 새벽녘에야 돌아왔는데 그들을 보며 여행은 계획 없이 무작정 떠나야 참의미가 있다는 엉뚱한 생각을 했었다. 그 후배들은 비록 케루악처럼 '길 위에서'가 아닌 '철로 위에서' 짧은 여행을 했지만 후배들의 기억 속에 오래 남을 일이었으리라. 기성세대가 만들어놓은 틀 속에 감금되기를 거부하는 자유로운 영혼을 가진 젊은이들의 우상이었고, 비트 제너레이션*의 기수였던 케루악의 흔적은 지금도 사회 전반에 생생히 새겨져 있다.

아울러 이 책은 미국 대학 도서관에서 가장 많이 대출되는 도서이면서, 반납 또한 가장 안 되는 책이라는 묘한 위엄을 자랑한다. 저자가 이 책을 단숨에 써내려갔듯이 독자들은 이 책을 단숨에 읽어야 한다. 물론 단숨에 읽힌다.

•1950년대 미국에서 현대의 산업 사회를 부정하고, 기존의 질서를 거부하며, 문학에 있어서 진리와 아름다움을 추구하는 태도에 반대한 문학 예술가 세대를 이르는 말

도서 목록

1. 이제 막 책을 집어 든 당신에게

재미도 고래를 춤추게 한다

《나의 삼촌 브루스 리》, 천명관 지음, 예담, 2012
《조동관 약전》, 성석제 지음, 강, 2003
《삼미 슈퍼스타즈의 마지막 팬클럽》, 박민규 지음, 한겨레출판, 2003년
《황진이》, 홍석중 지음, 대훈서적, 2004
《GO》, 가네시로 가즈키 지음, 김난주 옮김, 북폴리오, 2006
《새의 선물》, 은희경 지음, 문학동네, 2014
《아내가 결혼했다》, 박현욱 지음, 문학동네, 2014
《악펌》, 빌 헨더슨 · 앙드레 버나드 지음, 최재봉 옮김, 열린책들, 2011
《바람과 함께 사라지다》, 마거릿 미첼 지음, 안정효 옮김, 열린책들, 2010

멋있고 재밌는 사람으로 보이고 싶다면

《동물 상식을 뒤집는 책》, 존 로이드 · 존 미친슨 지음, 전대호 옮김, 해나무, 2011
《말들의 풍경》, 고종석 지음, 개마고원, 2012
《상대적이며 절대적인 지식의 백과사전》, 베르나르 베르베르 지음, 이세욱 옮김, 열린책들, 2009
《살림지식총서》, 살림
《천재 광기 열정》, 슈테판 츠바이크 지음, 원당희 옮김, 세창미디어, 2009
《먹거리의 역사》, 마귈론 투생 사마 지음, 이덕환 옮김, 까치, 2002

298

각 분야의 개론서를 읽자

《철학이야기》, 윌 듀랜트 지음, 임헌영 옮김, 동서문화사, 2007

《세계 철학사》, 한스 요아힘 슈퇴리히 지음, 박민수 옮김, 이룸, 2008

《만화로 보는 지상 최대의 철학 쑈》, 프레드 반렌트 글, 라이언 던래비 그림, 최영석 옮김, 다른, 2013

《비트겐슈타인과 포퍼의 기막힌 10분》, 데이비드 에드먼즈 · 존 에이디노 지음, 김태환 옮김, 옥당(북커스베르겐), 2012

《꼭 같은 것보다 다 다른 것이 더 좋아》, 윤구병 글, 이우일 그림, 보리, 2004

《서유기》, 오승은, 서울대학교 서유기번역연구회 옮김, 솔, 2004

《숫타니파타》, 석지현 옮김, 민족사, 2005

《선의 나침반》, 숭산 지음, 현각 엮음, 허문명 옮김, 김영사, 2010

《가톨릭에 관한 상식사전》, 페터 제발트 지음, 이기숙 옮김, 보누스, 2008

《사진과 그림으로 보는 성서》, 존 보커 지음, 이종인 옮김, 시공사, 2003

《맨큐의 경제학》, 그레고리 맨큐 지음, 김경환 · 김종석 옮김, 센게이지러닝출판, 2013

《죽은 경제학자의 살아 있는 아이디어》, 토드 부크홀츠 지음, 류현 옮김, 김영사, 2009

《아다지오 소스테누토》, 문학수 지음, 돌베개, 2013

《작은 인간》, 마빈 해리스 지음, 김찬호 옮김, 민음사, 1997

《낯선 곳에서 나를 만나다》, 한국문화인류학회 엮음, 일조각, 2006

《생명이 있는 것은 다 아름답다》, 최재천 지음, 효형출판, 2001

《이집트 구르나 마을 이야기》, 하싼 화티 지음, 정기용 옮김, 열화당, 2000

《세계사 편력》, 자와할랄 네루 지음, 곽복희 · 남궁원 옮김, 일빛, 2004

《아! 팔레스타인》, 원혜진 지음, 여우고개, 2013

《코스모스》, 칼 세이건 지음, 홍승수 옮김, 사이언스북스, 2004

최고의 번역가를 찾아서

《유럽사 산책》, 헤이르트 마크 지음, 강주헌 옮김, 옥당, 2011

《그래서 그들은 바다로 갔다》, 존 그리샴 지음, 공경희 옮김, 시공사, 2004

《공부의 신》, 샤토미 란 지음, 권남희 옮김, 중앙m&b, 2010

《만약 고교야구 여자 매니저가 피터드러커를 읽는다면》, 이와사키 나쓰미 지음, 권일영 옮김, 동아일보사, 2011

〈그레이트 피플〉, 게리 베일리 · 캐런 포스터 지음, 레이턴 노이스 · 캐런 래드퍼드 그림, 김성희 옮김, 밝은미래

《셰익스피어전집》, 셰익스피어 지음, 김재남 옮김, 휘문출판사, 1986

《피네간의 경야 주해》, 김종건 지음, 고려대학교출판부, 2012

《섬》, 장 그르니에 지음, 김화영 옮김, 민음사, 1997

《돈 끼호떼》, 미겔 데 세르반떼스 지음, 민용태 옮김, 창비, 2012

《부활》, 레프 톨스토이 지음, 박형규 옮김, 민음사, 2003

《세상이 끝날 때까지 아직 10억년》, 아르까지 스뜨루가츠끼 · 보리스 스뜨루가츠끼 지음, 석영중 옮김, 열린책들, 2009

《뿌리》, 알렉스 헤일리 지음, 안정효 옮김, 열린책들, 2009

《페코로스, 어머니 만나러 갑니다》, 오카노 유이치 지음, 양윤옥 옮김, 라이팅하우스, 2013

《이솝 우화집》, 이솝 지음, 유종호 옮김, 민음사, 2003

《개미》, 베르나르 베르베르 지음, 이세욱 옮김, 열린책들, 2001

《비밀의 계절》, 도나 타트 지음, 이윤기 옮김, 문학동네, 2007

《대지》, 펄 벅 지음, 장왕록 · 장영희 옮김, 소담출판사, 2010

《유년기의 끝》, 아서 C. 클라크 지음, 정영목 옮김, 시공사, 2002

《시학》, 아리스토텔레스 지음, 천병희 옮김, 문예출판사, 2002

2. 독서의 단계가 궁금한 당신에게

베스트셀러도 보석은 있다

《인간시장》, 김홍신 지음, 행림출판, 1981

《백년 동안의 고독》, 가르시아 마르케스 지음, 문학사상사, 1998

《사람의 아들》, 이문열 지음, 민음사, 1979

《태백산맥》, 조정래 지음, 한길사, 1986

《나의 문화유산답사기》, 유홍준 지음, 창비, 1993

《꼬리에 꼬리를 무는 영어》, 한호림 지음, 디자인하우스, 1996

《나는 빠리의 택시운전사》, 홍세화 지음, 창비, 1995

《야생초 편지》, 황대권 지음, 도솔, 2002

《정의란 무엇인가》, 마이클 샌델 지음, 이창신 옮김, 김영사, 2010

천년의 베스트셀러, 삼국지

《삼국지》, 나관중 지음, 이문열 평역, 민음사, 1988

《삼국지》, 나관중 지음, 박종화 옮김, 삼성, 1967

《삼국지》, 나관중 지음, 김구용 옮김, 일조각, 1974

《삼국지》, 나관중 지음, 황석영 평역, 창비, 2003

《장정일 삼국지》, 장정일 지음, 김영사, 2004

《고우영 삼국지》, 고우영 지음, 애니북스, 2007

《삼국지》, 나관중 지음, 김광주 옮김, 창조사, 1965

《전략 삼국지》, 요코야마 미쓰테루 지음, 박영 옮김, 대현출판사, 1993

《삼국지》, 나관중 지음, 정비석 옮김, 고려원, 1985

《본삼국지》, 나관중 지음, 리동혁 옮김, 예숭 그림, 금토, 2005

스테디셀러를 읽자

《광장/구운몽》, 최인훈 지음, 문학과지성사, 1976

《문화의 수수께끼》, 마빈 해리스 지음, 박종렬 옮김, 한길사, 1998

《로마인 이야기》, 시오노 나나미 지음, 김석희 옮김, 한길사, 1995

《강아지똥》, 권정생 지음, 정승각 그림, 길벗어린이, 1996

《오래된 미래》, 헬레나 노르베리 호지 지음, 양희승 옮김, 중앙북스, 2007

《당신들의 천국》, 이청준 지음, 문학과지성사, 2012

《고래》, 천명관 지음, 문학동네, 2004

《행복한 책읽기》, 김현 지음, 문학과지성사, 2002

《서양미술사》, E. H. 곰브리치 지음, 예경, 백승길 · 이종숭 옮김, 2002

《나스타샤》, 조지수 지음, 지혜정원, 2011

《임꺽정》, 홍명희 지음, 사계절, 2008

《채링크로스 84번지》, 헬렌 한프 지음, 이민아 옮김, 궁리, 2004

《처절한 정원》, 미셸 깽 지음, 이인숙 옮김, 문학세계사, 2005

《윤광준의 생활명품》, 윤광준 지음, 을유문화사, 2008

《애서광 이야기》, 구스타브 플로베르 지음, 이민정 옮김, 범우사, 2004

《영국, 바꾸지 않아도 행복한 나라》, 이식 · 전원경 지음, 리수, 2007

고전은 독서가의 종착역

민음사 〈세계문학전집〉
문학동네 〈세계문학전집〉
펭귄클래식코리아 〈펭귄 클래식 시리즈〉
을유문화사 〈을유세계문학전집〉
열린책들 〈열린책들 세계문학〉
문학과지성사 〈대산세계문학총서〉
《안나 카레니나》, 레프 톨스토이
《오만과 편견》, 제인 오스틴
《호밀밭의 파수꾼》, J. D. 샐린저
《모비 딕》, 허먼 멜빌
《롤리타》, 블라디미르 나보코프
《피네간의 경야》, 제임스 조이스
《로빈슨 크루소》, 대니얼 디포
《허클베리 핀의 모험》, 마크 트웨인
《이방인》, 알베르 카뮈
《위대한 개츠비》, F. 스콧 피츠제럴드
《두 도시 이야기》, 찰스 디킨스
《화씨 451》, 레이 브래드버리
《설국》, 가와바타 야스나리
〈변신〉, 프란츠 카프카
《죄와 벌》, 도스토옙스키
〈날개〉, 이상
〈메밀꽃 필 무렵〉, 이효석

3. 책으로 지식을 얻고 싶은 당신에게

아이들의 호기심을 채워주자

《왜 세계의 절반은 굶주리는가?》, 장 지글러 지음, 유영미 옮김, 갈라파고스, 2007
《아인슈타인이 이발사에게 들려준 이야기》, 로버트 L. 월크 지음, 이창희 옮김, 해냄, 2007

《사찰 장식 그 빛나는 상징의 세계》, 허균 지음, 돌베개, 2000

《젤 크고 재밌는 호기심 백과》, 제인 파커 레스닉 외 지음, 토니 탈라리코 그림, 곽정아 옮김, 삼성출판사, 2011

《개똥이 업고 팔짝팔짝》, 원유순 지음, 유영주 그림, 대교출판, 2002

소장 가치가 높은 책

《사생활의 역사》, 조르주 뒤비 · 필립 아리에스 외 엮음, 김기림 외 옮김, 새물결, 2002

〈한길그레이트북스〉, 한길사

《토지 인물 사전》, 이상진 지음, 마로니에북스, 2012

《보리 국어사전》, 토박이 사전 편찬실 엮음, 보리, 2014

《구르믈 버서난 달처럼》, 박흥용 지음, 바다그림판, 2007

《피라미드》, 미로슬라프 베르너 지음, 김희상 옮김, 심산문화, 2004

《보르헤스 전집 1: 불한당들의 세계사》, 호르헤 루이스 보르헤스 지음, 황병하 옮김, 민음사, 1994

《경제성장이 안되면 우리는 풍요롭지 못할 것인가》, C. 더글러스 러미스 지음, 김종철 · 최성현 옮김, 녹색평론사, 2011

《The Art Book》, 이호숙 옮김, 마로니에북스, 2009

《전쟁과 사회》, 김동춘 지음, 돌베개, 2006

《김수영 육필시고 전집》, 김수영 지음, 이영준 엮음, 민음사, 2009

글쓰기를 위한 책

《대통령의 글쓰기》, 강원국 지음, 메디치미디어, 2014

《안정효의 글쓰기 만보》, 안정효 지음, 모멘토, 2006

《유혹하는 글쓰기》, 스티븐 킹 지음, 김진준 옮김, 김영사, 2002

《국어 실력이 밥 먹여준다》, 김경원 · 김철호 지음, 유토피아, 2006

《우리 꽃 세밀화》, 이성아 지음, 송훈 그림, 현암사, 2006

《글쓰기의 공중부양》, 이외수 지음, 해냄, 2007

《문장강화》, 이태준 지음, 필맥, 2008

《글쓰기를 두려워 말라》, 박동규 지음, 문학사상사, 1998

《365일 작가 연습》, 주디 리브스 지음, 김민수 옮김, 스토리뷰, 2012

《글 고치기 전략》, 장하늘 지음, 다산초당, 2006

《소설쓰기의 모든 것》, 제임스 스콧 벨 외 3인 지음, 김진아 외 3인 옮김, 다른, 2012

영어 공부를 위한 독서

Reading for Thinking, Laraine E. Flemming, Cengage Learning, 2014

The Baseball Codes, Jason Turbow & Michael Duca, Anchor, 2011

Tennis 2000, Vic Braden, Little Brown & Co, 1998

Photography, Barbara London, John Upton & Jim Stone, Pearson, 2013

The Ball is Round, David Goldblatt, Riverhead Trade, 2008

Fever Pitch, Nick Hornby, Riverhead Trade, 1998

Holy Bible

Holes, Louis Sachar, Dell Yearling, 2000

The Giver, Lois Lowry, Laurel Leaf, 2003

The Moon and Six Pence, William Somerset Maugham

On the Road, Jack Kerouac, Penguin, 1998